冰与火之歌

卷一 权力的游戏 1 [上]

[美]乔治·R.R.马丁 著

谭光磊 屈畅 译

重庆出版集团 重庆出版社

Copyright ©1996 by George R.R. Martin
The Song of Ice and Fire (Book 1)
A Game of Thrones
By George R.R. Martin
Simplified Chinese Translation Copyright © 2018 by Chongqing Publishing House Co., Ltd.
This edition arranged with The Lotts Agency Ltd.through Andrew Nurnberg Associates International Limited.
All rights reserved.

本书中文简体字版通过美国 Lotts Agency 公司及安德鲁・纳伯格联合国际有限公司独家授权出版
版权所有，侵权必究
版贸核渝字（2016）第 150 号

图书在版编目（CIP）数据

　　冰与火之歌．1：卷一，权力的游戏．上／（美）乔治・R.R. 马丁著；
谭光磊，屈畅译．—重庆：重庆出版社，2018.1
　　ISBN 978-7-229-12855-5
　　Ⅰ.①冰… Ⅱ.①乔… ②谭… ③屈… Ⅲ.①长篇小说－美国－现代
Ⅳ.① I712.45
　　中国版本图书馆 CIP 数据核字 (2017) 第 280220 号

冰与火之歌 1
【卷一】权力的游戏（上）
BING YU HUO ZHI GE 1
〔JUAN YI〕 QUANLI DE YOUXI （SHANG）

[美] 乔治・R.R. 马丁 著　谭光磊　屈　畅 译
责任编辑：邹　禾　唐弋淄
装帧设计：谢颖设计工作室
封面图案设计：罗　烜
插图：曹　珂
责任校对：何建云

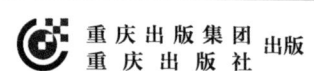

重庆出版集团 出版
重庆出版社

重庆市南岸区南滨路 162 号 1 幢　邮政编码：400061　http://www.cqph.com
重庆出版社艺术设计有限公司 制版
重庆市国丰印务有限责任公司 印刷
重庆出版集团图书发行有限责任公司 发行
E-mail:fxchu@cqph.com　邮购电话：023-61520646
全国新华书店经销

开本：890mm×1230mm 1/32　印张：9.5　字数：220 千
2018 年 1 月第 2 版　　2024 年 4 月第 4 次印刷
ISBN：978-7-229-12855-5
定价：39.80 元

如有印装问题，请向本集团图书发行有限责任公司调换：023-61520678

版权所有　　侵权必究

黑暗史诗和人性的火花
——《冰与火之歌》新版导读

屈 畅

2011年注定是"冰与火之歌"的大年。在这一年，HBO将"冰与火之歌"改编为电视剧集，并得到了包括艾美奖在内的各大权威奖项的肯定；在这一年，精益求精的乔治·马丁终于将"冰与火之歌"第五卷《魔龙的狂舞》完成并顺利出版，该书高踞《纽约时报》畅销书排行榜前几名至今，马丁也被《时代周刊》评为"全世界最有影响力的100位人物"之一；在这一年，经过漫长的谈判、策划和艰苦的工作，重庆出版社将"冰与火之歌"系列华丽地重新包装上市，现在拿在读者您手中的，就是这一经典巨著的新版。

"冰与火之歌"由美国幻想小说大师乔治 R.R.马丁所著，是当代奇幻文学一部影响深远的、里程碑式的作品。它于1996年刚一问世，便以别具一格的结构，浩瀚辽阔的视野，错落有致的情节和生动活泼的语言，迅速征服了欧美文坛。迄今，本书已被译为数十种文字，累计销量约二千万册，并在各个国家迭获大奖。

本书主要描述了在一片虚构的中世纪大陆上所发生的一系列相互联系的宫廷斗争、疆场厮杀、游历冒险和魔法抗衡的故事，全书七卷(包括未出的各卷)浑然一体，共同组成一幅壮丽而完整的画卷。书名"冰与火"，为的是突出人性挣扎的含义。书中塑造了无数人物，但其着眼点，却并非孤立地凸现英雄主义，奉献精神或奸猾阴谋，而是将书中人物放在一个"真人"的角度，写出他或她在大时代的旋涡中不同的境遇与选择。从写作上说，本书与莎翁的《哈姆雷特》颇有共通之处，读者能与书中角色之产生强烈呼应，共同经历这冰与火的洗礼。

新世纪以来，国内的奇幻文学引进获得了长足的发展，尤以《魔戒之王》和"哈利·波特"为个中翘楚。相对《魔戒之王》，本书可谓其直接精神继承者，同为代表欧美奇幻文学主流的"史诗奇幻"最高水平的杰作。众所周知，《魔戒之王》影响深远，可说塑造了整个幻想文学的框架与面貌，乔治·马丁本人便是托尔金的大书迷，本书中亦多处可见向《魔戒之王》致敬的桥段。但本书的划时代意义在于，它并未像同类作品一样，遵照或屈从自托尔金以降的种种写作定规，如英雄对抗魔王，小人物拯救世界等等，而是另立新章，把视点转到人身上，以真正的人在真实世界中的处境和抗争为作品的核心动力，并取得了巨大成功。"冰与火之歌"系列自二十世纪九十年代中后期起陆续出版以来，已经影响和带动了一大批作家，他们纷纷突破原有的架构，向着更广和更深处探索奇幻文学的可能性。这个流派又被称为"新史诗流派"，它继承和发扬了《魔戒之王》的"旧史诗流派"。称《冰与火之歌》为奇幻文学的又一座里程碑，是一点也不夸大的。

另一部引进的奇幻大作"哈利·波特"严格来说与"冰与火之歌"区别甚大，前者是青少年小说，而后者是成人严肃奇幻，但两者的主题有许多共通之处，她们的主角泰半都是少年，她们都讲述了懵懂少年成长的经历。"冰与火之歌"的少年英雄们或许没有华丽的魔法，或许在时代的浪潮中并不显眼，但他们所面对的困境，乃是和你我面对的一样，都是现实生活中可能出现的历练。这其中，或许没有生死的致命考验，但绝对有成长的烦恼和升华。对喜欢"哈利·波特"和各类青少年小说的朋友，我也郑重地推荐本书，希望大家能在从另一个角度审视世界人生时，得到崭新的愉悦。

作完横向对比，"冰与火之歌"本身有哪些独特之处，在阅读中哪些方面是值得特别关注的呢？简单地概括有如下几处：

首先，本书采用了独特的视点人物写作手法(Point of View，简称POV)。通俗地说，就好比一部大片，导演将摄影机装在不同人物的身上，并不断切换。整个故事，由甲人物以自身立场讲述一段后，便换为乙人物讲述，周而复始，坚决不开"上帝视角"。翻开本书可看到，其每章节名称皆为一人物名，该人物便是该章的视点人物。这样的写法，不仅大大增强了代入感，更主观地限制了读者(通过视点人物的视野)获取信息和进行思考的广度，为书中错综复杂的线索设置提供了必要的帷幕。作者的另一巧思在于，相对于采取这一写法的同类作品常出现的时间线索混乱、叙事搅成一团等弊端，本书经过精心梳理后，每个章节的时间互不交叉，而是呈现精巧的上下承接的关系，虽然视点人物不同，但故事却在不断推进。

其次，本书每个章节张弛有度，节奏感非常强烈，能吸引人连续地阅读。乔治·马丁在写作"冰与火之歌"之前，已获得多次雨果奖、星云奖、轨迹奖等等，并在好莱坞担任编剧长达十年之久，丰富的经历，使本书成为了他三十多年写作经验的总括和升华之作。本书的每个章节，读者都可以很轻松地发现其自身的起始、进行和高潮，本书的每一卷，也形成自身的起始、进行和高潮，乃至由整个七卷组成的"冰与火之歌"，也呈现出这样完整的结构和韵律的美感。它们不仅互相串联，其中更包含了无数的情节兴奋点。作者曾说，担任编剧，最痛苦的是不能将自己的才华在四十五分钟一集的时间内释放出来，而本书，从某种意义上说，正是他对自身抱负的实现。

第三，本书诚如前文已提及的，其核心在于"人"。人类的生活，是在黑暗中寻找光明，由是本书也不提供简单的答案。她不仅包括无数扣人心弦的情节，更重要的是，它所描述的情景，往往是真实人生中无可回避、必须面对的东西。看过《权力的游戏》的读者朋友，不妨在下列问题上作深入思考，如琼恩·艾林死亡的真相，行刺布兰的真相，乃至琼恩父母的真相等等，相信作者最后会让你大吃一惊。在其他幻想文学作品中，读者往往习惯于主角落地百尺毫发无伤，或危机时刻总能化险为夷，而本书将带来真正的惊愕。在乔治·马丁笔下，每个角色均以其真实的轨迹在运行，成功、失败、痛苦与死亡交织，本书正是通过这样的构架翻动着读者的情绪。

第四，本书是典型的西方史诗奇幻文学。既然是史诗，其关注的问题宏伟，全书的格局庞大，她把历史，人物，宗教，神话等交织在一起，展示出一个亦幻亦真的世界。马丁曾在采访中说："我喜欢历史小说，但历史小说最大的局限是结局已经基本注定，不论作者付出多大的巧思，都失去了最大的悬念点和高潮设置处。"所以，他选择了"冰与火之歌"这样一个虚构的时空。另一点值得关注的，是在奇幻文学必不可少的"魔法"元素上，马丁秉承托尔金的精神，运用得非常精巧，着意追求神秘感。读者们或许记得，《魔戒之王》中虽然出现了大量的神灵和超自然现象，乃至有伟大的法师甘道夫等，但书中却没有具体描述任何一种魔法。马丁非常赞许这种思路，他曾说"魔法等元素就好比调料，不用则无以凸现奇幻氛围，滥用则会串味。"在这思想的指导下，相对于无数火球满天飞的作品，《冰与火之歌》之中的魔法显得非常精细、神秘和巧妙。

本书的出版，在六年以前，已经了了笔者一个多年的心愿；而它能在六年之后隆重推出新版，更是让人喜极而泣的幸事。对一直以来，国内文坛苦于少有优秀奇幻文学作品的引进，部分粗制滥造的读物，甚至使得国内文学界将在西方百花齐放，无比兴旺的幻想文学归入了少儿读物和幼稚作品一类。而"冰与火之歌"正如一盏明灯，向人们展示了真正的奇幻作品的模样，任何人只要有心，都能够通过她进入奇幻世界，享受奇幻小说的无穷魅力，这是她最值得我们骄傲之处！

笔者相信本书的再版一定能获得成功，也一定能推动新一轮奇幻文学写作、引进和阅读的风潮。随着重庆出版集团这样实力雄厚的文化实体对这个新兴而蓬勃的领域越来越大的投入与关注，随着国人阅读口味的不断提高，奇幻文学的未来无比光明！新版推出之际，笔者仍然要郑重感谢重庆出版社的各位领导，是他们一如既往的支持，才有本书的诞生；尤其是本书的责任编辑邹禾先生，为本书的出版奉献了超乎责任的心血。就个人而言，我觉得最弥足珍贵的是这些年来千千万万爱上冰火的朋友，他们骄傲而热情地宣称着本书，是他们给了笔者和出版社以莫大的鼓励。这些在龙骑士城堡、百度贴吧、人人网和其他诸多论坛博客上以及线下活跃的朋友们，"冰火"在中国的荣耀都属于你们，你们有资格享受到她的全部乐趣。

愿奇幻文学在中国生根发芽，蒸蒸日上！

本书献给马林达

序幕

"既然野人①已经死了，"眼看周围的树林逐渐黯淡，盖瑞不禁催促，"咱们回头吧。"

"死人吓着你了吗？"威玛·罗伊斯爵士带着轻浅的笑意问。

盖瑞并未中激将之计，年过五十的他算得上是个老人，这辈子看过太多贵族子弟来来去去。"死了就是死了，"他说，"咱们何必追寻死人。"

"你确定他们真死了？"罗伊斯轻声问，"证据何在？"

"威尔看到了，"盖瑞道，"我相信他的话。"

威尔料到他们早晚会把自己卷入这场争执，只是没想到这么快。

"我娘说过，死人没戏可唱。"他插嘴道。

"威尔，我奶奶也说过这话，"罗伊斯回答，"千万别相信你在女人怀里听到的东西。就算人是死了，也能让我们了解很多东西。"他的余音在暮色昏暝的森林里回荡，似乎吵闹了点。

"回去的路还长着呢，"盖瑞指出，"少不了走个八九天，况且天色渐渐暗下来了。"

威玛·罗伊斯爵士意兴阑珊地扫视天际。"每天这时候不都如此？盖瑞，你该不会怕黑吧？"

威尔看见盖瑞紧抿的嘴唇，以及他厚重黑斗篷下强自遏抑的怒火。盖瑞当了四十年守夜人②，这种资历可不是随便让人寻开心的。

但盖瑞不仅是愤怒，在他受伤的自尊底下，威尔隐约察觉到某

---

① 野人：指居住在绝境长城以北，不在王国法律统治之下的人。他们的首领是曼斯·雷德，号称"塞外之王"。
② 守夜人：一支驻守王国最北绝境长城的部队，因身着黑衣，以对付长城外的各种威胁为职责而得名。

种潜藏的不安，一种近似于畏惧的紧张情绪。威尔深有同感。他戍守长城不过四年，当初首次越墙北进，所有的传说故事突然都涌上心头，把他吓得四肢发软，事后想起难免莞尔。如今他已是拥有百余次巡逻经验的老手，眼前这片南方人称作鬼影森林的广袤黑荒，他早已无所畏惧。

然而今晚是个例外，迥异往昔，四方暗幕中有种莫可名状、让他汗毛竖立的惊悚。他们轻骑北出长城，中途转向西北，随即又向北，九天来昼夜加急、不断推进，紧咬一队土匪的足迹。环境日益恶化，今天已降到谷底。阴森北风吹得树影幢幢，宛如狰狞活物，威尔整天都觉得自己受到一种冰冷且对他毫无好感的莫名之物监视，盖瑞也感觉出了。此刻威尔心中只想掉转马头，没命似的逃回长城。但这却是万万不能在长官面前说出的念头。

尤其是这样的长官。

威玛·罗伊斯爵士出身贵族世家，在儿孙满堂的家里排行老幺。他是个俊美的十八岁青年，有双灰色眸子，举止优雅，瘦得像把尖刀。他骑在那匹健壮的黑色战马上，比骑着矮小犁马的威尔和盖瑞高出许多。他穿着黑色皮靴，黑色羊毛裤，戴着黑色鼹鼠皮手套，黑色羊毛衫外套硬皮甲，又罩了一件闪闪发光的黑色环甲。威玛爵士宣誓成为守夜人尚不满半年，但他绝非空手而来，最起码行头一件不少。

而他身上最耀眼的行头，自然便是那件既厚实，又柔软得惊人的黑色貂皮斗篷。"我敢打赌，那堆黑貂一定是他亲手杀的，"盖瑞在军营里喝酒时对兄弟们说，"我们伟大的战士，把它们的小头一颗颗扭断啦。"当时便引得众人哄笑一团。

假如你的长官是大伙儿饮酒作乐时的嘲笑对象，你该怎么去尊敬他呢？威尔骑在马上，不禁如此思量。想必盖瑞也深有同感。

"莫尔蒙叫我们追查野人行踪，我们照办了，"盖瑞道，"现在他们死去，再也不会来骚扰我们。而眼前还有好长一段路等着我们。我实在不喜欢这种天气，要是下雪，我们得花两个星期才能回去。其实下雪还算不上什么，大人，您可见过冰风暴肆虐的景象？"

小少爷似乎没听见这番话。他用他特有的那种缺乏兴趣、漫不经心的方式审视着渐暗的暮色。威尔跟随他已有些时日，知道这种时候最好不要打断他。"威尔，再跟我说一遍你看到了些什么。仔细讲来，别漏掉任何细节。"

在成为守夜人以前，威尔原本靠打猎为生。说难听点，其实就是偷猎者。当年他在梅利斯特家族的森林里偷猎公鹿，正忙着剥鹿皮，弄得一手血腥的时候，被受雇于梅利斯特家的自由骑手①逮个正着。他若不选择加入黑衫军，就只有接受一只手被砍掉的惩罚。威尔潜行的本事是一等一的，在森林里无声潜行等闲难及，黑衫军的弟兄们果然很快也就发现了他的长处。

"营地在两里之外，翻过山脊，紧邻着一条溪。"威尔答道，"我已经靠得很近了。总共八个人，男女都有，但没看见小孩。他们背靠着大石头，虽然雪几乎把营地整个盖住，但我还是分辨得出来。没有营火，只有火堆的余烬。他们一动不动，我仔细看了好长时间，活人绝不会躺得这么安静。"

"你发现血迹了吗？"

"嗯，没有。"威尔坦承。

"你看见任何武器了吗？"

"几支剑、两三把弓，还有个家伙带了一柄斧头。铁打的双刃斧，似乎挺沉的，摆在他右手边的地上。"

"你记得他们躺着的相对位置吗？"

威尔耸耸肩。"两三个靠着石头，大部分躺在地上，像是被打

---

① 自由骑手：雇佣兵的一种，拥有马匹，但无骑士身份。

死的。"

"也可能在睡觉。"罗伊斯提出异议。

"肯定是被打死的,"威尔坚持己见,"因为有个女的爬在铁树上,藏在枝头,应该是斥候。"他浅浅一笑。"我很小心,没让她见着。但等我靠近,却发现她根本毫无动静。"说到这儿他不禁一阵颤抖。

"你受寒了?"罗伊斯问。

"有点罢,"威尔喃喃道,"大人,是风的关系啊。"

年轻骑士转头面对灰发老兵。结霜的落叶在他们耳边低语飘零,罗伊斯的战马局促不安。"盖瑞,你觉得是谁杀了这些人?"威玛爵士随口问道,顺手整了整貂皮长袍的褶裥。

"是这该死的天气。"盖瑞斩钉截铁地说,"上个严冬[①],我亲眼见人活活冻死,再之前那次也看过,当时我还小。人人都说当时积雪深达四十尺,北风跟玄冰似的,但真正要命的却是低温。它会无声无息地逮住你,比威尔还安静,起初你会发抖、牙齿打颤、两腿一伸,梦见滚烫的酒,温暖的营火。很烫人,是的,再也没什么像寒冷那样烫人了。但只消一会儿,它便会钻进你体内,填满你的身体,过不了多久你就没力气抵抗,只渴望坐下休息或小睡片刻,据说到最后完全不觉痛苦。你只是浑身无力,昏昏欲睡,然后一切渐渐消逝,最后,就像淹没在热牛奶里一样,安详而恬静。"

"我看你蛮有诗意嘛,"威玛爵士评论,"没想到你还有这方面的天分。"

"大人,我亲身体验过严寒的威力,"盖瑞往后拉开兜帽,好让威玛爵士看清楚他耳朵冻掉之后剩下的肉团,"两只耳朵,三根脚趾,还有左手的小指,我这算是轻伤了。我大哥当年就是站岗时

[①] 在冰与火之歌的世界里,四季的持续时间与地球不同,四季均可逾年,甚至长达数年。一个人一生能够经历的冬季和夏季次数相当少。

活活冻死的，等我们找到他，他脸上还挂着笑容。"

威玛爵士耸耸肩："我说盖瑞，你该多穿两件衣服。"

盖瑞怒视着他的年轻长官，气得耳根发红。当年伊蒙学士[①]把他坏死的耳朵割去，如今耳洞旁还留着伤疤。"等冬天真正来临时，看你能穿得多暖。"他拉起兜帽，缩着身子骑上马，阴沉地不再吭声。

"既然盖瑞都说是天气的关系了……"威尔开口。

"威尔，上周你有没有站岗？"

"有啊，大人。"他哪星期没抽到站岗的签，这家伙究竟想说什么？

"长城的情形如何？"

"在'哭泣'啊。"威尔皱着眉头说。这下他明白了。"所以他们不是冻死的，假如城墙会滴水，表示天气还不够冷。"

罗伊斯点点头。"聪明。过去这周结了点霜，偶尔还下点雪，但绝对没有冷到冻死八个人的地步。更何况他们穿着保暖的毛皮御寒，所处地形足以遮挡风雪，还有充足的生火材料。"骑士露出充满自信的笑容。"威尔，带路罢，我要亲眼看看这些死人。"

事情至此，他们别无选择。命令已下，也只有照办的份儿。

威尔打前锋，骑着他那匹长毛的马，在矮树丛里小心翼翼地探路。昨夜下了一场小雪，这会儿树丛底下有许多石块、树根和水洼，一不小心就会让马摔倒。威玛·罗伊斯爵士跟在后面，他那匹高壮骏马不耐烦地吐着气。巡逻任务最不适合骑战马，但贵族子弟哪听得进去？老兵盖瑞殿后，一路低声喃喃自语。

暮色渐沉，无云的天空转为淤青般的深紫色，然后没入黑幕。星星出来了，新月也升起。威尔暗自感谢星月的光辉。

[①] 学士为一身兼学者、医生、教师、顾问之职业。有时亦翻作"师傅"，作为较口语、较亲昵之用法。在国王的御前会议中拥有席位的大学士亦称作"国师"。

"我们应该可以再走快点。"罗伊斯说。这时月亮已快升上天顶。

"你的马没这能耐,"威尔道,恐惧使他无礼起来,"少爷您走前面试试?"

威玛·罗伊斯爵士显然不屑回答。

树林深处传来一声狼嗥。

威尔在一棵长满树瘤的老铁树旁停住,下了马。

"为何停下?"威玛爵士问。

"大人,后面的路步行比较好,翻过那道山脊就到。"

罗伊斯也停下来凝神远望,一脸思索的表情。阵阵冷风飒飒地响彻林间,他的貂皮大衣在背后抖了抖,仿佛有了生命。

"这儿不太对劲。"盖瑞喃喃地说。

年轻骑士朝他轻蔑地一笑。"是吗?"

"你难道没感觉?"盖瑞质问,"仔细听听暗处的声音。"

威尔也感觉到了。在守夜人服役这四年来,他从未如此恐惧。究竟是什么东西在作怪?

"风声,树叶沙沙响,还有狼号。盖瑞,是哪一种把你吓破胆啦?"罗伊斯见盖瑞没接腔,便优雅地翻身下马。他把战马牢牢地绑在一根低垂的枝干上,跟其他两匹离得远远的,然后抽出长剑。这是把城里打造的好剑,剑柄镶着珠宝,熠熠发亮,月光在明晃晃的钢剑身上反射出璀璨光芒。这无疑是新打造的,威尔很怀疑它有没有沾过血。

"大人,这儿树长得很密,"威尔警告,"可能会缠住您的剑,还是用短刀罢。"

"我需要指导的时候自然会开口。"年轻贵族道,"盖瑞,你守在这里,看好马匹。"

盖瑞下马。"我来生个火。"

"老头子，愚蠢也有个限度。若这林子里有敌人，我们难道要生火引他们过来么？"

"有些东西只怕火，"盖瑞道，"比如熊、冰原狼，还有……还有好些东西。"

威玛爵士紧抿嘴唇。"我说不准就是不准。"

盖瑞的斗篷遮住了他的脸，但威尔还是看得到他瞪骑士时的眼神。他一度害怕这老头会冲动地拔剑动粗。老头的剑虽然又短又丑，剑柄早被汗渍浸得没了颜色，剑刃也因长期使用而布满缺口，但若盖瑞真的拔剑，威尔知道那贵族公子哥儿必死无疑。

最后盖瑞低下头。"那就算了。"他讪讪地说。

罗伊斯点点头。"带路罢。"他对威尔说。

威尔领他穿越浓密树丛，爬上低缓斜坡，朝山脊走去，威尔先前便是在那儿的一棵树下找到藏身处所。薄薄的积雪底，地面潮湿泥泞，极易滑倒，石块和暗藏的树根也能绊人一跤。威尔爬坡时没有发出任何声响，身后却不时传来公子哥儿环甲的金属碰撞、叶子摩擦，以及分叉枝干绊住长剑，勾住漂亮貂皮斗篷时对方发出的咒骂声。

威尔知道那棵大哨兵树位于山脊最高处，底部枝干离地仅有一尺。于是他爬进矮树丛，平趴在残雪和泥泞里，往下方空旷的平地望去。

他的心脏停止了跳动，好一阵不敢呼吸。月光洒落在空地上，映照出营火余烬，白雪覆盖的岩石，半结冰的小溪，全都和数小时前所见一模一样。

唯一的差别是，所有的人都不见了。

"诸神保佑！"他听见背后传来的声音。威玛·罗伊斯爵士挥剑劈砍树枝，总算上了坡顶。他站在哨兵树旁，手握宝剑，披风被吹得噼啪作响，明亮的星光清楚地勾勒出他高贵的身影。

"快趴下来！"威尔焦急地低声说，"出怪事了。"

罗伊斯没动，他俯瞰着下面空荡荡的平地笑道："威尔，看来你说的那些死人转移阵地啰。"

威尔仿佛突然间丧失了说话能力，他竭力寻找合适的字眼，却徒劳无功。怎么会有这种事，他的视线在荒废的营地中来回扫视，最后停留在那柄斧头上。这么一把巨大的双刃战斧，竟会留在原地纹丝不动。照说这么值钱的家伙……

"威尔，起来罢。"威玛爵士命令，"这里没人，躲躲藏藏的，成何体统！"

威尔很不情愿地照办。

威玛爵士不满地上下打量他。"我可不想第一次巡逻就铩羽而归。我们一定要找到这些家伙。"他环顾四周。"爬到树上去看看，动作快，注意附近有没有火光。"

威尔无言地转身，知道辩解无益。风势转强，有如刀割。他走到高耸笔直的青灰色哨兵树旁开始往上爬，很快便消失在无边松针里，双手沾满树汁。恐惧像肚里一顿难以消化的饭菜，他只能向不知名的森林之神默祷，一边抽出匕首，用牙咬住，空出双手攀爬。嘴里冰冷的兵器让他稍微安了点心。

下方突然传来年轻贵族的喊叫。"谁在那里？"威尔在他的恫吓声中听出了不安，便停止爬行，凝神谛听，仔细观察。

森林给了他答案：树叶沙沙作响，寒溪潺潺脉动，远方传来雪枭的呐喊。

异鬼无声无息地出现。

威尔的眼角余光瞄到白色身影穿过树林。他转过头，看见黑暗中一道白影，随即又消失不见。树枝在风中微微悸动，伸出木指彼此搔抓。威尔张口想出声警告，言语却冻结在喉头。或许是看错了，或许那不过是只鸟，或是雪地上的反光，更或许是月光造成的错觉。他到底看到了什么？

"威尔，你在哪里？"威玛爵士朝上方喊，"你看到什么了吗？"他突然提高警觉，持剑缓缓转圈。他一定也和威尔一样感觉到了。然而四周却空无一人。"快回答我！这里为什么这么冷？"

这里真的非常冷。威尔颤抖着抱紧树干，面颊贴住哨兵树的树皮。黏稠而甜腻的树汁流到他脸上。

一道阴影突然自树林暗处冒出，站到罗伊斯面前。它的体形十分高大，憔悴坚毅浑似枯骨，肤色苍白如同乳汁。它的盔甲似乎会随着移动而改变颜色，一会儿白如新雪，一会儿黑如暗影，处处点缀着森林的深奥灰绿。它每走一步，其上的图案便似水面上的粼粼月光般不断改变。

威尔只听威玛·罗伊斯爵士倒抽一口冷气。"不要过来！"贵族少爷警告对方，声音却小得像个孩童。他将那件长长的貂皮大衣翻到背后，空出活动空间，双手持剑。风已停，寒彻骨。

异鬼安静地向前滑行，手中握着长剑，威尔从没见过类似的武器。那是把半透明的剑，材质完全不是人类所使用的金属，更像是一片极薄的水晶碎片，倘若平放刃面，几乎无从发现。它与月光相互辉映，剑身周围有股淡淡而诡异的蓝光。不知怎的，威尔明白这柄剑比任何剃刀都要锋利。

威玛爵士勇敢地迎上前去。"既然如此，我们就来较量较量罢。"他举剑过头，语带挑衅。虽然他的手不知因为长剑重量或是酷寒而颤抖着，威尔却觉得在那一刻，他已经不再是个软弱怯懦的少年，而成了真正的守夜人男子汉。

异鬼停住脚步。威尔看到了它的眼睛，那是一种比任何人眼都要湛蓝深邃的颜色，如玄冰一般冷冷燃烧。它把视线停留在对方高举的颤抖着的剑上，凝视着冷冷月光在金属剑缘流动。那一刹那，威尔觉得事情还有转机。

此时它们静悄悄地从阴影里冒出来，与第一个异鬼长得一模一样，三个……四个……五个……威玛爵士或许能感觉伴随它们而来的寒意，但他既没看到它们，也没听见它们的声音。威尔应该警告他，毕竟那是他职责所在。然而一旦出声，他便必死无疑。于是他颤抖着紧抱树干，不敢作声。

惨白的长剑厉声破空。

威玛爵士举起钢剑迎敌。当两剑交击，发出的却非金属碰撞，而是一种位于人类听觉极限边缘，又高又细，像是动物痛苦哀号的声音。罗伊斯挡住第二道攻击，接着是第三道，然后退了一步。又一阵刀光剑影之后，他再度后退。

在他左右两侧，前后周围，其余异鬼耐心地伫立旁观。它们一声不吭，面无表情，盔甲上不断变化的细致图案在树林中格外显眼。它们迟迟未出手干预。

两人不断交手，直到威尔想要捂住耳朵，再也无法忍受武器碰撞时刺耳的诡异声响。威玛爵士的呼吸开始急促，呼出的气在月光下蒸腾如烟。他的长剑已结满白霜，异鬼的剑却依旧闪耀着苍蓝光芒。

这时罗伊斯一记挡格慢了一拍，惨白色的剑顿时咬穿他腋下环甲。年轻贵族痛苦地喊了一声，鲜血流淌在铁环间，炽热的血液在冷空气中蒸气朦胧，滴到雪地的血泊，红得像火。威玛爵士伸手按住伤口，鼹鼠皮手套整个浸成鲜红。

异鬼开口用一种威尔听不懂的语言说了几句话，声音如冰湖碎裂，腔调充满嘲弄。

威玛·罗伊斯爵士找回了勇气。"劳勃国王万岁！"他高声怒吼，双手紧紧握住覆满白霜的长剑，使尽全身力气疯狂挥舞。异鬼泰然自若。

两剑相击，钢剑应声碎裂。

尖叫声回荡在深夜的林里，罗伊斯的长剑裂成千千碎片，如同一阵针雨四散甩落。罗伊斯惨叫着跪下，伸手捂住双眼，鲜血从他指缝间汩汩流下。

旁观的异鬼仿佛接收到什么讯号，这时一涌向前。一片死寂之中，剑雨纷飞，这是场冷酷的屠杀。惨白的剑刃切丝般切进环甲。威尔闭上眼睛。他听见地面上远远传来它们的谈笑声，尖利一如冰针。

良久，他终于鼓起勇气睁开眼睛。树下的山脊空无一人。

月亮缓缓爬过漆黑的天幕，但他依旧留在树上，吓得大气也不敢出。最后，他驱动抽筋的肌肉和冻僵的手指，爬回树下。

罗伊斯的尸体面朝下倒卧在雪地里，一只手臂朝外伸出，厚重的貂皮披风被砍得惨不忍睹。见他命丧于此，才发现他原来有多年轻，不过是个大孩子罢了。

他在几尺外找到断剑的残骸，剑身像遭雷击的树顶支离破碎。威尔弯下腰，小心翼翼地环顾四周之后才把剑捡起来。他要拿这柄断剑当证物，盖瑞会知道该怎么做。就算他不知道，"熊老"莫尔蒙或伊蒙学士也一定有办法。盖瑞还守着马匹等他回去么？最好加快脚步。

威尔起身。威玛·罗伊斯爵士站在他面前。

他的华裳尽碎，容貌全毁，断剑的裂片反映出他左眼瞳孔的一片茫然。

他的右眼却是张开的，瞳孔中烧着蓝火，看着活人。

断剑从威尔无力的手中落下，他闭眼默祷。优雅修长的双手拂过他的两颊，掐住他的咽喉。这双手虽然包裹在最上等的鼹鼠皮手套里，且满是黏稠血块，却冰冷无比。

A SONG OF ICE AND FIRE

布兰

　　晨色清冷，带着一丝寂寥，隐然暗示夏日将尽。为数二十人的队伍于破晓时分启程，布兰策马置身其间，满心焦虑又兴奋难耐。这次他年纪总算够大，可与父兄同往刑场，一观国王律法的执行。这是夏天的第九年，布兰七岁。

　　死囚已被领至小丘上的庄园，罗柏认为他是个誓死效忠"塞外之王"曼斯·雷德的野人。布兰想起老奶妈在火炉边说过的故事，不禁浑身起了鸡皮疙瘩。她说野人生性凶残蛮横，个个是贩卖奴隶、杀人放火的偷盗之徒。他们与巨人族、食尸鬼狼狈为奸，趁黑夜诱拐童女，还以磨亮的兽角啜饮鲜血。他们的女人则相传在远古的"长夜"里与异鬼媾合，繁衍半人半鬼的恐怖后代。

　　然而眼前这个老人削瘦枯槁，比罗柏高不了多少，手脚紧缚身后，静待国王的律法发落。他在酷寒中因冻疮失去了双耳和一根手指。而他全身漆黑的衣服，与守夜人弟兄们的制服没有两样，只不过衣衫褴褛，疮脓四溢。

　　人马的气息在清晨的冷空气里交织成蒸腾的雪白雾网，父亲下令将墙边的人犯松绑，拖到队伍前面。罗柏和琼恩挺直背脊，昂然跨坐鞍背；布兰则骑着小马停在两人中间，努力想表现出七岁孩童所没有的成熟气度，仿佛眼前一切早已司空见惯。微风吹过栅门，众人头顶飘扬着临冬城史塔克家族的旗帜，白底灰色的冰原奔狼。

　　父亲神情肃穆地骑在马上，满头棕色长发在风中飞扬。他修剪整齐的胡子里冒出几缕白丝，看起来比三十五岁的实际年龄要老些。这天他的灰色眼瞳严厉无情，怎么看也不像是那个会在风雪夜里端坐炉前，娓娓细述远古英雄纪元和森林之子故事的人。他已经摘下慈父的容颜，戴上临冬城主史塔克公爵的面具，布兰心想。

清晨的寒意里，布兰听到有人问了些问题，以及问题的答案，然而事后他却想不起来究竟说过了哪些话。总之最后父亲下了命令，两名卫士便把那衣衫褴褛的人拖到空地中央的铁树木桩前，将头硬是按在漆黑的硬木上。艾德·史塔克解鞍下马，他的养子席恩·葛雷乔伊立刻递上宝剑。剑名"寒冰"，身宽过掌，立起来比罗柏还高。剑刃乃是用瓦雷利亚钢锻造而成，受过法术加持，颜色暗如黑烟。世上没有别的东西比瓦雷利亚钢更锐利。

父亲脱下手套，交给侍卫队长乔里·凯索，然后双手擎剑，朗声说道："以安达尔人、洛伊拿人和'先民'的国王，七国统治者暨全境守护者，拜拉席恩家族的劳勃一世之名，我，临冬城公爵与北境守护，史塔克家族的艾德，在此宣判你死刑。"语毕，他将巨剑高举过头。

布兰的异母哥哥琼恩·雪诺凑过来。"握紧缰绳，别让马儿乱动。还有，千万别扭头，不然父亲会知道。"

于是布兰紧握缰绳，没让小马乱动，也没有把头转开。

父亲巨剑一挥，利落地砍下死囚首级。鲜血溅洒在雪地上，殷红一如葡萄美酿夏日红。队伍中一匹马嘶声跃起，差点就要发狂乱跑。布兰目不转睛地直视血迹，只见树干旁的白雪饥渴地啜饮鲜血，在他的注视下迅速染成暗红。

人头翻过树根，滚至葛雷乔伊脚边。席恩是个身形精瘦、肤色黝黑的十九岁青年，对任何事物都兴致勃勃。此刻他咧嘴一笑，扬脚踢开人头。

"混账东西。"琼恩低声咒道，并刻意放低声音不让葛雷乔伊听见。他伸手搭住布兰肩膀，布兰也转头看着私生子哥哥。"你做得很好。"琼恩神情庄重地告诉他。琼恩今年十四岁，观看行刑对他来说已是司空见惯。

冷风已停，暖阳高照，但返回临冬城的漫漫长路却似乎愈加寒冷。布兰与兄长并骑，远远走在队伍前方，他胯下小马气喘吁吁方能跟上兄长坐骑的迅捷步伐。

"这逃兵死得挺勇敢。"罗柏说。高大壮硕的他每天都在成长，他承袭了母亲的白皙肤色、红褐头发，以及徒利家族的蓝色眼眸。"不管怎么说，好歹他有点勇气。"

"不对，"琼恩静静地说，"那不算勇气。史塔克，这家伙正是因为恐惧而死的，你可以从他的眼神里看出来。"琼恩的灰色眼瞳深得近乎墨黑，但世间少有事物能逃过他的观察。他与罗柏同年，两人容貌却大相径庭：罗柏肌肉发达，皮肤白皙，强壮而动作迅速；琼恩则是体格精瘦，肤色沉黑，举止优雅而敏捷。

罗柏不以为然。"叫异鬼把他眼睛挖了罢，"他咒道，"他总算是死得壮烈。怎么样，比赛谁先到桥边？"

"一言为定。"琼恩语毕两脚一夹马肚，纵骑前奔。罗柏咒骂几句后也追了上去，两人沿着路径向前急驰。罗柏又叫又笑，琼恩则凝神专注。马蹄在两人身后溅起一片翻飞雪雨。

布兰没有跟上去，他的小马没这般能耐。他方才见到了死囚的眼睛，现在则陷入沉思。没过多久，罗柏的笑声渐远，林间归于寂静。

太过专注的他，丝毫没注意到跟进的队伍已赶上自己，直到父亲骑马赶到身边，语带关切地问："布兰，你还好吧？"

"父亲大人，我很好。"布兰应答道。他抬头仰望父亲，父亲穿着毛皮大衣和皮革护甲，骑在雄骏战马上如巨人般笼罩住他。"罗柏说刚才那个人死得很勇敢，琼恩却说他死的时候很害怕。"

"你自己怎么想呢？"他的父亲问。

布兰寻思片刻后反问："人在恐惧的时候还能勇敢吗？"

"人唯有恐惧的时候方能勇敢。"父亲告诉他，"你知道为什么我要杀他？"

"因为他是野人，"布兰不假思索地回答，"他们绑架女人，然后把她们卖给异鬼。"

父亲微笑道："老奶妈又跟你说故事了。那人其实是个逃兵，背弃了守夜人的誓言。世间最危险的人莫过于此，因为他们自知一旦被捕，只有死路一条，于是恶向胆边生，再伤天害理的勾当也干得出来。不过你会错了意，我不是问你他为什么要死，而是我为何要亲自行刑。"

布兰想不出答案。"我只知道劳勃国王有个刽子手。"他不太确定地说。

"他确实是由王家刽子手代劳，执行国王律法，"父亲承认，"在他之前的坦格利安诸王也是如此。但我们遵循古老的传统，史塔克家族的人体内仍流有'先民'的血液，我们相信判决死刑的人必须亲自动手。如果你要取人性命，至少应该注视他的双眼，聆听他的临终遗言。倘若做不到这点，那么或许他罪不至死。

"布兰，有朝一日你会成为罗柏的封臣，为你哥哥和国王治理属于自己的领地，届时你也必须执掌律法。当那天来临时，你绝不可以杀戮为乐，亦不能逃避责任。统治者若是躲在幕后，付钱给刽子手执行，很快就会忘记死亡为何物。"

这时琼恩出现在他们前面的坡顶，挥手朝下大喊："父亲大人，布兰，快来看看罗柏找到了什么！"语毕他又消失在丘陵后方。

乔里赶上前来，"大人，出事了吗？"

"那还用说，"父亲大人答道，"来罢，我们去看看我那调皮的儿子又闯了什么祸。"他策马狂奔，乔里、布兰以及其他人也跟了上去。

他们在桥北河畔找到罗柏，琼恩仍在马上。这个月来，晚夏的积雪沉厚，此刻罗柏就站在及膝深的雪中，披风后敞，阳光在他

15

发际闪耀。他怀里抱着不知什么东西，正和琼恩两人兴奋地窃语交谈。

队伍骑马小心地穿过河面的诸多浮物，寻找隐藏于雪堆之下的崎岖地面。乔里·凯索和席恩·葛雷乔伊最先赶到男孩身边。葛雷乔伊原本正有说有笑，紧接着布兰却听他倒抽一口气。"诸神保佑！"他惊叫起来伸手拔剑，一边挣扎着稳住坐骑。

乔里的佩剑已然出鞘，"罗柏，离那东西远点！"他刚叫出声，坐骑便已前蹄高举，人立空中。

罗柏怀里抱着一团东西，这时他嘻嘻笑着抬起头。"她伤不了你的，"他说，"乔里，她已经死啦。"

布兰满心好奇，焦躁不安，一心只想教鞍下小马再跑快点，但父亲却要他在桥边下马，徒步前往。他迫不及待地跳下马，三步并作两步地跑了过去。

等他到来，琼恩、乔里和席恩·葛雷乔伊都已下马。"七层地狱啊，这是什么鬼东西？"葛雷乔伊喃喃道。

"狼。"罗柏告诉他。

"胡说，"葛雷乔伊反驳，"狼哪有这么大的？"

布兰的心怦怦狂跳，他推开一堆齐腰的漂浮物，奔至兄长身旁。

一个巨大的暗黝身形半掩在血渍斑驳的雪堆里，绵软而无生息。蓬松的灰绒毛已经结冰，腐朽的气息紧附其间，就像女人身上的香水味。布兰隐约瞥见它无神的眼窝里爬满蛆虫，咧嘴内满是黄牙，但真正吓住他的是这只狼的体形，它竟比他的小马还大，是他父亲最大的猎犬身躯的两倍。

"我没骗你，"琼恩正色道，"这是冰原狼，他们比其他狼都要大。"

席恩·葛雷乔伊说："可两百年来，绝境长城以南没人见过冰原狼。"

"眼前不就是一头？"琼恩回答。

布兰努力从面前的怪物身上移开视线，这才注意到罗柏怀里抱着的东西。他高兴得叫了一声，随即靠过去。那幼狼只是团灰黑的毛球，双眼仍未张开。它盲目地往罗柏胸膛磨蹭，在他的皮护甲上寻找奶头，发出哀伤的低吟。布兰有些犹豫地探出手，"没关系，"罗柏告诉他，"你可以摸摸看。"

布兰非常紧张，飞快碰了小狼一下，听到琼恩的声音，便转过头。"瞧，这只是给你的。"他的私生子哥哥把第二头幼狼放进他怀里，"总共有五只呢。"布兰在雪地里坐下，把小狼温软的皮毛贴近自己脸颊。

"经过了这么多年，冰原狼突然重现人间，"马房总管胡伦喃喃道，"这种事我可不喜欢。"

"这是个坏兆头。"乔里说。

父亲皱起眉头。"乔里，不过是头死狼罢了。"话是这么说，但他脸庞却蒙上了一层阴霾。他绕着狼尸，积雪在他脚下碎裂。"知道它是被什么杀死的吗？"

"喉咙里好像有东西。"罗柏得意地回答，暗暗为自己能在父亲提出疑问前找到解答而骄傲，"就在下巴底下。"

父亲蹲下来，伸手探向狼尸的头底，使劲一拧，举起某个物体让大家看。原来那是一只碎裂的鹿角，分叉断尽，染满鲜血。

一阵突如其来的寂静笼罩了队伍，众人局促不安地看着那只鹿角，没有人出声说话。布兰虽然不解旁人为何惊恐，却也能感觉得到他们的惧怕。

父亲扔开鹿角，在雪地里把手弄干净。"没想到它还有力气把孩子生下来。"他的声音打破了先前的沉默。

"也许它没撑那么久，"乔里说，"我听过这样的传说……也许小狼降生时母狼已经死了。"

"随死降生，"另一个人接口道，"这是更坏的兆头。"

"都没差，"胡伦说，"反正这些小家伙也活不长。"

布兰发出无声的失望叹息。

"我看它们死得越快越好。"席恩·葛雷乔伊同意，他抽出佩剑。"布兰，把那东西丢过来。"

布兰怀中的小东西仿佛听得懂人话，偎着他蠕动了一下。"不要！"他坚决地叫道，"它是我的。"

"葛雷乔伊，把剑拿开。"罗柏说，那一刹那，他听起来像父亲一样威严有力，正如他有朝一日将会成为的一方领主。"我们要养这些小狼。"

"小子，这是行不通的。"胡伦的儿子哈尔温道。

"杀了它们才是慈悲啊。"胡伦接口。

布兰朝父亲望去，期盼能找到救兵，却只见到深锁的双眉。"好儿子，胡伦说得没错。与其让它们挨饿受冻，不如干脆趁早了结。"

"不要！"他已经感觉到泪水在眼眶里打转，于是转开目光，他可不想在父亲面前落泪。

罗柏固执地继续抗拒。"罗德利克爵士的那头红母狗上星期刚生产，"他说，"那胎死了不少，只有两只小狗活了下来，奶水应该还够它们喝。"

"它们只要想走近喝奶，立刻会被它撕成碎片。"

"史塔克大人。"琼恩说。听他如此正式地称呼自己父亲，实在很怪。布兰抱着最后一丝希望看着他。"总共有五只小狼，"他告诉父亲，"三只公的，两只母的。"

"琼恩，这有什么意义吗？"

"您有五个孩子，"琼恩回答，"三个儿子，两个女儿。冰原狼又是你们的家徽，大人，您的孩子们注定要拥有这些小狼。"

布兰看到父亲的脸色转变，其他人则交换眼神，就在那一刻，他全身心地爱着琼恩。虽然他只有七岁，布兰仍很清楚自己的私生子哥哥这样做所代表的意义：他是把自己排除在父亲的子嗣之外，才会刚好凑成数的。他把两个女孩算了进去，甚至连襁褓中的小瑞肯也有份，却独独没有算冠着雪诺这个私生子姓氏的自己。雪诺这个姓氏是专门给那些在北方出生，却不幸没有父亲的人用的。

父亲也明白这点。"琼恩，你自己不想要小狼么？"他轻声问。

"冰原狼是史塔克家族的纹章，"琼恩指出，"我并非史塔克家族的一员，父亲。"

父亲若有所思地看了琼恩一眼，罗柏急切地打破沉默，"父亲，我会亲自喂养小狼。"他保证，"我会用浸过温牛奶的湿毛巾喂它。"

"我也会！"布兰连忙跟进。

公爵意味深长地审视儿子，"说起来简单，真要做可不容易。我不会让你们占用仆人的时间。假如你们真要养这群小狼，就得一切自己来，知道么？"

布兰热切地连连点头，小狼蜷缩在他怀里，伸出温热的舌头舔舔他的脸颊。

"你们还得亲自训练它们，"父亲又道，"我保证驯兽长和这些怪物将毫无干系。倘若你们把它们练得残忍成性，或有什么闪失，那么祈祷天上诸神保佑吧。这些可不是讨好卖乖的狗，也不是随便踢一脚就能打发的角色。冰原狼要扯下胳膊就和狗杀老鼠一样简单，你们确定要养么？"

"是的，父亲大人。"布兰答道。

"嗯。"罗柏同意。

"即使你们费尽苦心,小狼还是有夭折的可能。"

"不会,"罗柏说,"我们不会让它们死掉。"

"那就留着它们罢。乔里,戴斯蒙,把其他几只小狼带上,我们该回临冬城了。"

一直到他们骑马踏上归途,布兰方才允许自己享受胜利的喜悦。他的小狼此刻正安全地藏靠在他的皮护甲里,他不禁思索该为它取个什么名字才好。

走到桥中央,琼恩突然勒住马缰。

"琼恩,怎么了?"公爵父亲问。

"你们没听到么?"

布兰只听见林间风声和哒哒马蹄,以及怀间嗷嗷待哺的小狼,但琼恩正侧耳倾听别的事物。

"在那里。"琼恩道,他掉转马头,急驰过桥,大家看着他在母狼尸体旁下马,屈膝跪下,一会儿过后又骑马归来,满面笑容。

"这只一定是先爬开了。"琼恩说。

"或是被赶开的。"他们的父亲看着第六只小狼说。它毛色净白,其他的小狼则多半灰黑,它的眼瞳又红如早上死囚的鲜血。布兰很觉好奇,不知为何其他小狼连眼睛都还没睁开,唯独它双目炯炯有神。

"白子,"席恩·葛雷乔伊话里有种兴味十足的讥讽,"只怕这只会死得最快。"

琼恩·雪诺给了他父亲的养子一个意味深长的冷绝凝视,"葛雷乔伊,我可不这么认为。"他答道,"因为这是我的狼。"

凯特琳

凯特琳向来不喜欢这座神木林。

她出身南境的徒利家族,自小在红叉河畔的奔流城长大。红叉河是三叉戟河的支流,那里的神木林是座明亮清朗的花园,高大的红木树影洒进溪涧,鸟儿在栖隐的林间巢穴里高唱,空气中弥漫着百花馨香。

临冬城信仰的则是另一番气象。这是个阴暗原始的地方,昏暝古堡巍然独立其间,万年古木横亘周边,散发出潮湿和腐败的气味。此地不生红木,树林由披戴灰绿松针的哨兵树、壮实的橡树,以及与王国同样苍老的铁树所组成。在这里,粗壮厚实的黑色树干相互攘挤,扭曲的枝丫在头顶织就一片浓密的参天树顶,变形的错节盘根则在地底彼此角力。这是个属于深沉寂静和窒郁暗影的地方,而蛰居其间的神连名字也付之阙如。

但她知道今晚可以在这里找到丈夫。每当他取人性命后,总会来此觅求神木林的宁静。

凯特琳身受七种圣油祝福与加持,命名仪式乃是在浸沐于七彩虹光的奔流城圣堂里举行的。她和先辈数代一样信仰七神。她信奉的神有名有姓,脸庞也如同自己双亲般熟悉。她在香炉冉冉的圣堂里祷告,燃香气味弥漫,指引的修士挂着光芒共生的七面水晶,喃喃地低声吟唱。徒利家族虽如其他大家贵族般拥有自己的神木林,但那只不过是个散步阅读或在暖阳下休憩的处所,敬拜神明向来是圣堂里的事。

奈德为她建了座小圣堂,好让她有个向七面之神诵唱的地方。然而史塔克家族体内依旧流淌着"先民"的血液,他信奉那些既无名号亦无容貌的远古诸神,那些属于苍翠树林,先民与消失的森林之子共同信仰的神。

林子中央有棵古老的鱼梁木,笼罩着一泓黑冷池水,奈德称之为"心树"。鱼梁木的树皮灰白如骨,树叶深红,有如千只染血手掌。树干上刻了一张人脸,容貌深长而忧郁,满是干涸红树汁的深陷眼凹形容怪异、充满警戒意味。那是一双古老的眼睛,比临冬城本身还要古老,它们曾经目睹"筑城者"布兰登安下第一块基石,倘若传说属实,它们也见证了城堡的大理石墙在四周逐渐高筑。传说这些脸是在黎明纪元时,在"先民"渡过狭海而来之前,由森林之子刻上去的。

南方的鱼梁木早在千年前便遭砍伐焚烧殆尽,只在千面屿上还有"绿人"静静地看守。然而在北境一切都迥然不同,这里每一座城堡都有自己的神木林,每片神木林都有一棵心树,每棵心树都有一张人脸。

凯特琳在鱼梁木下找到了她的丈夫,他静坐在苔藓爬盖的磐石上。宝剑"寒冰"斜躺于膝,而他正用那漆黑如永夜的池水清洗剑上血污。千年累积的腐殖质厚厚地覆盖在神木林的土地上,吸走了她的足音,但鱼梁木那双红眼却仿佛紧跟不舍。"奈德①。"她轻声唤道。

他抬起头看着她。"凯特琳,"他的语调庄重而遥远,"孩子们呢?"

他总是会先问这句。"都在厨房里,为了要帮小狼们取些什么名字吵架呢。"她把披风铺在林地上,然后在池边坐下,背靠鱼梁木。她感觉得到那双眼睛正盯着她看,但她竭尽所能去忽略它。"艾莉亚已经爱得发狂,珊莎也很喜欢,瑞肯则还不太确定。"

"他害怕吗?"奈德问。

---

①奈德是艾德的小名。

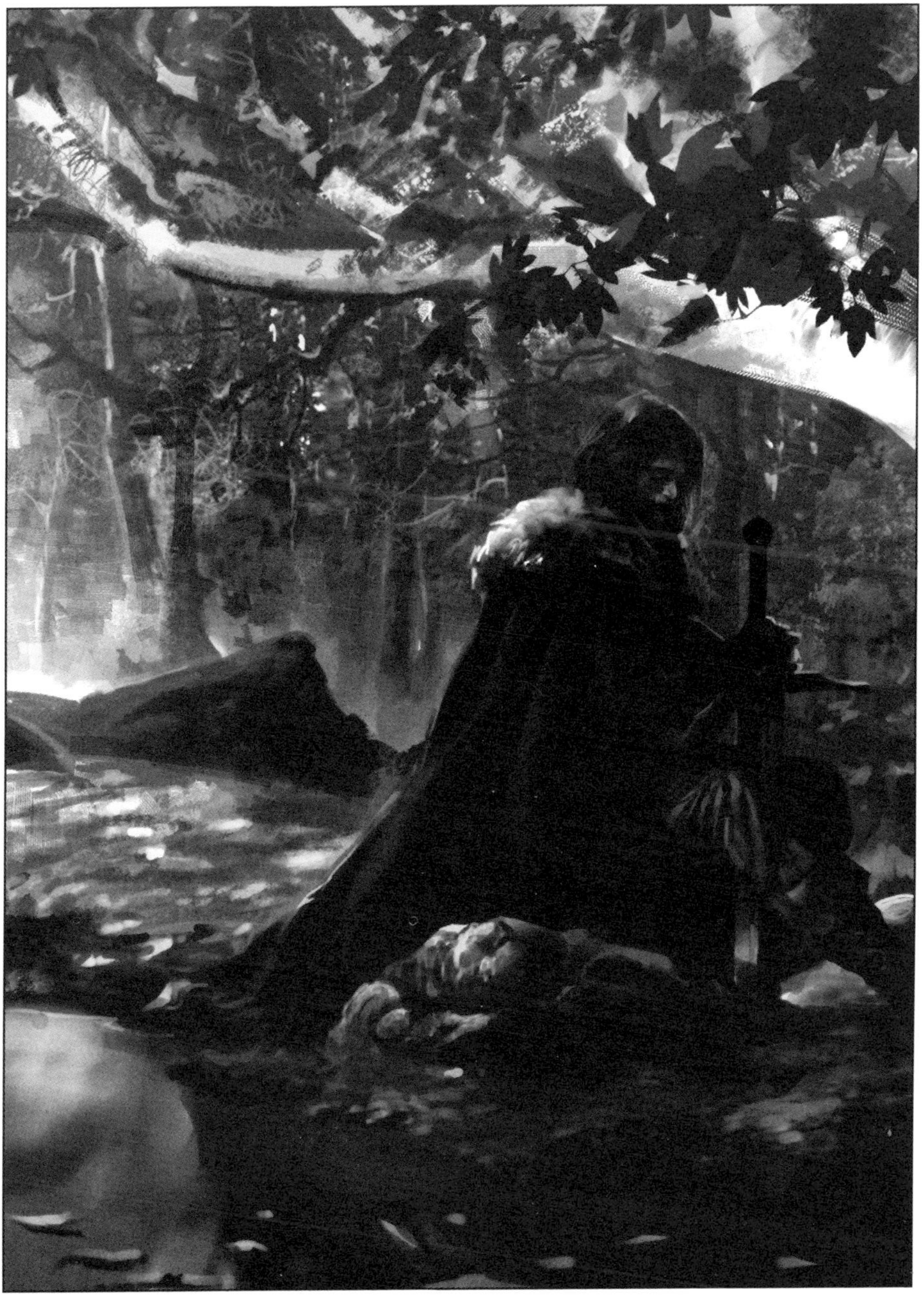

"有一点，"她承认，"毕竟他才三岁。"

奈德皱眉："他得学着面对自己的恐惧，他不可能永远都是三岁，更何况凛冬将至。"

"是啊。"凯特琳也同意，最后那句话一如既往地教她不寒而栗。这是史塔克家族的铭言，每一个贵族家族都有着自己的箴言警句：或是世代相传的座右铭，或是待人处事的衡量标准，或是针对困境的祷词；有的夸耀荣誉，有些讲究忠贞诚信，还有的为信仰和勇气宣誓，唯独史塔克家族例外。凛冬将至，史塔克家族的铭言如是说。她已经不止一次在心里暗忖：这些北方人究竟是什么样的一群怪人。

"今天那个人死得很干脆，这一点我承认。"奈德说，他手里握了一块上了油的皮革，边说边轻拭剑身，金属被逐渐磨出暗沉的光泽。"我很为布兰高兴，你要是在场，也会为他骄傲的。"

"我向来都很为他骄傲。"凯特琳边看他拭剑边答道，她可以瞧见钢铁深处的波纹，那是锻冶时千锤百炼的印记。凯特琳对刀剑素无好感，但她不能否认"寒冰"确有其独特的美。它是末日浩劫降临古自由堡垒以前，在瓦雷利亚锻造而成，当时的铁匠不仅用凿锤冶铁，更用法术来形塑金属。宝剑已有四百年历史，却仍旧如它锻冶初成时那般锋利。它的名字则更源远流长，乃是袭自古代英雄纪元时的族剑之名，那时史塔克一族是北境之王。

"这已经是今年第四个逃兵了，"奈德沉着脸说，"那个可怜的家伙疯了一半，不知什么东西把他吓成那副德行，连我说话都起不了作用。"他叹口气。"班写信来说守夜人的兵力只剩不到一千，不只因为逃兵，他们派出去的巡逻队也损失惨重。"

"是野人的关系吗？"她问。

"还会有谁呢？"奈德举起"寒冰"，俯首审视手中冰冷的钢铁。"恐怕情况只会越来越糟，也许我真的别无选择，非得召集封臣,率军北进,与这个绝境长城以外的国王一决生死。"

"绝境长城以外?"凯特琳想到就不禁浑身颤抖。

奈德察觉了她脸上的恐惧。"我们用不着害怕曼斯·雷德。"

"长城之外还有更可怕的东西。"她转过头去,看着心树惨白的树皮和赭红的双眼,凝视、倾听、考虑着深邃悠远的思绪。

他的微笑好温柔。"老奶妈的故事你听太多啦。异鬼和森林之子一样,早已经消失了八千多年。鲁温师傅会告诉你他们根本就没存在过,没有活人见过他们。"

"今天早上之前,不也没人见过冰原狼?"凯特琳提醒他。

"我怎么也说不过徒利家的人,"他嘴角浮起一抹后悔的微笑,将"寒冰"收回剑鞘。"我猜你不是跑来跟我聊睡前故事的,何况我知道你一点也不喜欢这个地方。究竟是什么事,我的好夫人?"

凯特琳握住丈夫的手。"今天我们接获了悲伤的消息,大人,我不想在你清理宝剑之前打扰你。"既然无法减轻伤害,她决定实话实说。"亲爱的,我很难过,琼恩·艾林过世了。"

他们视线相对,她可以清楚地看见他受的打击有多大,正如她所预料。奈德年轻时曾在鹰巢城做过养子,而膝下无子的艾林公爵待他和另一名养子劳勃·拜拉席恩有如生父再世。当疯王伊里斯·坦格利安二世要求他交出两人的项上人头时,这位鹰巢城公爵揭起他的新月猎鹰旗,宁可兴兵发难也不愿出卖他誓言守护的人。

而就在十五年前的那一天,这位再世生父又成了奈德的连襟。他们俩并肩站在奔流城的圣堂里,娶了一对姐妹,也就是霍斯特·徒利公爵的两个女儿。

"琼恩……"他说,"这消息确实么?"

"信上有国王的印鉴,且是劳勃亲手书写。他说艾林公爵走得很仓促,就连派席尔国师也束手无策。不过国师给他喝了罂粟花奶，所以琼恩并没受太多折磨。"

"我想这也算是最后的一点慈悲。"他说。她看见他脸上的悲伤，但他最先想到的还是她。"你妹妹，"他问，"还有琼恩的儿子，有他们的消息吗？"

"信上只说他们安然无恙，并已返回了鹰巢城。"凯特琳说，"我真希望他们回的是奔流城。鹰巢城高耸孤绝，那里一直是她丈夫的地盘，并非她的归宿。琼恩大人的回忆肯定会萦绕鹰巢城里每一块砖石。我很了解妹妹，她需要的是家人和朋友的支持与陪伴。"

"你叔叔不是正在艾林谷中等着她？我听说琼恩任命他做了血门骑士。"

凯特琳点点头，"布林登当然会尽他所能照顾她和她儿子，可是……"

"那么你去陪她吧，"奈德劝促，"把孩子们也一起带去，让她的居所充满欢笑和喧闹。那孩子需要同伴的陪伴，你妹妹更不应该独自哀悼。"

"如果我能去就好了。"凯特琳说，"信上还说到别的事，国王正在前往临冬城的路上，他要找你共商国是。"

奈德好一会儿才理解她话中含义，但当他恍然大悟时，眼中阴霾顿时一扫而空。"劳勃要来？"她点点头，他脸上随即绽开一抹微笑。

凯特琳真希望自己能分享他此刻的喜悦，但她在庭院里听到了传闻，说是有只冰原狼死在雪地里，喉咙中有根断裂的鹿角。恐惧如同毒蛇般在她心里蜷曲，但她迫使自己在这个她所深爱的男人面前强颜欢笑，这个不相信任何预兆的男人。"我就知道你听了会高兴，"她说，"我们应该通知你在长城的弟弟。"

"对，对，当然，"他同意，"班一定想来。我请鲁温师傅派

27

他最快的鸟儿送信去。"奈德站起身,也拉她起来。"该死,我们有多少年没见面了?他居然没有特意通知我。信上有否注明大约有多少人会来?"

"我想至少有一百位骑士罢,加上他们的随从,还有这个数目一半的自由骑手。瑟曦和她的孩子们也都来了。"

"那么为他们着想,劳勃不会走太快的。"他说,"也好,这样一来我们才多点时间准备。"

"王后的哥哥也在队伍里。"她告诉他。

奈德听后脸色立刻一沉。凯特琳很清楚他对王后的家族素无好感,凯岩城的兰尼斯特家族当年是最晚加入劳勃势力的大贵族,直等到胜败情势明朗化后方才表态,而奈德始终没有原谅他们。"也罢,如果劳勃来访的代价是这些兰尼斯特家的讨厌鬼,那就认了罢。只是,听起来劳勃好像把他半个宫廷的人都带来了。"

"国王走到哪儿,王国就跟到哪儿嘛。"她答道。

"看看那些孩子倒也不错。上次见到那个兰尼斯特女人,劳勃最小的儿子还在喝她的奶水。一转眼都几年了?他现在应该已经……多少……五岁了吧?"

"托曼王子七岁了,"她告诉他,"和布兰同年。奈德,请你小心措辞,那兰尼斯特女人好歹是我们的王后,而且据说她一年比一年傲慢。"

奈德捏捏她的手,"我们得办场晚宴,当然还要请乐师和歌手,嗯,劳勃铁定会去外面打猎。我这就派乔里带上荣誉护卫南下国王大道去迎接,把他们护送回来。诸神在上,我们要怎么喂饱这些人啊?你说他已经在路上了?这家伙真该死,他这做国王的家伙真是该死。"

丹妮莉丝

哥哥举起长袍给她看。"真漂亮,你摸摸,没关系,你瞧瞧这料子。"

丹妮摸了摸,衣料柔软如水,流过她的手指,她从没穿过这么柔软的衣服。她突然害怕了起来,连忙抽回手。"这真是给我的么?"

"这是伊利里欧总督送的礼物,"韦赛里斯微笑道。哥哥今晚心情很好。"袍子的颜色刚好衬出你紫罗兰色的眼睛。你还要佩戴金饰,以及各式各样的珠宝玉石,今晚你看起来必须有个公主的样子。"

有个公主的样子,丹妮想着。她早已忘记那是什么样子了,也许她根本就不知道。"他为什么对我们这么好?"她问,"他想从我们这里得到什么好处?"过去近半年来,他们吃住都靠这位总督,在他的仆佣伺候下恃宠而骄。丹妮今年十三岁,已经懂得这种优渥的待遇不会凭空而来,尤其是在潘托斯这样的自由贸易城邦。

"伊利里欧可不笨。"韦赛里斯回答,他是个削瘦的年轻人,双手局促不安,泛白的淡紫色眼瞳里有种狂热的神色。"他知道有朝一日当我重登王位,不会忘记曾经雪中送炭的朋友。"

丹妮没有答话。伊利里欧总督是个商人,专做香料、宝石和龙骨买卖,还有其他见不得人的勾当。据说他交游广泛,不仅遍布九个自由贸易城邦,更远至东方的维斯·多斯拉克,以及玉海沿岸的传奇之地。又有人说,只要开得出价钱,任何朋友他都乐于出卖。这些话丹妮都静静地听了进去,但她知道最好不要在兄长编织迷梦时戳破他。韦赛里斯一旦生气起来非常骇人,他称之为"唤醒睡龙之怒"。

哥哥把袍子挂在门边。"伊利里欧会派奴隶前来伺候你沐浴,记得把身上的马臊味洗掉。卓戈卡奥①虽有千百良驹,但他今晚要骑的可是另一种马。"他仔细端详着她,"你还是弯腰驼背的老样子,要抬头挺胸。"他伸手把她的肩膀往后挺。"让他们知道你已经有女人的形态了。"他的手指微微掠扫过她正开始发育的胸部,捏住一边乳头。"今晚你不许给我出丑,若是出了差错,以后可有你受的!你不想唤醒睡龙之怒吧?"他的手指越捏越紧,隔着粗料外衣她也疼痛难忍。"想不想?"他重复。

"不想。"丹妮怯弱地回答。

哥哥笑了,"很好,"他爱怜地轻抚她的秀发,"将来史家为我立传时,会说我的统治始自今夜。"

他离开后,丹妮走到窗边,思慕地望着海湾。潘托斯的方砖高塔是斜阳残照里的黑色剪影,丹妮可以听见红袍僧点燃夜火时的诵唱祝祷,以及高墙外孩童玩耍的笑闹喧哗。就在那一刹那,她好希望自己能在外面和他们一起赤足嬉戏,穿着破烂衣裳喘着粗气:没有过去,没有未来,也不用参加卓戈卡奥的宅邸晚宴。

在夕阳狭海的对岸,有个青陵纵横、花开平野、深河奔涌的地方,那里有高耸于壮丽灰蓝峰峦间的黑石巨塔,有高举鲜明旗帜赶赴沙场的铁甲武士。多斯拉克人称之为"雷叙·安达里",意思是"安达尔人之地"。在自由贸易城邦里,人们呼其为"维斯特洛"和"日落国度"。而哥哥有个更简单的说法,他称之为"我们的土地"。这个名字像句祷词,仿佛只要他挂在嘴边,就定能上达天听。"那是我们真龙血脉所继承的土地,虽然遭阴谋诡计所夺,但仍然属于我们,永远属于我们。没人能从真龙手中偷走东西,门儿

---

① 卡奥:游牧民族多斯拉克人首领的称号,类似蒙古人的"汗"或突厥人的"可汗"。

都没有，因为真龙凡事都永远记得。"

也许真龙记得罢，只是丹妮却记不得。那块位于狭海对岸，哥哥信誓旦旦属于他们的土地，她从来没有见过。那些他口中的名字：凯岩城、鹰巢城、高庭和艾林谷，多恩领与千面屿等，对她来说不过是文字的拼凑罢了。当年他们躲避节节进逼的"篡夺者"军队，被迫逃离君临时，韦赛里斯还是个八岁大的男孩，而丹妮只不过是母亲子宫里胎动的血肉。

然而哥哥的故事听得多了，丹妮有时还是会在脑海里自行拼凑出过往的光景：母后他们就着船影黑帆，在当空皓月下夜奔龙石岛；她的长兄雷加在染血的三叉戟河上与篡夺者作殊死决斗，为他心爱的女人丧命；兰尼斯特和史塔克家族的部众，那些被韦赛里斯称做篡夺者走狗的队伍，洗劫君临；多恩的伊莉亚公主苦苦哀求，却眼睁睁看着她和雷加的亲生骨肉、那个还在她胸脯上吸吮母奶的婴儿，被硬生生夺走，血淋淋地惨死；那些悬挂于王座大厅后方高墙上，末裔巨龙的亮磨头骨，用瞎盲的空洞眼窟看着"弑君者"提起金色宝剑，切开父王的喉咙。

母后逃亡之后九个月，她降生于龙石岛，时值夏季暴风来袭，仿佛要把城堡撕成碎片。据说那场暴风雨骇人无比，停泊在军港的坦格利安王家舰队被摧毁殆尽，巨石自城垛上崩落，朝狭海疯狂翻涌的潮水腾滚而去。她的母亲难产而死，为此韦赛里斯始终没有原谅她。

然而她也不记得龙石岛。就在"篡夺者"弟弟的舰队初成、率众来伐的前夕，他们继续亡命天涯。当时原本属于他们的七大王国[①]之中，只剩下他们历史悠久的家族堡垒龙石岛尚未落入敌手。而就连这样的情形也维持不了多久，城中守军早已暗中计划把他们出卖

[①] 七大王国：维斯特洛在征服者伊耿渡海而来时的七个国家，分别是北境王国、凯岩王国、河湾王国、山谷王国、暴风王国、河屿王国以及多恩王国。

给"篡夺者"。

但某天夜里，威廉·戴瑞爵士带着四位死士杀进育婴房，把他们连同奶妈一起带走，在夜幕掩护下纵帆驶往布拉佛斯的海岸。

她只依稀记得威廉·戴瑞爵士，他是个魁梧的灰胡壮汉，纵使后来眼睛半盲，还能从病榻上高声怒吼、发号施令。仆人们很怕他，但他待丹妮始终亲切慈蔼，唤她作"小公主"，有时则是"我的小姐"；他的双手犹如皮革般柔软。然而他始终没有离开病床，日夜被疾病的气息所缠绕，那是种湿热而恶心的甜味。当时他们住在布拉佛斯一栋有着红漆大门的房子里，丹妮有自己的房间，寝室窗外还有棵柠檬树。威廉爵士死后，仆人们把仅剩的一点钱全给偷走，没过多久他们便被逐出那栋宽敞红屋。当红漆大门为他们永远关闭时，丹妮再也止不住眼泪。

从那之后，他们开始了流浪的岁月，从布拉佛斯到密尔，从密尔到泰洛西，后来又到过科霍尔、瓦兰提斯和里斯，漂泊无依，未曾在一处落脚扎根。哥哥不肯定居下来，他总说"篡夺者"派来的杀手紧追在后，然而丹妮却连半个刺客也没见着。

起初统治各自由贸易城邦的总督、大君和商界巨贾很乐于接待坦格利安后裔，但随着日子渐渐过去，"篡夺者"在铁王座上越坐越稳，原本为他们敞开的门便一扇扇关了起来，他们的日子也日益艰苦。几年来，他们当掉了所有的珠宝。到如今，连贩卖母亲的王冠所得的钱币也全部花光。在潘托斯的酒馆和巷弄里，人们给哥哥取了个外号叫"乞丐王"，丹妮不敢想象他们怎么称呼她。

"我的好妹妹，有朝一日我们定会收复故土。"韦赛里斯经常这么对她承诺，有时他边说手还会无法克制地颤抖。"想想那些珠宝丝绸，龙石岛和君临，铁王座与七大王国，全都从我们手中抢了过去，而我们通通会要回来的。"韦赛里斯之所以活着就是为了那一天，丹妮却只想重回那栋有红漆大门的宅院，想要她窗外的那株柠檬树，还有她失去的童年。

门上响起一阵轻敲。"进来。"窗边的丹妮回过神，伊利里欧的仆婢们走进屋内，鞠躬行礼，然后动手准备为她沐浴。他们皆为奴隶，是总督熟识的多斯拉克众酋长中某一位赠送的礼物。自由城邦潘托斯名义上没有奴隶制度，即便如此，握有实权的人们却能够逾越体例。那名瘦小而灰白如鼠的老妪总是不发一语，但另外那位年轻女孩正好弥补这个空缺。她是个金发碧眼的十六岁少女，也是伊利欧最宠爱的奴婢，工作时总是喋喋不休。

她们在澡盆里放满从厨房提来的热水，洒进香油。女孩用条粗布巾裹住丹妮头发，搀扶她入浴。洗浴水滚烫无比，但丹妮莉丝没有吭声。她喜欢这种热，让她有干净的感觉。更何况哥哥常对她说，坦格利安家族的人是不怕烫的。"我们是真龙传人，"他常说，"血液里燃烧着熊熊烈焰。"

老妇人仔细地为她梳洗，把她银白色的秀发扎成辫子，默默理清纠结起来的发束。女孩则一边为她刷背洗脚，一边告诉她她有多么幸运。"听说卓戈家财万贯，连他奴隶的项圈都是金子做的。他的'卡拉萨'①有十万名战士，他在维斯·多斯拉克城里的宫殿有两百个房间，还有用银子打造的门扉。"她说个不停，没完没了。她告诉丹妮，卡奥是多么英俊，多么高大凶猛，在战场上又是如何从不畏惧，说他不仅是有史以来最优秀的骑手，更是如恶魔般的神射手。丹妮莉丝从头到尾不发一语，她一直以为自己成年后嫁的人是韦赛里斯。自"征服者"伊耿娶两位妹妹为妻伊始，数百年来坦格利安王族成员向来是兄妹通婚。唯有如此，才能确保血脉纯正，这话韦赛里斯不知告诉过她多少遍了。他们体内流淌的是王者的血液，古瓦雷利亚民族的金色血液，骄傲真龙的血液。真龙绝不和寻常野兽媾合，坦格利安族人自然更不会将他们的血液和下等人种混

---

① 卡拉萨：多斯拉克语中一个一起行动的族群代称。每个卡拉萨都有一位卡奥。

杂一起。然而现在韦赛里斯却打算把她卖给这个异乡的野蛮人。

沐浴清净之后，女奴扶她起身，拿毛巾擦干她的躯体。女孩把她的头发梳理得亮如熔银，老妇则为她搽上原产多斯拉克草原的花草香精，两腕、耳后、乳尖、双唇和下体各轻触一抹；接着为她穿上伊利里欧总督送来的内衣，再罩上深紫丝袍，衬出她的紫罗兰色眼瞳。女孩为她套上金边凉鞋，老妪又为她戴上宝冠和镶着紫水晶的金手镯。最后才是黄金打造的厚重项圈，上面刻满古瓦雷利亚的符文。

"这下你看起来总算有几分公主的模样了。"装扮完毕之后，女孩惊叹道。丹妮转身看看自己在镶银穿衣镜里的模样，镜子是伊利里欧殷勤提供的。有个公主的样子，她暗忖，忽然又想起女孩刚才说过的话，卓戈卡奥富可敌国，连他奴隶的项圈都是金子打造，不禁浑身发冷，鸡皮疙瘩冒了出来。

哥哥在阴凉的门厅里等她，他坐在池塘边，探手在水里晃悠。看到她来了他便站起身，带着评审意味地上下打量。"站过来，"他告诉她，"转过去，对，很好，你看起来……"

"颇有王家风范。"伊利里欧总督从过道里走出，他虽臃肿肥胖，踏起步来却意外地轻盈优雅。随着脚步，他那一身肥肉在宽松的火红丝衣下不住晃动。他的每根指头都有宝石闪烁，仆人更为他的黄色八字胡擦了油，亮得仿若真金。"丹妮莉丝公主，愿您在这个黄道吉日里，得到光之王的所有祝福。"总督说罢牵起她的手，低头行礼，透过金色胡须，他露出满嘴黄牙。"王子殿下，就算是梦中佳人也不过如此啊。"他告诉哥哥，"卓戈一定会满意的。"

"她实在是太瘦了。"韦赛里斯说。他的头发和丹妮一样是淡银色，梳理到脑后，用一根龙骨发夹固定。他过分凝重的神色凸显出他僵硬枯槁的面容，他把手放在伊利里欧借给他的佩剑柄上。"你确定卓戈卡奥喜欢这么年轻的女人？"

"她既有过月事，对马王来说便已足龄。"这不是伊利里欧第一次重复了。"你瞧瞧她那头银金色的秀发，那双紫薇般的眼睛……她拥有瓦雷利亚古老的血统，毫无疑问，毫无疑问……况且她出身显赫，既是老王的女儿，又是新王的妹妹，说什么也不会吸引不了卓戈的。"当他放开她的手时，丹妮发现自己竟浑身颤抖。

"是这样吗？"哥哥满腹狐疑地说，"这些野蛮人口味特别怪，连小男孩、马和羊都能搞……"

"最好别在卓戈卡奥面前提起这些。"

哥哥淡紫色的眼瞳里闪现怒火。"你当我是笨蛋？"

总督微微低头。"我当您是王者。所谓王者无凡虑，倘若我冒犯了您，那么我向您道歉。"语毕他转身击掌，示意轿夫动身。

待他们坐上伊利里欧雕琢华丽的轿子，潘托斯的街市已经漆黑一片。两名仆人走在前方照明，手里提着装饰精美、有着淡蓝玻璃罩子的油灯；另外十来个壮丁则协力扛着轿子。轿子帘幕之内封闭而温暖，透过伊利里欧身上那层厚重的香水，丹妮闻得到他苍白皮肤的臭味。

斜卧在她身旁枕边的哥哥对此倒是浑然不觉，他的心思早飞到狭海对岸去了。"我们用不着他整个卡拉萨，"韦赛里斯边说，边用手指头把弄着那把借来的宝剑剑柄。其实丹妮知道哥哥从未认真学过剑术。"只要一万人，我想就够了。有这一万名多斯拉克哮吼武士，我便可以横扫七国全境。届时诸侯望族必会纷纷起而效力，追随他们真正的国王。提利尔、雷德温、戴瑞、葛雷乔伊等家族和我一样痛恨'篡夺者'，南境多恩领的人早就满腔怒火，要为伊莉亚公主和她的孩子们复仇。更别提平民百姓了，他们会发出正义的怒吼，为他们的国王而奋战。"他有点紧张地看看伊利里欧，"他们一直都这么想，对吧？"

"他们是您的子民，对您爱戴有加，"伊利里欧总督和颜悦色地回答,"全国上下的农庄村舍里,男人偷偷举杯向你致敬,女人则暗中缝制真龙旗帜,等待你率军渡海之日。"他耸耸宽阔的肩膀,"我的手下都这么说。"

丹妮没有手下,也无从得知狭海对岸的人们究竟在想些什么,做些什么,但她不相信伊利里欧这个人,也不相信他的甜言蜜语。哥哥却很热切地颔首同意。"我要亲自手刃篡夺者,"他立下宏愿,也没想想自己从没杀过人,"就像他当年杀我哥哥一样。我也饶不了那个兰尼斯特家的'弑君者',我要为父王报仇。"

"这是再恰当不过的了。"伊利里欧总督道。丹妮瞥见他嘴际扬起细微的笑意,但哥哥却没注意,只是满意地点点头,然后掀开帘幕,望向无边黑夜。丹妮知道他脑海里又在演练当年三河血战的场景了。

卓戈卡奥的寝宫坐落在海湾边,拔起九座高塔,高耸砖墙上爬满苍白的常春藤。伊利里欧告诉他们,这座宫殿是潘托斯的总督们联合致赠卡奥的礼物,自由贸易城邦向来对这些游牧族长礼敬有加。"其实我们也不是真怕这些野蛮人,"他笑吟吟地给他们解释,"红袍僧们保证,有光之王庇佑,纵使百万多斯拉克人来袭,我们也无须惧怕⋯⋯但他们的友谊既然如此廉价,又何乐而不为呢?"

轿子在门口停下来,一名守卫粗鲁地掀开帘幕。他有多斯拉克人典型的古铜色皮肤和黑色杏眼,脸上却没有胡须。他戴着"无垢者"[①]的青铜盔,上面有根刺,他冷冷扫视轿内乘客,伊利里欧总督用刺耳的多斯拉克语朝他吼了几句,对方也用相同的声调回应,然后便挥挥手示意他们进去。

丹妮注意到哥哥的手紧紧握住那把借来的佩剑剑柄,看起来仿

[①]无垢者:一种经过阉割,训练精良,对命令绝对服从,战技精良的男性奴隶武士,可谓没有感情的终极杀人机器。

佛和她一样害怕。"不知好歹的臭太监。"韦赛里斯喃喃道，轿子颠簸着被抬进宅院。

伊利里欧总督的话语甜如蜜糖："许多达官显赫都会出席今晚盛宴，这些人平日里树敌甚多，作东的卡奥自然要保护客人，尤其是陛下您。不难想见，'篡夺者'可是会出高价悬赏您的项上人头啊。"

"可不是么？"韦赛里斯阴沉地说，"伊利里欧，他可是试了又试，这点我可以向你保证。他雇来的刺客紧盯我们不放，我是最后的真龙传人，只要我活着，他自然寝食难安。"

轿子速度渐缓，终于停了下来。帘幕再度掀开，一名奴隶伸手搀扶丹妮莉丝出轿。此时她注意到他的项圈不过是青铜打造罢了。她的兄长亦步亦趋地跟上，一只手仍旧紧握着剑柄不放。伊利里欧则靠着两名壮丁的帮忙好不容易才下了轿子。

厅院之内，空气中弥漫着火椒、肉桂和甜檬等香料的馨香气息。他们被护送进会客厅，彩色镶嵌玻璃描绘出瓦雷利亚的殒落场景。四面墙壁上黑色灯笼里的灯油燃烧不绝，刻绘着两片石叶的拱廊下，一名太监正高声宣告他们的到访："坦格利安家族的韦赛里斯三世，"他用高亢甜腻的声音喊道，"安达尔人、洛伊拿人及'先民'的国王，七国统治者暨全境守护者。他的妹妹，龙石岛公主'风暴降生'丹妮莉丝。他的赞助人，潘托斯自由贸易城邦总督，伊利里欧·摩帕提斯。"

他们越过太监，走进石柱林立、苍白常春藤四处攀蔓的庭院，叶影被月光染成白骨般的银色。院落里宾客往来穿梭，其中不少是多斯拉克卡奥，他们个个身躯高大，肤色红褐，低垂长髯用金属银圈环环相扣，黑色长发乌黑油亮，绑成无数发辫，银铃悬系其间。然而人群中同样也有来自潘托斯、密尔和泰洛西的杀手和佣兵，有个比伊利里欧更胖的红袍僧，还有来自伊班港、浑身是毛的怪人，以及几位皮肤黑如暗檀的盛夏群岛领主。丹妮莉丝满怀惊奇地看着这些人……突然惊觉自己是在场唯一的女性。

伊利里欧向他们耳语道:"站在那边的三位是卓戈的血盟卫,柱子边的是摩洛卡奥和他儿子罗戈洛。那个绿胡子的人是泰洛西大君的哥哥,他后面的则是乔拉·莫尔蒙爵士。"

最后一个名字引起了丹妮莉丝的注意,"他是个骑士?"

"如假包换,"伊利里欧透过胡子咯咯笑道,"被总主教大人亲手涂抹七圣油的骑士。"

"他在这里做什么?"她脱口而出。

"就为了点芝麻绿豆小事,"伊利里欧告诉他们,"'篡夺者'下令要他项上人头。他把几个逮着的盗猎者私自卖给泰洛西的奴隶贩子,而没有把他们交给守夜人。真是荒谬的法律,人人都应当有权处置自己的财产才对。"

"晚宴结束前,我要和乔拉爵士谈谈。"哥哥说。丹妮发现自己也好奇地端详着这位骑士。他年纪颇大,约莫四十来岁,头发虽已逐渐稀少,但身体仍旧健壮。他不穿丝棉质的衣服,改穿羊毛和皮革,一件暗绿色的外衣上绣着双脚人立的黑熊。

伊利里欧总督用他潮湿的手拍了拍丹妮裸露的肩膀,她也正目不转睛地看着那名来自她一无所知的草原的怪异男子。"好公主,您瞧好了,"他悄声道,"这就是卡奥他本人啦。"

丹妮心中只想赶紧逃避躲藏,但哥哥正盯着她呢,假如惹火了他,又得唤醒睡龙之怒了。于是她紧张地转过头去,怯生生地打量起那个韦赛里斯希望在今晚宴会结束前开口要求娶她为妻的人。

先前帮她沐浴的那名女孩所说的和事实倒也差距不大:卓戈卡奥比在场最高的人都还要高出一头,动作却极为敏捷轻灵,矫健的身形一如伊利里欧百兽园里的猎豹。他远比她想象中来得年轻,应该不超过三十岁。他的皮肤乃是亮铜色,厚重的胡须上系着黄金和青铜的铃铛。

"我得过去表明来意。"伊利里欧总督说,"在这儿等着,我会带他过来。"

当伊利里欧摇摇摆摆地走向卓奥时,哥哥紧紧抓住她的手,箍得她直想喊痛。"好妹妹,你看到他的辫子了没?"

卓戈的发辫黑亮宛如午夜长空,涂抹了香油,看起来沉甸甸的,上面系有许多金属小铃铛,随他行动而当啷作响。他的长发过腰,超过臀部,尾端轻拂着大腿。

"你看到他的头发有多长了没?"韦赛里斯问,"每当多斯拉克人在战斗中落败,他们便割去辫子以示不誉,如此全世界都会知道他们的耻辱。卓戈卡奥一辈子都没吃过败仗,他称得上是龙王伊耿再世,而你将会是他的王后。"

丹妮看着卓戈卡奥,他的容貌刚毅冷峻,眼瞳黑亮冰如玛瑙。当她不小心唤醒睡龙之怒的时候,哥哥会欺负她,但他不像眼前这个男人这样能把她吓得六神无主。"我不想当他的王后,"她听见自己用细小的声音说,"韦赛里斯,求求你,求求你,我不要,我真的好想回家。"

"回家?"虽然他刻意把声音压低,但丹妮还是听得出话音里的愤怒。"好妹妹,你倒是说说看,我们怎么回家啊?我们的家早给人夺走了!"他把她拉进一旁的阴影里,避开众人的视线,指甲用力抠进她的肌肤。"我们怎么回家啊?"他重复着问,言下之意,家即是指君临、龙石岛和那整个失去的国度。

可丹妮所指的根本就不是这些,她要的只是他们在伊利里欧宅邸里的居所,那儿虽然算不上真正的归宿,但毕竟是眼下他们所拥有的一切。可哥哥不愿听这些话,那里不是他的家,就连红漆门院也不是。他的指甲越掐越紧,似乎在逼问答案。最后她终于哑着嗓子,噙着泪水低语道:"我不知道……"

"我却是知道的。"哥哥尖刻地说，"我们会带着一支军队回家，好妹妹，我们会带着卓戈的千军万马杀回去。假如你必须嫁给他，跟他上床才能换来这些，你就给我乖乖去做。"他朝她浅笑。"只要我能得到那支军队，就算得让他卡拉萨里的四万人通通把你操上一遍，我也会同意，必要的话，连他们的马一起上也行。现在你只给卓戈一个人干，已经该偷笑了。还不快把眼泪擦干，伊利里欧就要带他过来，我可不想让他看见你哭哭啼啼的样子。"

　　丹妮转过头去，果然总督脸上堆满笑容，正一边打躬作揖一边陪送卓戈卡奥朝他们这边走来，她赶紧用手背抹去还未掉下的泪滴。

　　"快对他笑，"韦赛里斯的手又落到佩剑的剑柄上，紧张地说，"抬头挺胸，让他看看你那点胸部。诸神在上，你已经够平了。"

　　于是丹妮莉丝露出微笑，挺起胸膛。

艾德

来访的队伍如同一条由金、银和钢铁交融而成的璀璨河流,浩浩荡荡涌进城堡大门。他们为数一共三百,由骄傲的封臣与骑士、誓言骑士①和自由骑手所组成。冰冷的北风拍打着他们头顶高举的十数面金色旗帜,上面绣了象征拜拉席恩家族的宝冠雄鹿。

队伍中有不少奈德熟悉的面孔。一头亮眼金发的是詹姆·兰尼斯特爵士,脸带烧伤的是桑铎·克里冈。他身旁的高大男孩一定是王储,而他们身后那个畸形矮子则毫无疑问是"小恶魔"提利昂·兰尼斯特了。

然而那个走在队伍前列,由两名雪白披风御林铁卫随侍左右的人,在奈德眼里竟像个陌生人……一直到对方翻身跳下战马,发出熟悉的洪钟呐喊,然后一把抱住他,差点把他全身骨头拆散,他方才认出来者是谁。"奈德!啊,见到你真好,尤其是看到你那张冻得发紫的脸。"国王仔仔细细地上下打量他一番,然后朗声笑道,"你真是一点都没变。"

要是奈德也能对他说同样的话就好了。十五年前,当他们并肩为王位而奋战时,这位风息堡公爵是个面容修整干净,眼神清澈,让怀春少女梦寐以求的精壮男子。他身高六尺五寸,如巍然巨塔,在众人之中鹤立鸡群。当他身披战甲、头戴双叉鹿角巨盔,则成了个名副其实的巨人。他的力气也不输巨人,他惯用的那柄铁刺战锤连奈德都只能勉强举起。在那些岁月里,皮革和鲜血的气味就如贵妇身上的香水,和他如影随形。

如今香水却当真和他如影随形了。他的腰围也变得和身高一样

---

① 誓言骑士:庇依在其他贵族门下的骑士,发下誓言为其效劳,故称誓言骑士。多半为有骑士称号,但无封地的小贵族。

惊人。奈德上次见到国王，始自九年前的巴隆·葛雷乔伊之乱。当时雄鹿与冰原狼的旗帜齐飞，七国军队合力征讨那自立为铁群岛之王的领主。胜利之夜，两人并肩站在葛雷乔伊家族陷落的堡垒大厅里，劳勃接受叛军首领的降书，奈德则将其幼子席恩收为养子，之后劳勃起码胖了八石。如今虽有一团粗黑如铁丝的胡子遮住他肥胖的双下巴，却没有东西可以掩盖他突出的小腹和凹陷的黑眼圈。

但劳勃终究是奈德的国君，而不仅仅是朋友，所以他只说："陛下，临冬城听候您差遣。"

此时其他人纷纷下马，城里的马夫过来照料马匹。劳勃的王后，瑟曦·兰尼斯特带着她年幼的孩子们走进城里。他们乘坐的轮宫乃是一辆巨大的双层马车，以油亮的橡木和镶滚金边的金属搭建而成，由四十匹骏马共同拖拉，因为太宽，只得停在城门外。奈德在雪地里跪下，亲吻王后手上的戒指，劳勃则像是拥抱自己失散已久的妹妹般地拥抱了凯特琳。接着孩子们被带上前来，彼此正式介绍过后，得到双方家长的赞许。

正式的见面礼仪刚结束，国王便说："艾德，带我到你们家墓窖去，我要聊表敬意。"

奈德就爱他这点，都过了这么多年，他依旧对她念念不忘。于是他叫人拿来提灯，一切都尽在不言之中。王后开口反对，她说大家打清早起就在赶路，这会儿人人又冷又倦，应该先稍事休息，要看死人也用不着这么急。她话说到这里，只见劳勃冷冷地盯着她，她的孪生弟弟詹姆便静静地握住她的手，她也就没再说下去。

奈德和他几乎快不认得的国王一同往地下墓窖走去。通往墓窖的螺旋楼梯非常狭窄，所以奈德打着灯走在前面。"我原本以为我们永远也到不了临冬城了，"劳勃边下楼边抱怨，"南方住久了，成天听人说我的七大王国如何如何，很容易就忘记你的领地和其他六国加起来一样大。"

"陛下，相信您这趟旅途一定很愉快吧？"

劳勃哼了一声，"一路上到处都是沼泽、树林和田野，过了颈泽后连间像样的旅店都找不着。我这辈子还没见过这么广袤无边的冷野荒芜，你的子民都躲哪儿去了？"

"多半是害羞不敢出来吧。"奈德打趣道，他感觉得到一股寒意自地窖席卷而上，有如幽深地底的冰冷气息。"在北方，国王可不是天天都见得着的。"

劳勃又哼了一声，"我看他们是躲在厚厚的积雪底下去了吧！奈德，都什么时候了你们这儿还冰天雪地！"国王边下楼边伸手扶着墙壁，稳住身子。

"晚夏降雪在北方是稀松平常的事情，"奈德说，"希望没给您带来什么困扰，夏末的雪通常都不大。"

"这叫做不大？异鬼才相信！"劳勃骂道，"那等到冬天你们这要冷成什么样子？我光想想就浑身发抖。"

"北方的冬天很冷很苦，"奈德承认，"但史塔克家族会熬过去的，这么多年来我们不是一直都熬过来了吗？"

"你真该来南方看看，"劳勃对他说，"趁夏天还没结束好好见识一下。高庭的原野放眼望去尽是金黄玫瑰。水果甜熟到会在你口中爆开，有甜瓜、蜜桃还有火梅，我保证你绝对没尝过这么甜美的东西。你待会儿就知道了，我这次给你捎了点过来。就算在风息堡，当热风吹起，天气热得你几乎无法动弹。奈德，你真该看看南方市镇的模样！遍地繁花，市集里的食物车载斗量；夏季的葡萄酒不但好喝，而且便宜得不像话，光闻闻市场里的酒味都会醉。人人都丰衣足食，喝得醉醺醺，吃得肥嘟嘟。"他咧嘴笑道，又用手拍了拍自己的啤酒肚。"奈德，**还有南方的女孩子啊！**"他的眼里焕发着光芒，高声叫道，"我敢跟你保证，只要天一热，女人的矜持就全不见了。她们会直接光着身子，在城堡附近的河里裸泳。就算上了街,也是热得穿不住毛衣皮衣,所以有钱的就穿丝织短袖,穷一点就穿棉质的。不过只要一流汗,衣服贴着皮肤,根本就和脱光光没两样。"国王开心地笑着。

劳勃·拜拉席恩向来是个物欲旺盛、很懂享受的人。这一点他没有变,但是奈德没法不注意到国王为声色娱乐所付出的代价。当他们抵达楼梯底端,进入墓窖的深沉黑暗时,劳勃已经气喘吁吁,呼吸困难,在灯光照映下面红耳赤了。

"陛下请进。"奈德恭谨地说,然后将灯笼绕了个半圆。黑影鬼祟潜动,摇曳的火光照上脚底的石板,左右显现出两两成对的花岗岩柱,一直延展向远处的黑暗。历代逝者端坐石柱间的石制宝座上,背向墙壁,身后靠着存放遗体的石棺。"她在最后面,就在父亲和布兰登旁边。"

他领路在前,穿梭于石柱间的过道,劳勃被地底的阴寒冻得直打哆嗦,默然无语地跟随其后。墓窖里总是冷的,他们走在史塔克家族历代的死者之间,足音回响在偌大的陵墓里。历代临冬城主注视着他们,紧闭石棺上的雕像刻有他们生前的容貌,巨大的咆哮冰原狼石雕则蜷缩于他们脚下。他们并列而坐,用再也看不见的眼睛注视着永寂的黑暗。生者的走动仿佛惊动了他们,墙壁上轮换着窜动的黑影。

根据传统,凡是曾为临冬城之主的石像膝上都要放置一把铁制长剑,以确保含恨的复仇怨灵被封印在陵墓里,不致到阳间肆虐。其中最古老的早已锈蚀殆尽,原本放置宝剑的地方如今只剩红褐铁锈。奈德不禁扪心自问,这是否意味着那些幽魂如今可以恣意兴扰城堡?早先的临冬城主坚毅刚强一如他们脚底下的土地,在龙王尚未渡海来犯的日子里,他们不向任何人低头,自封为北境之王。

奈德停下脚步,举起油灯,陵墓仍然持续向前延伸,没入黑暗,然而之后的都是空位,没有封上,那是等待死者的黑洞,等待着他和他的子女。奈德想到这里就不舒服。"在这儿。"他对国王说。

劳勃静静地点头，跪了下来，低头行礼。

眼前共有三个并肩排列的石棺，奈德的父亲瑞卡德·史塔克有张严峻的长脸，当年的雕刻师傅把他的神韵掌握得很好，只见他庄严地坐定，石指紧紧握住膝上横躺的宝剑，然而当年倾国的剑都救不了他。在他两旁较小的石棺里，则是他的子女。

布兰登死时不过二十，他就在和奔流城的凯特琳·徒利成婚前不久，被"疯王"伊里斯·坦格利安二世残忍地绞死。他父亲被迫全程目睹爱子惨死的经过。其实布兰登才是临冬城真正的继承人，他既是长子，又是天生的领袖。

莱安娜香消玉殒时年方十六，还是个童心未泯的女孩。奈德全心全意地疼爱着这个妹妹，劳勃对她的爱尤有过之。她原本是要当他新娘的。

"她比这漂亮多了。"一阵沉默之后，国王开口。他的眼光仍眷恋在莱安娜脸上，不忍离去，仿佛这样便可以将她唤回人世。最后他终于站起身，步履却因肥胖而显得有些不稳。"妈的，奈德，*真有必要把她葬在这种地方么？*"他的声音因为忆起的悲痛而嘶哑起来，"她不该与阴暗为伍……"

"她是临冬城史塔克家族的人，"奈德平静地说，"她属于这里。"

"她应该安葬在风景优美的山丘上，坟上种棵果树，头顶有阳光白云与她为伴，有风霜雨露为她沐浴。"

"她临终前我就在她身边，"奈德提醒国王，"她只想回家，长眠在布兰登和父亲身边。"他至今还偶尔能听得见她死前的呓语。*答应我*，她在那个弥漫血腥和玫瑰馨香的房间里朝他喊，*奈德，答应我*。迟迟不退的高烧吸走了她全部的力量，当时的她气若游丝。但当他保证将信守诺言时，妹妹眼里的恐惧顿时一扫而空。奈德记得她最后的微笑，还有她如何紧抓他的手，随后离开人世，玫瑰花瓣自她掌心倾泻而出，沉暗而无生气。在那之后发生了什么，他全都不记得。当人们找到他时，他仍然紧紧抱着她了无生气的躯体，哀恸得难以言语。据说最后是那个矮小的泽地人霍兰·黎德将她的手自他手中抽开，奈德自己一片茫然。"我一有机会就会带花来看她，"他说，"莱安娜她……一直很喜欢花。"

国王摸了摸她的脸颊，手指温柔地滑过粗粝的岩石表面，好似在爱抚活生生的恋人。"我发誓杀雷加为她报仇。"

"你已经杀了他。"奈德提醒他。

"只杀了一次。"劳勃满腹酸楚地说。

两个死敌当年在三河交汇处的沙洲浅滩上碰面，炽烈的战火在他们四周蔓延。劳勃手持他的铁刺战锤，头戴鹿角巨盔；坦格利安王子则全身黑甲，胸铠上用红宝石镶成象征家族纹章的三头巨龙，烈日照耀下有若熊熊烈火。两人鏖战不休，三叉戟河的河水在战马铁蹄下染成血红，直到最后劳勃的战锤击碎了对手铠甲上的三头龙，粉碎了铠甲下的躯体。奈德赶到现场时，雷加已经倒卧河中，气绝身亡；双方士兵则在水里争抢从他铠甲上掉落的红宝石，激起翻飞水花。

"每晚在梦中，我都要杀他一次。"劳勃道，"就算再杀他个一千遍，他还是死有余辜。"

奈德不知道该说什么才好。又一阵沉默后，他说："陛下，我们该回去了，王后正等着呢。"

"王后王后，就算异鬼抓走她又如何？"劳勃尖酸地喃喃道，但他还是蹒跚脚步，沉重地朝来时的方向走去。"还有，你要敢再叫我一声陛下，我一定把你枭首示众。咱们之间可不只是君臣而已。"

"我不敢忘。"奈德静静地回答。眼看国王没有答话,他便问,"跟我说说琼恩的事。"

劳勃摇摇头:"我这辈子没看过一个人病情恶化得那么迅速。为了庆祝我儿子的命名日,我们举办了一场比武竞技,当天见了他,你一定会认为他健康得能长命百岁。但两个星期之后他就死了,得的病像把烈火,活活把他给燃尽。"劳勃在一根石柱边停下来,正好站在一个死去已久的史塔克族人面前。"我好敬爱那个老人啊。"

"我们都一样。"奈德停了一会儿,"凯特琳很为她妹妹担心,莱莎还好吗?"

劳勃的嘴角苦涩地扭了扭,"坦白说,一点也不好。"他顿了顿,"奈德,我认为琼恩的死把那个女人给逼疯了。她已经带着儿子逃回了鹰巢城。我是不希望她这么做的,我本来打算把他过继给凯岩城的泰温·兰尼斯特。琼恩既没有兄弟,又只有这一个儿子,我怎么能让个女人家独自抚养他长大呢?"

奈德宁可把孩子交给毒蛇抚养,也不愿意交给泰温公爵,但他没说出口。有些旧伤永难愈合,只需简短几字,就会再汩汩流血。"她刚失去丈夫,"他小心翼翼地说,"或许做母亲的害怕再失去儿子吧,况且那孩子年纪还小。"

"六岁,成天病恹恹,这种人是新任鹰巢城公爵,诸神饶了我罢!"国王咒骂道,"泰温公爵以前从没收过养子,莱莎应该觉得光荣才对。兰尼斯特家族历史悠久,势力又大,可她竟然连考虑都不肯考虑,也没得到我准许,就趁着月黑风高不声不响离开了。瑟曦差点没气炸。"他深深地叹了口气。"你知道吗?那孩子的名是照着我取的,叫劳勃·艾林。我发誓要保护他,怎么能让他母亲就这样把他偷偷带走呢?"

"不如让我来收养他,你意下如何?"奈德说,"莱莎应该会同意。她年轻时和凯特琳很亲,她来这儿也会比较有家的感觉。"

"我的老友啊,你是个好人。"国王回答,"只可惜为时已晚。泰温公爵既然同意收养,如果又把那孩子转到别的地方,对他是种侮辱。"

"我关心的是我外甥的幸福,我不在乎兰尼斯特家族高不高兴。"奈德表示。

"那是因为你晚上不用陪兰尼斯特家的女人睡觉。"劳勃放声大笑,笑声在墓窖里回荡,在拱形屋顶上反射,那笑容则是浓密黑虬髯里的一条白线。"呵,奈德,"他说,"你还是老样子,太严肃了。"他伸出巨大的手臂环住奈德的肩膀。"我本想过几天再跟你谈这件事,但你既然提起,就现在说罢。来,我们走。"

他们朝墓窖的出口走去,穿梭于石柱之间,两旁的史塔克死者空洞的眼神仿佛正跟随他们的脚步。国王依旧搂着奈德:"你一定想不透,隔了这么多年,为什么现在我才到临冬城来。"

奈德确有几个可能的猜测,但他没说出来。"我看,想来和我作伴?"他故作轻松地说,"不然就是绝境长城的缘故。陛下,您一定要去看看,在城墙上亲自走一遭,再和守军谈谈。守夜人部队如今已没有过去的盛况,班扬说……"

"相信我很快就有机会当面和你弟弟聊聊,"劳勃道,"至于绝境长城,已经在那儿多久了?八千多年了罢,再撑个几天应该没问题。我有更要紧的事要跟你说,如今时局紧张,我需要信得过的得力助手,就像琼恩·艾林那样的人。他既是鹰巢城公爵,又是东境守护和御前首相,要找到合适的替代人选可不容易。"

"他儿子……"奈德开口。

"他的儿子会继承鹰巢城公爵爵位,以及麾下领地所有税赋。"劳勃打断他,"就这样了。"

奈德大吃一惊,错愕地停下脚步,转身面对国王,脱口便道:

"艾林家族世代担任东境守护，这是个世袭的职位啊。"

"等他长大成人，我再考虑要不要交还给他。"劳勃说，"然而我首先要打算的是今年和往后的几年。奈德，六岁的小男孩没法统率军队。"

"这头衔在承平时期不过是个荣誉职，就让那孩子保留这个称号吧。就算不为了他，为了他那一生为国鞠躬尽瘁的父亲，这也是应该的。"

国王听了不大高兴，把手从奈德肩膀上抽了回来："琼恩鞠躬尽瘁是他职责所在，他本来就该对他的君王效忠。奈德，我不是忘恩负义的人，这点你应该最清楚。但那孩子可不是他父亲，一个稚龄幼儿治理不了东方。"他的语气缓和下来，"不说这些了，我有更要紧的事跟你商量，而且这次我不准你跟我争辩。"劳勃紧握住奈德的手肘，"奈德，我需要你帮忙。"

"陛下，我永远任您差遣。"

他虽然很担心国王的下一步，却不得不这么说。

劳勃好像根本就没听他说话，只自顾自地续道："想想我们一起在鹰巢城度过的那几年……妈的，好一段快乐时光！奈德，我希望你能再次陪在我身边，我希望你能南下到君临与我共商国是，不要一个人躲在世界的尽头，毫无用武之地。"劳勃望向远处的昏暗，突然像个史塔克族人般忧郁地说："我向你发誓，坐在铁王座上管理国政，比夺取王位要难上千倍。法律仲裁是件累煞人的事，清算国库更麻烦。还有那些没完没了的平民百姓，我成天坐在那张该死的铁椅子上听他们怨东怨西，听得我脑筋麻木，屁股酸痛。每个人一开口就是要钱，不然就是要土地或法律仲裁。全是些满口胡言的家伙，偏偏我的大臣贵妇们也好不到哪里去。我身边都是些白痴和马屁精，奈德，这真会把人逼疯的。他们要么稀里糊涂，要么故意说谎。有时候我睡觉，还真希望咱们当年在三叉戟河吃了败仗。啊，我不是说真吃了败仗，只是……"

"我了解。"奈德轻轻地说。

劳勃看着他："老朋友，我想也只有你能够了解。"他面带微笑，"艾德·史塔克大人，我将任命你为国王之手，即御前首相。"

奈德单膝跪下。他并不意外，除了这个原因，劳勃还会为了什么千里迢迢北上呢？御前首相是七大王国中一人之下，万人之上的显赫要职，他将代表国王发号施令、运用权威、统御三军、执掌司法。遇到国王缺席、生病或其他突发事件，他甚至会坐上铁王座，直接统治国家。劳勃等于是将王国交到他手中。

而这，却是他最最不想要的。

"陛下，"他说，"恐怕我的能力不足以胜任此等要职。"

劳勃高兴地发出一声佯装不耐的咕哝："我要真为你着想，早让你退休啦。我是打算让你来治理国家，带兵打仗，而我自己呢？痛痛快快地吃喝玩乐，嫖个过瘾。"他拍拍肚皮，嘿嘿笑道，"你知道那句形容国王和首相的谚语吧？"

奈德当然知道。"国王做梦，"他说，"首相筑梦。"

"有个跟我上床的渔家女孩告诉我，他们中下层百姓有个更妙的比喻：国王吃席，首相拉屎。"

此话一出，他仰头狂笑，回音响彻黑暗，四面八方的临冬城死者却似乎很不以为然地冷眼旁观。当笑声终止，奈德仍然单膝跪地，眼睛上扬。"妈的，奈德，"国王抱怨，"你好歹也跟我一起笑一笑？"

"有人说这里的冬天太冷，人若是笑了，声音会冻结在喉咙里，直到把人活活噎死。"奈德平静地说，"或许这就是为什么我们史塔克家的人甚少有幽默感。"

"跟我一起到南方去，我一定让你再露笑颜。"国王向他保证，"你既然帮我得到了这张该死的铁椅子，就该帮我保住它吧。

我们注定是要并肩治理国家的。倘若莱安娜还活着，我们就该是联姻手足，名副其实的兄弟了。呵呵，好在现在也不迟，我有个儿子，你有个女儿，我家小乔和你的珊莎会把两家结合在一起，就好像当年的莱安娜和我。"

这个提议却真吓了奈德一跳："可珊莎才十一岁。"

劳勃不耐烦地挥挥手，"已经大到可以订婚啦，结婚等过几年再说。"国王微笑，"你这浑球，还不快站起来说好。"

"陛下，这是至高无上的荣耀与喜乐。"奈德回答，接着他露出迟疑，"可也太让我措手不及，能否给我点时间考虑？我要告诉我妻子……"

"好，好，当然没问题，去跟凯特琳说罢，好好想清楚。"国王伸出手，拍了拍奈德的手，然后把他拉起来。"别教我等太久就是，你也知道我没什么耐性。"

一时之间，艾德·史塔克心中充满了一种山雨欲来的恐惧，毕竟寒冷的北国才是真正属于他的故乡。他看看四周石像，吸了口墓窖的冰冷空气。他隐约可以感觉得出身旁历代先祖的目光，他知道他们正侧耳倾听，他知道凛冬将至。

琼恩

在某些场合——虽然不多,却依旧存在——琼恩·雪诺会暗自庆幸自己是个私生子。当他拿起传来的酒壶,把自己刚喝干的杯子斟满时,他惊觉现在就是这样的场合。

他返身坐回长凳,和青年侍从们坐在一起,啜饮杯中佳酿。满口夏日红酒甜美的水果香气,牵起他嘴角的一丝微笑。

临冬城的大厅里热气蒸腾,四溢着烤肉和刚出炉的面包所散发的香味。大厅的灰石墙上挂满了各家旗帜,白色是史塔克家族的冰原奔狼,金色是拜拉席恩家族的宝冠雄鹿,绯红是兰尼斯特家族的怒吼雄狮。大厅里有位歌手正拨弄竖琴,高唱歌谣,然而在炉火熊熊、蜡碟碰撞和酩酊交谈的喧嚣覆盖下,坐在长厅末端的他根本听不清楚。

为国王接风洗尘而举办的欢迎晚宴,已经进行了整整四个钟头。琼恩的兄弟姐妹和他隔着整个大厅,他们和王子公主们坐在一起,只比史塔克公爵夫妇和国王王后所处的高台低一席。每逢这种特殊场合,他的公爵父亲总会特许每个孩子喝一杯葡萄酒,但不准再多。反倒是像他这样与随从仆役们在一块儿,没人会管他喝多少。

他发现自己的酒量原来和成人差不多,在身旁这群兴高采烈的年轻人怂恿下,喝干一杯,他们就怂恿他再来一杯。琼恩很乐意与他们为伍,津津有味地听他们彼此吹嘘战争、打猎和偷情的故事。他相信这群伙伴绝绝对比王子公主们有趣。先前当访客们从大门口鱼贯而入时,他已经满足了自己的好奇心。队伍正好从他座位前方不远处经过,他便好好地瞧了个清楚。

他的公爵父亲护送王后走在前面,她正如传闻中那么美丽,

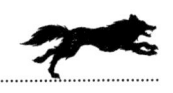

镶满宝石的头冠衬着她金色的长发，闪闪发亮，其上镶嵌的翡翠和她璀璨明亮的碧眼搭配得完美无瑕。父亲搀扶她步上高台，引她到席位坐下，然而她自始至终都没正眼瞧他一下。琼恩虽然只有十四岁，但他还是看得出王后的笑容只是表面功夫。

接着是国王本人，他挽着史塔克夫人的手走了进来。琼恩见到国王，只觉大失所望。父亲常说起那个天下无双的勇士劳勃·拜拉席恩，三叉戟河的恶魔，全国最骁勇善战的武士，在王公贵族间卓然不群。可在琼恩眼里，他不过是个红脸长须，汗流浃背的胖子，走起路来一副沉溺杯中物的模样。

在他之后进来的是孩子们，小瑞肯走在第一，很努力地要装出三岁小孩所能表现出来的庄严姿态。他走到琼恩面前时还停下来打招呼，琼恩只得催促他快走。罗柏紧跟在后，他穿着象征史塔克家族色彩的灰绒白边羊毛衣，挽着弥赛菈公主的手。她还是个小女孩，年纪不满八岁，珠光宝气的发网内，一头金色卷发有如瀑布般流泻直下。他们经过时，琼恩注意到她看着罗柏时的羞赧微笑。他的结论是这女孩八成挺无趣。不过罗柏根本就没发现她有多蠢，他自己也看着她，笑得像个傻子。

接着他的两个异母妹妹护送王子们进来了，艾莉亚和胖嘟嘟的托曼王子走在一块儿，他白金色的长发比她的头发还要长。大她两岁的珊莎则陪着王太子乔佛里·拜拉席恩。乔佛里今年十二岁，年纪比琼恩和罗柏都小，长得却比两人都要高，琼恩想到这就不痛快。乔佛里王子有妹妹的长发和母亲的深邃碧眼，金色的发卷盖过金色宽领带和高贵的天鹅绒衣领，珊莎走在他身旁，容光焕发。不过琼恩可一点也不喜欢乔佛里那副嘴唇上噘，对临冬城大厅轻蔑鄙夷的神态。

他对走在王太子后面的这一对比较感兴趣：他们是王后的兄弟，都是凯岩城兰尼斯特家的人。任何人都不会把谁是"雄狮"，谁又是"小恶魔"给弄混的。詹姆·兰尼斯特爵士是瑟曦王后的孪生手足，生得高大英挺，金发飘扬，有着闪亮的碧眼和利如刀锋的笑容。他穿着大红丝质长衫、漆黑高筒靴和黑缎长披风，上衣的前胸用金线绣了头兰尼斯特家怒吼不驯的雄狮。人们称他"兰尼斯特雄狮"，又在背后窃窃私语"弑君者"这个名号。

琼恩发觉自己几乎无法将视线自他身上抽离。这才是王者应有的风范，詹姆走过面前时，他如此暗想。

接着他望向詹姆的兄弟，此人正摇摇摆摆、半躲藏地走在哥哥身边。提利昂·兰尼斯特是泰温公爵年纪最小，也最丑陋的孩子。诸神赐予瑟曦和詹姆的一切优点，一样都没留给提利昂。他是个身高只有哥哥一半的侏儒，鼓动着畸形的双腿努力想跟上哥哥的脚步。他的头大得不合比例，鼓胀额头下是一张扭曲的怪脸，双眼一碧一黑，从满头长直金发下面向外窥视。他头发的颜色几乎金亮成白。琼恩饶富兴味地看着他打面前经过。

达官贵胄中最后进来的是他叔叔，守夜人部队的班扬·史塔克，以及父亲年轻的养子席恩·葛雷乔伊。班扬经过时对他露出温和的微笑，席恩则对他完全视若无睹，不过这也不是一两天的事情了。等贵宾全部就座之后，大家彼此举杯祝福，互致贺词，然后晚宴便正式开始。

琼恩从那时起就在喝酒，到现在还没停下。

长桌下有东西摩擦他的脚，低头只见一对红眼睛盯着他望。"肚子又饿了？"他问。餐桌中间还有半只蜜汁烤鸡，琼恩伸手撕下一只鸡腿，突然心生一计，用餐刀把整只鸡的肉切割下来，然后让剩余的鸡骨从自己双腿间滑到地上。"白灵"野蛮却安静地撕咬起骨头。他的兄妹们都不准带狼进宴会厅，唯有琼恩所处的大厅尾端，狗多得数不清，自然也没人管他的小狼。他告诉自己这也算专有的好福气。

他的眼睛突然一阵刺痛，他粗鲁地揉揉，咒骂着熏烟。他又喝了一大口葡萄酒，然后看着白灵吞噬了整只鸡。

狗们在餐桌间来回走动，跟着女侍四处逡巡。其中有一只长着大大黄眼睛的黑色混血母狗闻到了鸡肉香味，便停下脚步，低身挤过长椅想要分一杯羹。琼恩冷眼旁观双方对峙，只见那母狗喉头发出低吼，慢慢靠近。白灵则沉默地抬头，用那双血红的眼睛冷冷瞪视对方。母狗发出一声愤怒的挑衅，她的身躯是小冰原狼的三倍，但白灵动也不动，只霸占住自己的食物，张开嘴巴，露出尖牙。母狗见状，又吠了一声，最后决定这场架还是不打为妙。于是它转身溜走，离去前还不忘傲慢地吠了一声以维持自尊。白灵继续低头猛嚼。

琼恩得意地笑着，探手到桌底摸摸小狼一身蓬松的白绒毛。小狼抬起头望他，温柔地咬了他的手一口，然后又低头大快朵颐。

"这就是大名鼎鼎的冰原狼吗？"一个熟悉的声音在身旁问。

琼恩开心地抬头，班叔叔把手放在他头上，拨弄着他的头发，就好像他刚才拨弄白灵身上的毛一样。"对，"他回答，"它叫白灵。"

一名正说着低级故事的侍从停下来，挪出位置给公爵的弟弟坐。班扬·史塔克跨坐上长凳，从琼恩手里接过酒杯。"夏日红，"他尝了一口后缓缓地说，"没有东西比得上这酒甜美。琼恩，你今晚喝了几杯？"

琼恩笑而不答。

班扬·史塔克笑道："果不出我所料。呵呵，算了，记得我第一次喝得酩酊大醉时，年纪比你还小。"他从旁边木餐盘里拣起一颗滴着棕色肉汁的烤洋葱，一口咬将下去，发出松脆的喀嚓声响。

叔叔容貌锐利，瘦削有如危岩嶙峋，但他灰蓝色的眼睛里永远带着笑意。他和所有守夜人一样一袭黑衣，今晚他身着厚实的天鹅绒长衫,脚踏皮革高筒靴,腰系宽边皮带和镀银扣环,脖间还戴了串沉甸甸的银项链。班扬一边吃洋葱,一边兴味盎然地看着白灵。"很安静的一只狼。"他做出结论。

"它和其他几只很不一样,"琼恩说,"从来都一声不吭,所以我才叫它白灵。这也是因为它的毛色,其他几只狼毛色都很深,不是灰就是黑。"

"长城外也有冰原狼,我们外出巡逻时经常听到它们的号叫。"班扬·史塔克意味深长地看着琼恩,"你平日不是都和你弟弟他们同桌吃饭吗?"

"那是平日,"琼恩平板地回答,"夫人认为,今晚若让私生子与他们同桌用餐,对王族是种侮辱。"

"原来如此。"叔叔转头看看大厅尽头高台上的餐桌,"我哥哥今晚看上去不太有庆祝的兴致。"

琼恩也注意到了,私生子必须学会察言观色,洞悉隐藏在人们眼里的喜怒哀乐。他父亲固然举止都合乎礼数,但神情里却有种琼恩从未见过的拘束。他不多说话,始终用低低的眼神扫视全厅,目光十分空洞。隔着两个位子的国王倒是整晚开怀畅饮,络腮胡后那张大脸涨得通红,他不断地举杯敬酒,听了每一个笑话都乐得前仰后合,每一道菜他都像个饿鬼似的吃个不休。但坐在他身旁的王后却如一尊冰冷的雕像。"王后也在生气,"琼恩低声对他叔叔说,"下午父亲大人带国王去了地下陵寝,王后本不希望他去的。"

班扬仔细地审视了琼恩一番,"琼恩,什么事都逃不过你眼光,是么?我们长城守军很需要你这样的人才。"

琼恩骄傲地说:"罗柏用起长枪来比我有力,但是我剑使得比较好,胡伦还说我的骑术在城里也是数一数二。"

"的确很不容易。"

"你回去的时候,带我一道走罢。"琼恩突然激动起来,"只要你去跟父亲大人说,他一定会同意,我知道他一定会。"

班扬叔叔再度审视他的脸庞:"琼恩,对一个男孩子来说,长城是个很艰苦的地方。"

"我差不多成年了,"琼恩辩解,"下个命名日我就满十五岁,而且鲁温师傅说私生子比其他孩子长得快。"

"这倒是真的。"班扬的嘴角向下微翘,他从桌上拿起琼恩的酒杯,用附近的酒壶斟满葡萄酒,深吸一口。

"戴伦·坦格利安征服多恩领时也不过十四岁。"琼恩又说。传说中的年轻龙王是他心目中的英雄。

"那场仗可是打了一整个夏天,"叔叔提醒道,"你说的这个年轻国王,为了攻下多恩,死了一万人,后来为了守住它,又死了五万人。应该有人告诉他,战争可不是儿戏。"他又啜了口酒,抹抹嘴。"而且,戴伦·坦格利安十八岁就英年早逝,你该不会忘记这一部分吧?"

"我什么都没忘,"琼恩吹嘘,酒精让他胆子也大了起来。他试着坐直身子,好让自己看起来更高大,"叔叔,我想加入守夜人部队服役。"

对于这个决定,他早已反复思量,夜里,当他的兄弟们在身边安睡酣眠,他却辗转难安。罗柏有朝一日会继承临冬城,以北境守护的身份指挥千军万马。布兰和瑞肯将成为他的封臣,拥有各自的庄园,为他管理内政。妹妹艾莉亚和珊莎会嫁给其他豪族的子嗣,以贵族夫人的身份前往南方属于她们的领地。唯有他,区区一个私生子,能指望什么呢?

"琼恩,你恐怕不知道。守夜人是一个视死如归的团体,我们没有家庭羁绊,永远也不会生儿育女,我们以责任为妻,以荣誉为妾。"

"私生子一样有荣誉心,"琼恩说,"我已经做好宣誓加入的准备了。"

"你只是个十四岁的孩子,"班扬答道,"还算不上成人。在你接触女人之前,恐怕无法想象将要付出的代价有多大。"

"我才不在乎那个!"琼恩火气直往上撞。

"你若是知道,多半就会在乎了。"班扬说,"孩子啊,倘若你知道发了这誓,会有什么样的后果,你就不会这么急着要加入了。"

琼恩听了更觉气恼:"我才不是你的孩子!"

班扬·史塔克站起身,"我就可惜你不是我孩子。"他拍拍琼恩肩膀,"等你在外面生了两三个私生子,再来找我,到时候看看自己会有什么想法。"

琼恩浑身颤抖。"我绝不会在外面生什么私生子,"他一字一顿地说,"永远不会!"他将最后一句话当成毒液般吐出口。

这时他惊觉全桌的人不知什么时候都静了下来,所有人都盯着他。他只觉泪水充满眼眶,最后他站了起来。

"恕我先告退。"他用最后一丝尊严说,然后趁其他人看到他眼泪掉下之前,旋风似的跑开。他一定是喝多了,两只脚仿佛打了结,当即与一位女侍撞了满怀,使一壶掺香料的葡萄酒泼洒在地,四座顿时响起哄堂大笑。琼恩眼中的热泪滚下面颊,有人想搀他,但他甩开善意的手,凭着辨不清地面的眼睛,继续朝大门跑去。白灵紧随其后,奔进低垂的夜幕。

空荡的庭院分外寂静,内墙城垛上只有一位拉紧斗篷抵御寒意的守卫,独自蜷缩墙角,虽然看上去百无聊赖,表情悲苦,但琼恩却一千个一万个愿意跟他交换位置。除此之外,整座孤城四下漆黑,满是寂寥。琼恩曾去过一座被遗弃的庄园,那里杳无人迹、沉默阴郁,四下肃然,唯有巨石在默默倾诉过往主人的景况。今夜的临冬城便让琼恩联想起当时的情景。

笙歌舞乐从身后敞开的窗户向外流泻，正是他此刻最不想听的靡靡之音。他用衣袖抹去泪水，气恼自己如何把持不住，随后准备转身离开。

"小子。"有人叫住他。琼恩转头。

提利昂·兰尼斯特正坐在厅堂前门上面突出的壁架上，睥睨世间万物，活像只石像鬼。这侏儒朝他笑笑："你身旁那家伙可是只狼？"

"是冰原狼。"琼恩说，"叫白灵。"他抬头望着侏儒，先前的不满被好奇取代。"你在那儿做什么？怎没在里面参加晚宴呢？"

"里面太热太吵，我又多喝了点酒。"侏儒告诉他，"很久以前，我就学到了一个教训：在你的哥哥身上呕吐是件不太礼貌的事。我可以靠近瞧瞧你那只狼吗？"

琼恩迟疑了一下，然后缓缓点头："你能自己下来么？还是要我去弄张梯子？"

"去，瞧不起我啊？"小个子说。他两手往后一用力，整个人翻腾进半空中。琼恩惊讶得喘不过气，瞠目结舌地看着提利昂紧缩成一个球，轻巧地以手着地，然后后空翻站起身。

白灵有些迟疑地向后退了几步。

侏儒拍拍身上的灰尘，笑道："我想我一定是吓着你的小狼了。真不好意思。"

"他才没被吓着。"琼恩边说边弯身唤道："白灵，过来，快过来，乖。"

小狼溜达过来，亲热地用鼻子摩擦琼恩的脸颊，却始终对提利昂·兰尼斯特保持警戒。当侏儒伸手想摸它时，它立刻抽身后退，露出利齿，发出无声的咆哮。"挺怕生的么？"兰尼斯特说。

"白灵，坐下。"琼恩命令，"就是这样，坐着别乱动。"他抬头望向侏儒,"你现在可以摸他了。除非我叫他动,否则他不会乱动的。我正在训练他。"

"原来如此。"兰尼斯特搔搔白灵两耳间白如细雪的绒毛,"乖狼狼。"

"若我不在这里,他早把你的喉咙撕开了。"琼恩说。其实这话当下还不能成真,不过看小狼的长势却也为时不远。

"如果这样,那你还是别走开的好。"侏儒答道。他歪了歪那颗过大的脑袋,用那双大小不一的眼睛仔细打量琼恩,"我是提利昂·兰尼斯特。"

"我知道。"琼恩边说边起身。他站着比那侏儒高多了,不禁觉得很怪异。

"你是奈德·史塔克的私生子,对吧?"

琼恩只觉得一股寒意刺进全身,他抿紧嘴唇,没有答话。

"我冒犯到你了吗?"兰尼斯特忙道,"抱歉,侏儒向来不太懂得察言观色。反正侏儒们历来都是杂耍卖艺,个个衣着随便,口无遮拦,我也就有样学样啦。"他嘿嘿笑着。"不过你确实是个私生子。"

"艾德·史塔克大人是我父亲没错。"琼恩终于还是承认了。

"嗯,"兰尼斯特端详着他的脸,"看得出来。跟你那些兄弟相比,你还比较有北方人的味道。"

"同父异母的兄弟。"琼恩纠正,心里暗暗为侏儒的说法感到高兴。

"那么私生子小弟,让我给你一点建议罢。"兰尼斯特道,"永远不要忘记自己是谁,因为这个世界不会忘记。你要化阻力为助力,如此一来才没有弱点。用它来武装自己,就没有人可以用它来伤害你。"

琼恩可没心情听人说教:"你又知道身为私生子是什么

了?"

"全天下的侏儒,在他们父亲眼里都跟私生子没两样。"

"你可是你母亲的亲生儿子,地地道道的兰尼斯特族人。"

"是么?"侏儒苦笑,"这话你去跟我父亲大人说吧。我妈生我的时候难产而死,所以我老爸始终不确定我是不是他亲生的。"

"我连我母亲是谁都不知道。"琼恩道。

"反正是个女人。"他朝琼恩露出一抹哀伤的笑容,"小子,请记住,虽然全天下的侏儒都可能被视为私生子,私生子却不见得要被人视为侏儒。"说完,他转过身,驼着背返回宴会大厅,嘴里还哼起一首爱情小调。当他打开门的一刹那,室内的灯光将他的背影清楚地洒在庭院中。就在那一瞬间,提利昂·兰尼斯特的身影宛如帝王般昂首挺立。

A SONG OF ICE AND FIRE

凯特琳

在临冬城主堡所有的房间里，就属凯特琳的卧室最是闷热，以至于鲜少有生火取暖的必要。城堡立基于天然的温泉之上，蒸腾热水如同人体内的血液般流贯高墙寝室，将寒意驱出石材大厅，使玻璃花园充满湿气与暖意，让土壤不致结冻。十几个较小的露天庭院中，温泉日夜蒸腾。夏日里，这或许无足轻重，但到了冬季，却往往是生与死的差别。

凯特琳喜欢把洗澡水弄得滚烫炙热、蒸汽四溢，而她选择的居室四周墙壁摸起来也一向很温暖。只因这种温暖能勾起她对于奔流城的回忆，让她想起那段在艳阳底下，与莱莎和艾德慕嬉闹奔逐的日子。只是奈德始终无法忍受这种热度，他总告诉她说，史塔克家族的人生来就要与冰天雪地为伍，而她也总会笑答：倘若真是这样，那么他们的城堡真是盖错了地方。

正因如此，当他们完事之后，奈德便翻过身，从她床上爬起来，如以前千百次一样走过房间，拉开厚重的织锦帷幕，把高处的窄窗一扇扇推开，让夜里的寒意灌进卧房。

他静静伫立窗边，全身赤裸，手无长物，独向幽暗长空，冷风在他身边穿梭呼啸。凯特琳拉过温暖的毛皮，盖到下巴，默默地看着丈夫，觉得他看起来似乎变得瘦小又脆弱，仿佛突然之间又成了那个自己十五年前在奔流城圣堂托付一生的年轻人。她的下体仍然因为他刚才剧烈的动作而疼痛，但这是一种美好的疼痛，她可以感觉到他的种子在自己体内。她祈祷种子能开花结果。生完瑞肯已是三年前的事，她年纪还轻，可以再为他添个儿子。

"我拒绝他就是。"他边说边转身面向她，眼神阴霾不开，语调充满疑虑。

凯特琳从床上坐起来:"不行,你不能拒绝。"

"我的责任在这里、在北方,我无意接任劳勃的首相一职。"

"他才不懂这些,他现在是国王了,国王可不能当常人看待。倘若你拒绝了他,他定会纳闷其原因,随后迟早会怀疑你是否包藏二心。你难道看不出拒绝之后,可能为我们带来的危险吗?"

奈德摇摇头:"劳勃绝不会做出对我或我家人不利的事。他爱我更胜亲兄弟,假如我拒绝,他会暴跳如雷,骂不绝口,但一个星期之后我们便会对这件事嗤之以鼻。他这个人我很清楚!"

"你清楚的是过去的他,"她答道,"现在的国王对你而言,已经成了陌生人。"凯特琳想起倒卧雪地的那头冰原狼,想起喉咙里深插的鹿角。她得想办法让他认清事实。"大人,国王的自尊就是他的一切,劳勃不远千里来看望你,为你带来如此至高无上的荣誉,你说什么也不能断然拒绝,这等于当众甩他一个耳光呀。"

"荣誉?"奈德苦涩地笑道。

"在他眼里,没有更高的荣誉了。"她回答。

"在你眼里呢?"

"在我眼里也一样!"她叱道,突然间生气起来。他为什么就不懂呢?"他愿意让自己的长子迎娶珊莎,还有什么能比这更光荣?珊莎有朝一日说不定会成为王后,她的孩子们将统治北起绝境长城,南及多恩峻岭的辽阔土地,这难道不好么?"

"老天,凯特琳,珊莎才十一岁,"奈德说,"而乔佛里……乔佛里他……"

她忙接口:"他是当今王太子,铁王座的继承人。我父亲将我许配给你哥哥布兰登的时候,我也不过十二岁。"

这话引起了奈德嘴角苦涩的牵动,"布兰登,是啊,布兰登知道怎么做,他做什么都充满自信,成竹在胸。你和临冬城本来都该是布兰登的。他是个当首相和作王后父亲的料。我可从没说过要喝这杯苦酒。"

"也许你没有,"凯特琳说,"但布兰登早已不在人世,酒杯也已经传到你手中,不管喜不喜欢,你都非喝不可。"

奈德再度转身,返回暗夜之中。他站在原地望着屋外的黑暗,或许在凝视月光星辰,或许在瞭望城上哨兵。

见他受了伤,凯特琳缓和下来。依照习俗,艾德·史塔克代替布兰登娶了她,然而他过世兄长的阴影仍旧夹在两人之间,就像另一个女人的阴影,一个他不愿说出名字,却为他生下私生子的女人。

她正准备起身走到他身旁,敲门声却突然传来,在这样的时刻显得尤为刺耳,出乎意料。奈德回身,皱眉道:"是谁?"

戴斯蒙的声音从门外传来:"老爷,鲁温学士在外面,说有急事求见。"

"你有没跟他讲,我交代不准任何人打扰?"

"有的,老爷,不过他坚持要见您一面。"

"好罢,让他进来。"

奈德走到衣橱前,披上一件厚重的长袍。凯特琳这才突然惊觉到屋里的寒意,她在床上坐起身子,把毛毯拉到下巴。"我们是不是该把窗子关起来?"她建议。

奈德心不在焉地点点头,鲁温学士已经被带进来了。

学士是个瘦小的人,一身灰色。他的眼睛是灰色,但眼神敏锐,少有东西能逃过他的注意;岁月给他残留的头发也是灰的;他的长袍是灰色羊毛织成的,镶滚着白色绒边,正是史塔克家的色彩。宽大的袖子里藏有许许多多的口袋,鲁温总是忙不迭地把东西放进袖子,不时能从里面拿出书、信笺、古怪的法器、孩子们的玩具等等。想到鲁温师傅袖子里放了那么多东西,凯特琳很惊讶他的手还能活动。

学士直等到身后的门关上之后方才开口:"老爷,"他对奈德说,"请原谅我打扰你们休息,有人留给我一封信。"

奈德面带愠色地问:"有人留给你一封信?谁留的?今天有信使来过?我如何不知情?"

"老爷,不是信使带来的。有人趁我打盹时,把一个雕工精巧的木盒放在我观星室的书桌上。我的仆人说没看到人进出,但想来一定是跟国王一道的人留下的,我们没有其他从南方来的访客。"

"你说是个木盒子?"凯特琳问。

"里面装了个精美的透镜,专用于观星,看来应该是密尔的做工。密尔产的透镜可称举世无双。"

奈德又皱起眉头,凯特琳知道他对这类琐事一向毫无耐性。"透镜?"他说,"这与我有何关系?"

"当时,我也抱着相同的疑问,"鲁温师傅道,"显然这里面暗藏玄机。"

躲在厚重毛皮下的凯特琳颤抖着说:"透镜的用途是看清真相。"

"没错。"学士摸了摸象征自己身份的项圈,那是一串用许多片不同金属打造而成的沉重项链。

凯特琳只觉一股恐惧从心底升起。"那究竟想让我们看清什么呢?"

"这正是问题所在。"鲁温学士从衣袖里取出一封卷得密密实实的信笺,"于是我把整个木盒分解开来,在假的盒底找到真正的信。不过这封信不是给我的。"

奈德伸出手:"那就交给我罢。"

鲁温学士没有反应。"老爷,很抱歉,可信也不是给您的。上面清楚写着只能让凯特琳夫人拆看。我可以把信送过去吗?"

凯特琳点点头，没有答话。鲁温把信放在她床边的矮桌上，信封乃是用一滴蓝色蜡油封笺。鲁温鞠了个躬，准备告退。

"留下来。"奈德语气沉重地命令，他看看凯特琳。"夫人，怎么了？你在发抖。"

"我害怕啊。"她坦承。她伸出颤抖的双手拿起信封，皮毛从她身上滑落，她完全忘记了自己赤裸的身体。只见蓝色封蜡上印有艾林家族的新月猎鹰家徽。"是莱莎写的信，"凯特琳看着她丈夫说，"只怕不会是什么好消息。"她告诉他，"奈德，这封信里蕴藏着无尽的哀伤，我感觉得出来。"

奈德双眉深锁，脸色转阴。"拆开。"

凯特琳揭开封印。

她的眼神扫过内文，起初看不出所以，随后才猛然醒悟："莱莎行事谨慎，不肯冒险。我们年幼时发明了一种秘密语言，只有我和她懂。"

"那你能否读出信上的内容？"

"能。"凯特琳表示。

"告诉我们。"

"我想我还是先告退为好。"鲁温学士道。

"不，"凯特琳说，"我们需要你的意见。"她掀开毛皮，翻身下床，走到房间的另一头。午夜的冷气寒彻心肺，凄冷有如坟墓。

鲁温学士见状立刻别过头去，连奈德都被她突如其来的举动给吓住。"你要做什么？"他问。

"生火。"凯特琳告诉他。她从衣柜里找出一件睡袍，披上之后在早已冷却的火炉前蹲了下来。

"鲁温师傅……"奈德开口。

"我每一个孩子都是鲁温师傅接生的，"凯特琳道，"现在可不是讲究虚伪礼数的时候。"说完她把信纸塞进甫燃的火中,然后将几根粗木堆在上面。

奈德走过房间,挽着她的胳膊,把她扶起。他的手紧握她不放,脸离她只有几寸。"夫人,快告诉我!信里面究竟写了些什么?"

凯特琳在他的逼问下浑身僵直。"那是封警告信,"她轻声道,"如果我们够聪明,听得进去的话。"

他的眼神在她脸上搜索。"请说下去。"

"莱莎说琼恩·艾林乃是被人谋害。"

他的手指握得更紧。"被谁谋害?"

"兰尼斯特家。"她告诉他说,"当今的王后。"

奈德松开手,她的臂膀上留下了鲜明的深红指印。"老天,"他粗声低语,"你妹妹伤心过度,她根本不知道自己在说些什么。"

"她当然知道,"凯特琳道,"莱莎本人是很冲动,但这封信乃是经过精密策划,小心隐藏的。她一定很清楚信若是落入他人手里,她必死无疑,可见这绝非空穴来风,否则她不会甘冒这么大的风险。"凯特琳注视着她的丈夫,"这下我们真的别无选择,你非当劳勃的首相不可,你得亲自南下去查个水落石出。"

她立即明白奈德已然下了个截然相反的结论。"我知道的是,南方是个充满毒蛇猛兽的地方,我还是避开为宜。"

鲁温拨了拨项链刮伤喉咙皮肤的地方:"老爷,御前首相握有大权,足以查出艾林公爵的真正死因,并将凶手绳之以法。就算情况不妙,要保护艾林夫人和她的幼子,却也绰绰有余。"

奈德无助地环视房间四周,凯特琳的心也随着他的视线飘移,但她知道此刻还不能拥他入怀。为了她的子女着想,她必须先打赢眼前这场仗。"你说你爱劳勃胜过亲生兄弟,你难道忍心眼看自家

67

兄弟被兰尼斯特家的人包围吗？"

"你们两个都叫异鬼给抓去吧。"奈德喃喃咒道。他转身背对他们两人，径往窗边走去。她没有开口，学士也一言不发。他们默默地等待奈德向他挚爱的家园静静地道别，当他终于从窗边回首时，他的声音是如此疲惫而感伤，眼角也微微湿润，"我父亲一生之中只去过南方一次，就是响应国王的召唤。结果一去不返。"

"时局不同，"鲁温师傅道，"国王也不一样。"

"是吗？"奈德木然地应了一声，在火炉边找了张椅子坐下。"凯特琳，你留在临冬城。"

他的话有如寒冰刺进她心口。"不要。"她突然害怕起来，难道这是对她的惩罚？再也见不到他？再也得不到他的温情拥抱？

"一定要。"奈德的语气不容许任何辩驳。"我南下辅佐劳勃期间，你必须代替我管理北方。无论如何，临冬城一定得有史塔克家的人坐镇。罗柏已经十四岁，很快就会长大成人，他得开始学习如何统御，而我没法陪在他身边教导他。你要让他参与你的机要会议。在需要独当一面的时刻来临前，他必须做好万全的准备。"

"诸神保佑，让您早日回来。"鲁温学士嗫嚅道。

"鲁温师傅，我一直把你当成自己血亲骨肉一般看待，请不论事情大小，都给我妻子意见，并教导我的孩子必须了解的知识。别忘记，凛冬将至。"

鲁温师傅沉重地点点头，屋里又复归寂静，直到凯特琳鼓起勇气问了她最害怕听到答案的问题："其他孩子呢？"

奈德站起身，拥她入怀，捧着她的脸靠近自己说："瑞肯年纪还小，"他温柔地说，"他留在这里跟你和罗柏作伴。其他孩子跟我一起南下。"

"这样子我承受不了。"她颤抖着回答。

"你必须忍耐。"他说，"珊莎要嫁给乔佛里，这已经是既成

的事实，我们绝不能留下让他们怀疑忠诚的口实。艾莉亚也早该学学南方宫廷仕女的规矩和礼节，再过几年，她也要准备出嫁了。"

珊莎在南方会成为一颗璀璨耀眼的明珠，凯特琳心想，而艾莉亚确实需要好好学点规矩。于是她很不情愿地暂时抛开心中对两个女儿的执著，但是布兰不能走，布兰一定要留下来。"好罢，"她说，"但是奈德，看在你对我的爱的分上，求求你让布兰留在临冬城，他才七岁呀。"

"当年我父亲把我送去鹰巢城做养子时，我也只有八岁。"奈德道，"罗德利克爵士说罗柏和乔佛里王子处得不太好，这可不是好现象。布兰恰好可以成为两家之间的桥梁，他是个可爱的孩子，笑容满面，讨人喜欢，让他和王子们一同长大，自然而然地产生友谊，就像当年我和劳勃一样，如此一来我们家族的地位也会更加安全稳固。"

凯特琳很清楚他说的是实话，但她的痛苦却并未因此而稍减。眼看着她就要失去他们全部：奈德、两个女儿，还有她最疼惜的心肝宝贝布兰，只剩下罗柏和瑞肯。此刻的她已感寂寞，临冬城毕竟是个很大的地方啊。"那就别让他靠墙太近，"她勇敢地说，"你知道布兰最爱爬上爬下。"

奈德轻吻了她眼里还未掉下的泪滴。"谢谢你，我亲爱的夫人，"他悄声道，"我知道这很痛苦。"

"老爷，琼恩·雪诺该怎么办？"鲁温学士问。

一听这名字，凯特琳立刻全身僵硬。奈德察觉到她的怒意，便抽身放开她。

凯特琳打小就知道，贵族男子在外偷生私生子是常有的事，因此她在新婚不久，得知奈德在作战途中与农家少女生了个私生子时，丝毫不感意外。再怎么说，奈德有他男人的需求，而他征战的那一年，只和她婚后团聚数日便匆匆南下，留她安然地待在后方父亲的奔流城,两人分隔两地。那时她的心思都放在襁褓中的罗柏身上,甚少念及她几乎不认识的丈夫。他在戎马倥偬间,自然不免寻求慰藉。而一旦他留下了种,她也希望他至少能让那孩子衣食无虞。

但他做的不只如此,史塔克家和别人不一样,奈德把他的私生子带回家来,在众人面前叫他"儿子"。当战争终于结束,凯特琳返回临冬城时,琼恩和他的奶妈已经在城里住了下来。

这件事伤她很深,奈德非但不肯说出孩子的母亲,连关系情形半个字也不跟她提。然而城堡里没有不透风的墙,凯特琳很快就从她的侍女群中听说了几种揣测,这些都是从跟随她丈夫打仗的士兵嘴里传出来的。她们交头接耳说着外号"拂晓神剑"的亚瑟·戴恩爵士,说他是伊里斯麾下御林七铁卫中武艺最高强的骑士,但他们的年轻主子却在一对一的决斗中击毙了他。她们还绘声绘影地叙述事后奈德是如何地带着亚瑟爵士的佩剑,前往盛夏海岸的星坠城寻找亚瑟的妹妹。她们说亚夏拉·戴恩小姐皮肤白皙,身材高挑,一双紫罗兰色的眸子深邃而幽冷。她想了两个星期才终于鼓起勇气,某天夜里在床上向丈夫当面问起。

然而,那却是两人结婚多年以来,奈德唯一吓着她的一次。"永远不要跟我问起琼恩的事,"他的口气寒冷如冰,"他是我的亲生骨肉,你只需知道这点就够了。现在,夫人,我要知道你是打哪儿听来这名字的。"她向他保证以后不会再提起这件事,于是便把消息来源告诉了他。翌日起,城中一切谣言戛然而止,临冬城中从此再听不到亚夏拉·戴恩这个名字。

无论琼恩的生母是谁,奈德对她铁定是一往情深,因为不管凯特琳说好说歹,就是没法说服他把孩子送走。这是她永远不会原谅他的一件事。她已经学着全心全意去爱自己丈夫,但她怎么也无法对琼恩产生感情。其实只要别在她眼前出现,奈德爱在外面生多少私生子她都可以睁一只眼闭一只眼。然而琼恩却总是看得见摸得着，怎么看怎么碍眼，更糟的是他越长越像奈德，竟比她生的几个儿子都还要像父亲。"琼恩非走不可。"她回答。

"他和罗柏感情很好，"奈德说，"我本来希望……"

"他绝不能留下来。"凯特琳打断他，"他是你儿子，可不是我的，我不会让他留在这里。"她知道自己这样有些过分，但她也是实话实说。奈德倘若真把他留在临冬城，对那孩子本身也无好处。

奈德看她的眼神里充满痛楚。"你也知道我不能带他南下，朝廷里根本没他容身之处。一个冠着私生子姓氏的孩子……你应该很清楚旁人会如何闲言闲语。他会被排挤。"

凯特琳再次武装起自己，对抗丈夫眼底无声的诉求："我听说你的好朋友劳勃在外面也生了不少私生子。"

"但一个也没在宫廷里出现过！"奈德怒道，"那个兰尼斯特家的女人很坚持这一点，天杀的，凯特琳，你怎么狠得下心这样对他？他不过是个孩子罢了，他——"

他正在气头上，原本可能会说出更不堪入耳的话，但鲁温学士却适时插话："我倒有个主意。您的弟弟班扬前几天来找过我，那孩子似乎对加入黑衫军颇有兴趣。"

奈德听了大吃一惊："他想加入守夜人？"

凯特琳没说什么，就让奈德自己理出一番头绪罢，现在她多说只会惹他生气。然而她却高兴得想亲吻眼前这位老师傅呢！他所提出的这个建议正是最完美的解决方案。班扬·史塔克是个发过誓的黑衣弟兄，对他而言，琼恩等于是此生不可能有的儿子。日子久了，那孩子自然而然也会跟着宣誓加入黑衣弟兄，这样一来，他就不能养儿育女，有朝一日来和凯特琳自己的孙子孙女抢夺临冬城的继承权了。

鲁温学士又说："老爷，加入长城守军可是很高的荣誉。"

"而且即使是私生子，在守夜人军团里也可能升到高位。"奈德思忖，但他的语气仍然有些困惑，"可琼恩年纪还这么小，倘若他是个成人，说要加入一切还好，然而他只是个十四岁的孩子……"

"这确实是个困难的抉择，"鲁温师傅同意，"但我们也身处艰难时刻，他所走的这条路，不会比您或夫人走的路更崎岖坎坷。"

凯特琳又无可避免地想起她即将失去的三个孩子，想要保持沉默太难了。

奈德转过身去，再次望向窗外，他那长长的脸庞宁静中若有所思。最后他叹口气，又回过头："好罢，"他对鲁温学士说，"看来这是目前最好的办法了。我会跟班扬谈谈。"

"我们什么时候告诉琼恩呢？"老师傅问。

"还不是时候，我们要先做些准备，距离启程足足还有两个星期，就让他尽情享受这段剩余的时光吧。夏天很快就要结束，童年的日子所剩无多。时机一到，我会亲自告诉他。"

艾莉亚

艾莉亚的缝衣针又歪了。

她懊恼地皱起眉头,看着手里那团乱七八糟的东西,然后又偷偷瞄了瞄和其他女孩坐在一起的姐姐珊莎。每个人都说珊莎的针线功夫完美无瑕。"珊莎织出来的东西就跟她人一样漂亮。"有次茉丹修女对她们的母亲大人这么说,"她那双手既纤细又灵巧。"当凯特琳夫人问起艾莉亚的表现时,修女哼了一声答道:"艾莉亚的手跟铁匠的手没两样。"

艾莉亚偷偷环视房间四周,担心茉丹修女会读出她的思想。但是修女今天可没把心思放在她身上,她正坐在弥赛菈公主身旁,脸上堆满笑容,口中连声赞美。先前当王后把弥赛菈带来加入她们时,修女就说她平生可没这种福气,可以指导公主针线女红。艾莉亚觉得弥赛菈的针线也有点歪七扭八,但是从茉丹修女的甜言蜜语听起来,旁人绝对想不到。

她又瞧了瞧自己的活儿,想找出个补救的法子,最后还是叹了口气,把针线搁到一边去了。她沮丧地看看自己的姐姐,珊莎正一边巧手缝纫,一边开心地说闲话。罗德利克爵士的女儿小贝丝·凯索坐在她脚边,认真地聆听她所说的一字一句。这时候,珍妮·普尔刚巧凑在她耳旁不知说了些什么悄悄话。

"你们在说什么呀?"艾莉亚突然问。

珍妮露出吃惊的表情,随即咯咯笑了起来。珊莎一脸羞赧,贝丝也面红耳赤。没有人答话。

"跟我说嘛。"艾莉亚说。

珍妮偷瞟了那边一眼,确定茉丹修女没有注意听。恰好弥赛菈说了点话,修女随即和其他仕女一同放声大笑。

"我们刚刚在说王子的事。"珊莎说,声音轻得像一个吻。

艾莉亚当然知道姐姐指的哪一个王子,除了那个高大英俊的乔佛里还会是谁?先前晚宴的时候珊莎和他坐在一起,艾莉亚则自然而然地得坐在另外那个小胖子旁边了。

"乔佛里喜欢你姐姐哟。"珍妮悄声道,语气中带着自豪,仿佛这件事是她一手促成似的。她是临冬城总管的女儿,也是珊莎最要好的朋友。"他跟她说她很漂亮。"

"有一天他会娶她作新娘子。"小贝丝双手环膝,用一种如梦似幻的语调说,"然后珊莎就会变成全世界的王后啰。"

珊莎很有礼貌地脸红了。她脸红起来还是很漂亮,她不管做什么都漂漂亮亮,艾莉亚一肚子不满地想。"贝丝,不要这样瞎编故事。"珊莎纠正身旁的小女孩,同时轻轻拨弄她的发丝,好让自己的话听起来不那么严厉。她转向艾莉亚:"好妹妹,你觉得小乔王子怎么样?他实在是个很勇敢的人,你说是不是?"

"琼恩说他看起来像个女孩子。"艾莉亚回答。

珊莎叹了口气,继续手中的针线活。"可怜的琼恩,"她说,"作私生子的难免嫉妒别人。"

"他是我们的哥哥。"艾莉亚回嘴,却说得大声了。她的声音划破了塔顶房间午后的静谧。

茉丹修女抬起眼。她有张细瘦的脸,一双锐利的眼睛,还有一张薄得几乎看不到唇的嘴,这张脸仿佛生来就是用于皱眉生气似的。这下她立刻皱起眉头来了。"孩子们,你们在说些什么呀?"

"同父异母的哥哥,"珊莎轻柔而准确地纠正她,同时朝修女露出微笑,"艾莉亚和我刚才正在说:今天能与公主作伴,真是件快乐的事。"

茉丹修女点头:"没错,对我们所有人来说都是莫大的荣幸。"弥赛菈公主听到这样的恭维,有点迟疑地笑了笑。"艾莉亚,你怎么不织东西呢?"她问,随即起身走来,浆过的裙子在身后沙沙作响。"让我看看你织出了什么。"

艾莉亚好想扯开嗓子大声尖叫,都是珊莎把修女给引过来的。"喏。"她边说边无奈地交出"成果"。

修女仔细检视着手中的织锦。"艾莉亚、艾莉亚、艾莉亚,"她说,"这样不行啊!你这样完全不行啊!"

每个人都在看她,这真是太过分了。珊莎很有教养,不会因为自己妹妹出丑而展露嘲笑,但珍妮却在一旁窃笑,连弥赛菈公主也一副怜悯的模样。艾莉亚只觉得眼里充满泪水,她倏地从椅子上站起,往门的方向冲了过去。

茉丹修女在她背后叫道:"艾莉亚,你给我回来,你再走一步试试看!我会把这件事告诉你母亲大人。竟然在我们公主面前做出这种事,你可把我们的脸全丢光了!"

于是艾莉亚在门边停下脚步,咬着嘴唇转过身,眼泪却已经流下脸颊。她勉强对弥赛菈微一鞠躬:"公主小姐,请恕我先告退。"

弥赛菈朝她眨了眨眼,转向身旁的仕女们寻求协助。但她虽然犹疑不决,茉丹修女可是斩钉截铁:"艾莉亚,你要上哪儿去呀?"

艾莉亚瞪着她,"我去帮马儿装蹄铁。"她甜甜地说,并从修女脸上的惊讶表情中得到一丝满足。语毕她旋身离开房间,以最快的速度飞奔下楼。

上天真是太不公平,凭什么珊莎就拥有一切?有时候艾莉亚会这么觉得。自己出生的时候,珊莎已经两岁多了,早已没有任何东西剩下来。珊莎精于缝纫刺绣,又能歌善舞,她会吟诗作词,又懂得如何打扮;她奏起竖琴拨弦宛转,摇起钟铃悦耳轻灵。更糟糕的是，她还是大美人一个。珊莎自母亲那儿继承了徒利家族的玲珑颊骨和浓密的枣红秀发，艾莉亚则活像她父亲，发色深褐，黯淡无光；脸形细长，阴霾不开。珍妮老爱叫她"马脸艾莉亚"，每次遇上她就学起马儿嘶叫。想到自己唯一做得比姐姐好的事情就是骑马，她越发难过起来。不过珊莎不擅长管理家务，对数字也向来一窍不通，倘若哪天她真嫁给乔佛里王子，艾莉亚希望他最好有个好管家，否则后果不堪设想。

娜梅莉亚一直在楼梯底部的守卫室里等着她。一见艾莉亚的身影，她立刻跳将起来，艾莉亚开心地笑了，就算全世界没人爱她，最起码还有这只小狼。她们上哪儿都形影不离，娜梅莉亚晚上就睡在她房间，蜷缩在床脚下。若非母亲不准，她原本想把小狼一起带去针线室。到时候看看茉丹修女还敢不敢批评她的活儿。

艾莉亚为她松绑，娜梅莉亚则热切地舔着她的手，她有双黄色的眼珠子，阳光一照，亮得就像两枚金币。艾莉亚用传说中率领子民横渡狭海的战士女王的名讳为小狼命名，自然也引起了不小的骚动。珊莎呢，不消说，把她的小狼叫做"淑女"。想到这儿，艾莉亚扮了个鬼脸，紧紧地抱着小狼。娜梅莉亚舔了舔她耳根，痒得她咯咯直笑。

茉丹修女这时一定已经派人通知她母亲大人了，所以她若是直接回房，一定会被逮个正着。艾莉亚可不想被逮着，她心里有个更好的点子。现在刚好是男孩子们在校场上练习比试的时间，她想看看罗柏亲手把勇敢的乔佛里王子打成鼻青脸肿的模样。"来罢。"她朝娜梅莉亚低语，随即起身迈步飞奔，小狼紧跟在后。

连接主堡和武器库的密闭桥梁上，有扇窗子可以将整个校场尽收眼底，她要去的就是那地方。

等她气喘吁吁地跑到目的地，却发现琼恩已经靠坐在窗棂上，一只脚无精打采地翘起顶着下巴。他聚精会神地注意着下方的打斗，直等到他自己的白狼站起来朝她们迎去方才回过神来。娜梅莉亚小心翼翼地靠了过去，白灵已经长得比其他几只狼都要高大，它嗅了嗅她，轻轻地咬了一下她的耳朵，然后返身趴下。

琼恩狐疑地看着她："小妹，你这会儿不是该上缝纫课么？"

艾莉亚朝他扮个鬼脸。"我想看他们打架。"

他笑道："那就快过来吧。"

艾莉亚爬上窗台，在他身边坐下，下面校场上的铿锵响声顿时传入耳中。

可令她大失所望的是，在场子上比画的只有年纪比较小的几个男孩子。布兰全身上下穿着护具，看起来活像被绑在一张羽毛床上。而托曼王子本来就胖，这一模样更是浑圆无比。他们正在老罗德利克爵士的监视下，挥舞木制钝剑相互攻击。老爵士是城里的教头，身材高大魁梧，有一把气派非凡的雪白胡须。十几个在旁围观的人正为两个小男孩加油打气，里面喊声最大的就是罗柏。艾莉亚看到席恩·葛雷乔伊站在罗柏旁边，穿着黑色紧身上衣，上面绣有他的金色海怪家徽，脸上则挂着一抹嘲讽的轻蔑。两个比武的男孩子脚步都不太稳，艾莉亚推测他们可能已经拼上好一阵子了。

"看到没有，这恐怕比做针线活儿要累哟。"琼恩表示。

"可也比做针线活儿要好玩多了。"艾莉亚回嘴。琼恩咧嘴一笑，伸手过来拨弄她的头发。艾莉亚脸红了，他们一向很亲，在所有的孩子里，就数琼恩和她遗传到父亲的长脸。罗柏、珊莎和布兰都长得比较像徒利家的人，就连小瑞肯也是笑容可掬，发红似火。艾莉亚小时候，还曾经害怕自己也是个私生子。她害怕的时候就去找琼恩，因为琼恩总能让她安心。

"你怎么没跟他们一起下场子？"艾莉亚问他。

他浅浅一笑，"私生子没资格跟王子过招，"他说，"就算练习，也只有正室的孩子可以伤他们。"

77

"噢。"艾莉亚觉得好生尴尬,她早该想到这点才对。在同一天里,她第二次感叹生命的不公平。

她看着自己的小弟挥剑朝托曼砍去。"我打起来不输布兰,"她说,"他才七岁,我已经九岁了。"

琼恩以一副小大人的姿态打量着她:"你太瘦啦,"他挽起她的手,量度她的肌肉发育,然后摇头叹气,"小妹,我看你连把长剑都举不起,更别说是挥舞格斗了。"

艾莉亚抽回手,很不服气地瞪着他看。于是琼恩又伸手拨弄她的一头乱发。两人静静地坐在一起,看着布兰和托曼互相兜圈子。

"你看到乔佛里王子了吗?"琼恩问。

她原本没有看到,但仔细一瞧,便发现他站在广场后方高大石墙的阴影里,身旁围绕着她不认识的人,他们穿着兰尼斯特家和拜拉席恩家的制服,大概都是年轻侍从吧。人群里还有几个年长的,她猜多半是成年骑士。

"你瞧瞧他外套上的家徽。"琼恩提出。

艾莉亚一看,只见王子外衣上绣了一面华丽无比的盾牌,毫无疑问是极为精巧的手工。这盾牌被分为左右两半,一边是代表王室的宝冠雄鹿,另一边则是兰尼斯特家族的怒吼雄狮。

"兰尼斯特是个骄傲的家族,"琼恩说,"本来他衣服绣上王族的家徽就够了,但是他却把母亲那边的家徽也绣了上去,而且还和王室的纹章平起平坐。"

"女人也很重要呀!"艾莉亚不禁反驳。

琼恩呵呵笑道:"小妹呀,那么你也应该有样学样,把针线活学好,然后将徒利和史塔克两家的徽章都绣在衣服上。"

"绣一匹嘴里叼鱼的狼么?"她想想就觉得好笑,"那样看起来好蠢。更何况,又不准女孩子上战场打仗,那她要家徽做什么用?"

琼恩耸耸肩："女孩子有家徽却不能拿剑作战，私生子能拿剑却没家徽可绣。小妹，世上的规矩不是我订的，我也无能为力呀。"

下方广场传来一声大喊，只见托曼王子倒在翻飞尘土里打滚，想站起来却力不从心，外加绑的那堆皮垫护甲，使他整个人看起来就像只翻过身的乌龟似的在那儿挣扎。布兰正高举木剑，站在他旁边，准备等他一站起来就立刻补上一剑。

"住手！"罗德利克爵士吼道，他拉了托曼一把，协助他站起来。"打得很好。路易、唐尼斯，帮他们把护甲脱掉。"他环顾四周，"乔佛里王子，罗柏，你们要不要再来一场？"

罗柏身上虽然还流淌着前一场比试的汗水，却迫不及待地踏步向前："乐意之至。"

乔佛里听到罗德利克爵士的传唤，这会儿也从先前所在的阴影里走进阳光下。他的头发在太阳照射下亮如金箔，但脸上却挂着一副百无聊赖的神色。"罗德利克爵士，这都是小孩子把戏。"

席恩·葛雷乔伊不禁放声笑道："你们俩是小孩子没错呀。"

"罗柏是不是小孩子我不知道，"乔佛里说，"但我可是堂堂王太子，我不想再跟姓史塔克的家伙拿木头玩具挥来挥去了。"

"小乔，你中剑的次数可比你挥的次数要多。"罗柏道，"你怕了么？"

乔佛里面无表情地看着他。"噢哟，好恐怖。"他说，"咱们的老战士发话哩。"兰尼斯特家的侍从闻言便笑。

琼恩皱眉看着场子上发生的事。"乔佛里实在是个不折不扣的浑球。"他告诉艾莉亚。

罗德利克爵士若有所思地捻捻那撮白胡子，"那请问您有什么想法？"他询问王子。

"我要真刀真枪地打。"

"没问题，"罗柏立刻吼回去，"你会后悔的！"

教头伸手按住罗柏的肩膀，要他冷静。"用真剑太危险，我只准你们用比武时的钝剑。"

乔佛里没答腔，却有一个身躯高大，半边脸有着明显灼烧痕迹的黑发男子推开旁边的人，挡在王子面前："爵士先生，这可是你的王太子，你算什么，有何资格要他不准用这不准用那？"

"克里冈，我算临冬城的教头，你最好牢牢记住。"

"你们这儿是专门训练女人的吗？"带烧伤的高个子问，他浑身肌肉，壮得像头牛。

"*我训练的是骑士，*"罗德利克爵士口气锐利地说，"等他们长大成人，技巧足够纯熟，我自会让他们使用真正的武器。"

带烧伤的男子转头问罗柏："小子，你几岁？"

"十四岁。"罗柏应道。

"我十二岁就杀过人，告诉你，我用的可不是钝剑。"

艾莉亚看得出罗柏的自尊心已然受创，正火冒三丈，快要按捺不住怒气。他对罗德利克爵士说："让我用真剑罢，我可以打败他。"

"不，用钝剑打。"罗德利克爵士回答。

乔佛里耸耸肩："史塔克，我看你就等长大之后再来跟我较量好了，*不过也别等到走不动了才来喔。*"兰尼斯特的人又是一阵哄笑。

罗柏的咒骂响彻整个校场。艾莉亚吃惊地捂住嘴巴。席恩·葛雷乔伊捉住罗柏的手，没让他朝王子冲去，罗德利克爵士则忧心忡忡地捻着胡子。

乔佛里装模作样地打个呵欠，然后转身对他弟弟说："走罢，托曼，游戏时间结束了。让孩子们留下来继续玩吧。"

此话一出，兰尼斯特的部属们笑得更开心，罗柏也骂得更大声。罗德利克爵士气得满脸通红，席恩则是紧紧地抱住罗柏，直到王子一行离去之后才肯松手。

琼恩目送他们离去，艾莉亚则看着琼恩，他的脸沉静得有如神木林中那泓冷泉。最后他爬下窗台："好戏结束了。"他弯下身子搔搔白灵的耳后根，小狼也站起身，向他靠过去撒娇。"小妹，你最好还是快回房去。茉丹修女一定正等着修理你，你躲得越久，到时候处罚就越重，弄不好她会叫你织一整个冬天的东西，等到春天冰雪融化，我们就会发现你冰冷的尸体，而缝衣针还牢牢地握在结冰的手里哟。"

艾莉亚听了完全笑不出来。"我最讨厌女红！"她激动地说，"真不公平！"

"这世上没有公平这回事。"琼恩应道，他又拨拨她的乱发，起身走了，白灵安静地跟在他后面。娜梅莉亚正准备跟去，走了几步回头才发现主人没跟来。

于是她只好很不情愿地朝反方向去。

事情比琼恩料想的还惨，因为等在她房里的可不只是茉丹修女，而是茉丹修女和母亲两个人。

布兰

打猎的队伍于黎明启程，国王希望能为今天的晚宴多添一道野猪大餐。因为乔佛里王子与国王同行，所以罗柏也得到允许，跟着狩猎队伍一同前往。班扬叔叔、乔里、席恩·葛雷乔伊和罗德利克爵士他们都跟着一道去，就连王后的滑稽小弟也在队伍中。毕竟这是他们在北方最后的打猎机会，明天，国王的队伍就要动身南下。

布兰和琼恩、姐姐们以及瑞肯留在城里。瑞肯只是个小娃娃，女孩子们本来就不喜欢打猎，而琼恩和他的小狼则跑得不见踪影。布兰也没有努力去找他，因为他觉得琼恩似乎在生自己的气。琼恩这几天似乎在生城里每一个人的气，布兰很纳闷，他要和班扬叔叔到长城去加入守夜人军团，那可不是和跟国王南下一样的好事吗？要留在家里的人是罗柏，不是琼恩呀。

这几天来，布兰兴奋得坐立不安。他很快就要在国王大道上策马驰骋了，不是骑小马喔，而是骑真正的骏马。父亲将成为国王的首相，他们会搬进君临，住进龙王建造的"红堡"。老奶妈说那里闹鬼，地牢里有不为人知的恐怖酷刑，墙上还挂着龙头。布兰光想想就浑身打战，但他却不害怕，有什么好怕的呢？他有父亲保护，还有国王和他所有的骑士与宣誓效忠的武士呢。

有朝一日布兰自己也要当骑士，加入国王的御林铁卫。老奶妈说他们是全国最优秀的战士。御林铁卫一共只有七人，身穿白衣白甲，没有任何家室牵累，活着的唯一目的就是守护国王。关于他们的故事布兰早就听得滚瓜烂熟，倒背如流了："镜盾"萨文，莱安·雷德温爵士，龙骑士伊蒙王子，几百年前死在对方剑下的孪生兄弟伊利克爵士和亚历克爵士——那是一场骨肉相残，姐弟交战，被后世吟游诗人称为"血龙狂舞"的战争，还有"白牛"杰洛·海陶尔，"拂晓神剑"亚瑟·戴恩爵士，以及"无畏的"巴利斯坦。

这次有两名御林铁卫和劳勃国王一同北来，布兰瞠目结舌地看着他们，始终不敢上前攀谈。柏洛斯爵士是个秃了顶、双下巴的人，马林爵士则两眼低垂，须如铁锈。只有詹姆·兰尼斯特爵士看起来比较像故事里的伟大骑士，他也是七铁卫之一，不过罗柏说他杀了疯狂的老王，已经不能算御林铁卫了。如今世上最伟大的骑士是巴利斯坦·赛尔弥爵士，人称"无畏的"巴利斯坦，他是御林铁卫队长。父亲答应过他们，等抵达君临之后，一定会让他们见见巴利斯坦爵士。布兰每天在墙上画记号数日子，迫不及待想动身出发，去看看一个以往只存在于梦中的世界，过另一种从来无法想象的生活。

可现在离出发只剩一天，布兰却突然若有所失起来。临冬城是他唯一熟悉的家园，父亲叮嘱他今天要向大家道别，他也尽力去试。打猎队伍离开后，他带着小狼在城堡里闲逛，打算和熟人们一个个说再见。老奶妈、厨师盖吉，铁匠密肯，还有负责帮他照顾小马，成天咧着嘴笑，除了"阿多"两个字以外，一句话也不会讲的马夫阿多。每次布兰去玻璃花园玩，阿多总会给他一颗黑莓。

但他开不了口。他先去了马厩，看到自己的小马，只是现在已经不属于他了。他很快便会拥有一匹真正的马，而把小马留在这里，突然间布兰好想坐下来放声大哭，于是他赶紧跑开，以免阿多和其他马夫见到他眼中的泪水。他总共就说了这么一次再见，之后便一早上独自躲在神木林里，教他的小狼把丢出去的树枝叼回来，却徒劳无功。他的小狼比父亲兽舍里所有的猎狗都要聪明，他几乎可以肯定他听得懂他说的每一句话。只可惜他对叼树枝似乎没多少兴趣。

他到现在还无法决定给它取什么名字。罗柏的狼叫做"灰风"，因为它跑起来迅捷如风；珊莎的叫做"淑女"；艾莉亚用歌谣里某个古老的女巫王为她的狼命名；小瑞肯则把他的狼叫做"毛毛狗"——布兰觉得给冰原狼起这种名字实在很蠢；琼恩的那只白狼叫白灵。布兰真希望自己比琼恩先想到这个名字，即使他的狼毛色不是很白。过去这两周以来，他不知道已经想过多少名字了，偏偏就是没一个听来顺耳。

最后他累了，便决定去爬墙。最近发生了这么多事情，他已经好几个星期没爬到残塔上玩了，这说不定还是他最后的机会呢。

于是他拔腿跑过神木林，还特地绕路避开心树旁边的那泓冷泉。布兰一直很怕心树，他总觉得树不应该长眼睛，叶子也不该生成手掌的模样。小狼跟在他身边。"你留在这儿。"他在武器库墙外哨兵树下对它说，"乖乖躺下，对，就这样，留在这儿别动——"

小狼果然乖乖地留在原地，布兰搔了搔它的耳后根，然后转身一跃，抓住低垂的枝干，一翻身便上了树。可当他爬到一半，正游刃有余地穿梭枝丫时，小狼却霍地起身嗥叫开来。

布兰低头一看，小狼便立刻安静，睁大那双亮闪闪的黄色眼珠往上瞧。布兰觉得有股诡异的寒意流贯全身。他继续爬，小狼又继续嗥。"别叫啦！"他喊，"乖乖坐好别动，你比妈还烦。"然而狼嗥却一直跟随着他，直到他跳上武器库屋顶，消失了踪影为止。

临冬城的屋顶几乎可算是布兰的第二个家，母亲总说他连走路都还没学会，就先学会爬墙啦。布兰既不记得自己什么时候学会走路，也不知道自己什么时候学会爬墙，所以他猜她说得应该没错。

对一个小男孩而言，临冬城的城墙高塔、庭院甬道就像是座灰石砌成的广袤迷宫。在城堡比较老旧的部分，无数厅堂四处倾斜，容易让人产生不知置身何处之感。鲁温学士曾说，几千年来，城堡就像一棵不断蔓生的怪物般的石头巨树，枝干扭曲，盘根错节。

当布兰穿过错综复杂的倾颓古城，爬到接近天空的地方，全城

的景致终于一览无遗。他很喜欢临冬城在他面前展开的辽阔样貌，城堡里的一切熙来攘往、人声喧哗都在他脚下，唯有天际飞鸟在头上盘旋。布兰往往就这样趴在首堡之上，置身在形状早已不复辨识、被风霜雨雪摧残殆尽的石像鬼间，俯瞰下方的城间百态。看着广场上拖运木材和钢铁的长工，看着玻璃花园里采集菜蔬的厨师，看着犬舍里来回奔跑、局促不安的猎狗，看着静默无语的神木林，看着深井边交头接耳的女侍，仿佛他才是城堡真正的主人，即使罗柏也无法体会这种境界。

他也因此挖掘出临冬城许多不为人知的秘密，比如当初建筑工人并没有把城堡附近的地势铲平，所以城墙外面不但有起伏丘陵，还有溪涧峡谷。布兰知道一座密闭的桥道，可以从钟塔的四楼直接通鸦巢的二层。他还知道如何从南门进入内城墙里边，顺着门梯爬三层，便能找到一条狭窄的石砌甬道，它可以绕行临冬城，最后抵达位于百尺高墙阴影下的北门底层。布兰相信就连鲁温师傅也不知道这条捷径。

母亲一直很害怕布兰哪天会不小心滑下来，失足摔死。任他再三保证，她却怎么也不肯相信。有次她强迫他发誓不再往高处爬，结果这个诺言只勉强维持了两个星期，他每天都痛苦无比，最后有一天夜里，趁他兄弟熟睡的时候，他还是爬出了卧房窗户。

翌日他满怀罪恶感地自行招认，艾德公爵叫他独自去神木林忏悔，还派了守卫监视，以确保他整晚都在林子里反省自己不听话的行为。没想到第二天清晨，布兰却不见踪影，最后众人是在林间最高的一棵哨兵树的上层枝干找到睡得正香甜的他。

尽管父亲气得半死，终于还是忍不住笑道："你一定不是我儿子。"当其他人把布兰抱下来时，他对儿子说，"你根本是只松鼠。算了，我认了，如果你真的非爬不可，那就去爬吧，尽量别让你母亲瞧见就是。"

布兰很努力，虽然他认为母亲对他的举动其实一清二楚。既然父亲不愿阻止他四处攀爬，她便转而采取迂回策略。首先来的是老奶妈，她跟他讲了一个故事，说从前有个不听话的坏小孩，越爬越高，最后被雷活活劈死，死后乌鸦还来啄他眼睛。布兰听了不为所动，因为残塔上多的是乌鸦窠巢，那里除了他没人会去，所以有时他会在口袋里装满玉米。一上塔顶，乌鸦便都开开心心地聚拢来从他手心啄食，怎么也不像会啄他眼睛的模样。

眼看这招无效，鲁温师傅便用陶土捏了个小男孩，为它穿上布兰的衣服，然后从城墙上丢下去，好让布兰了解他若是摔下，会有多么凄惨的结果。那是个有趣的实验，但事后布兰却只盯着鲁温师傅，面无表情地说："我不是泥做的，而且我绝对不会摔下去。"

在此之后，轮到了城里的守卫，有一段时间，只要他们发现他在屋顶上，就会吆喝追赶，想把他赶下来。那是最紧张刺激的时刻了，简直就像和哥哥弟弟们玩游戏，只不过，这游戏每次都是布兰获胜。卫兵们谁也没有布兰这种本事，连乔里也拿他没辙。不过多数时候他们根本就没看见他，人是从来不往上看的。这也是他喜欢爬墙的原因之一，仿佛可以因此隐身遁形。

他很喜欢攀爬时那种一石高过一石，手脚并用，聚精会神的感觉。每次他都先把靴子脱掉，然后光着脚丫爬墙，如此一来他觉得自己仿佛多出两只手。他喜欢每次事后浑身肌肉那种疲累却甜丝丝的酸疼；喜欢高处清冽的空气，冰冷甘美宛如冬雪甜桃；喜欢各式各样的鸟类，包括群聚残塔上的大乌鸦，筑巢乱石间的小麻雀和栖息在旧武器库积满灰尘阁楼里的老夜枭。布兰对这些事物通通了如指掌。

不过他最喜欢的还是登上人迹罕至的地方，看着城堡以一种不曾为他人展示的样貌，在他眼前灰蒙蒙地呈现出来。整座临冬城似乎都因此成了布兰的秘密基地。

他对曾是临冬城最高瞭望台的残塔情有独钟。很久很久以前，在他父亲出生前约一百年，高塔遭暴雷击中，起火燃烧，顶端三分之一的建筑朝塔内崩塌，自此以后始终没有重建。父亲偶尔会派人进到残塔底层清理断垣残壁间的老鼠窝，然而除了布兰和乌鸦，从来没有人登上过塔顶废墟。

他知道两种登上塔顶的途径，一是直接从残塔外围爬上去，但是由于当年刷的泥浆早已干燥风化，砖石容易松落，因此布兰爬的时候不太敢把重心放在上面。

最好的方法还是从神木林出发，爬上高高的哨兵树，从武器库的屋顶跳到守卫室的屋顶，其间光着脚以免守卫听见，如此便可顺利抵达城中最古老的首堡后方。那是座低矮的圆形堡垒，其实它比乍看上去要高得多。如今堡内虽只有老鼠和蜘蛛，但当年建筑的古老石块仍旧提供了攀爬的最佳场所。你甚至可以直接爬到眼神空洞的石像鬼雕像驻守的空旷高台，两手勾紧，从这个石像鬼悬荡到那个石像鬼，随后抵达城楼北端。接着，只要全力伸展，便可够到倾斜的残塔。最后的部分只是翻越焦黑的乱石堆登上养鹰楼，爬不到十尺，乌鸦群便会竞相迎接，看你有没有带玉米粒给它们了。

这天布兰一如往常，驾轻就熟地在石像鬼雕像间荡来荡去，不料却听到说话的声音。他吓得差点松手，首堡向来是个人迹罕至的地方呀！

"我不喜欢这样，"有个女人的声音说。布兰下方有一排窗户，声音是从最后一扇窗里传出来的，"当首相的该是你才对。"

"饶了我罢，"一个男人的声音慵懒地回答，"这种苦差我可不想揽，想做的事多着呢。"

布兰悬在半空，静静地听着，突然心生恐惧，不敢再往前荡，生怕经过时自己的双脚会被他们发现。

"你难道看不出背后隐藏的危险？"女人接着说，"劳勃把那家伙当亲兄弟一样。"

"劳勃最受不了他两个弟弟。我也不怪他,有史坦尼斯那样的老弟,任谁都要反胃。"

"别傻了,史坦尼斯和蓝礼是一回事,艾德·史塔克又是另一回事。**劳勃对史塔克会言听计从**。这两人都该下地狱,早知道我就坚持要他选你当首相。我一直以为史塔克会拒绝他。"

"我们这样已经算走运啦,"男人道,"诸神在上,谁知道国王会不会叫他弟弟或那个小指头来当首相。比起野心勃勃的对手,让我面对讲究荣誉的敌人,可能还会睡得安稳些。"

布兰这才会意,他们谈论的正是父亲!他想多听一些,再靠近几尺……可他如果荡过那扇窗户,他们一定会看到他的脚。

"我们得好好监视他才行。"女人说。

"我宁愿好好看看你,"男人说,他的语气听起来很无趣,"过来吧。"

"艾德公爵从没插手过南方的事务,"女人道,"从来没有。我告诉你,他明明就是要对付我们,不然何必离开他的势力中心?"

"理由多的是,责任心、荣誉感都有可能,或者他想名垂青史,或者他们夫妻不和,甚至两者皆有,也或许他只想找个温暖的地方住住而已。"

"他太太是艾林夫人的姐姐,莱莎竟然没有跑到这里,用她的指控欢迎我们,已经很难得了。"

布兰往下看去,窗子下方只有个几寸宽的窗棂,他试着放低身子,但是距离太远,够不到。

"你想太多啦,艾林夫人不过是头吓坏的母牛嘛。"

"这头母牛可是和琼恩·艾林同床共枕的。"

"假如她知道,早在离开君临之前就去找劳勃告状了。"

"在他刚刚决定要把她那没用的儿子送去凯岩城作养子的时候?我想不会。她自己也明白如此一来她儿子会成为人质,威胁她不准说出实情。现在回到了鹰巢城,只怕她胆子会大起来。"

"作母亲的都一个样,"男人把"母亲"一词说得仿佛是个诅咒,"我总认为生产会烧坏脑子,你们全都疯了。"他苦涩地笑笑。"不管她究竟知道什么,或自以为知道多少,反正她没有证据。"他停了一会儿,"她有么?"

"告诉我,你觉得国王会需要什么证据?"女人回答,"他根本就不爱我!"

"好姐姐,这是谁的错啊?"

布兰仔细看看窗棂,他应该可以跳下去,虽然窗棂太窄,没法站稳,但他可以在坠落的时候勾住,然后再攀上去……怕只怕会弄出声音,引来他们的注意。他不太了解所听到的事情,只是很确定这些话不是说给他听的。

"你和劳勃一样都瞎了眼。"女人说。

"如果你的意思是我和他看法一致,没有错,"男人答道,"我眼中的艾德·史塔克是个宁死也不愿背叛国王的人。"

"他已经背叛过一个国王,你难道忘了吗?"女人道,"噢,我不否认他对劳勃忠心耿耿,这毋庸置疑,但要是劳勃死了,小乔继承王位呢?而劳勃越早死,我们便越安全。我丈夫近来愈加焦躁不安,让史塔克随侍他身旁只会让情况恶化。他到现在还爱着那个死了的十六岁小妹,谁知道哪天他会为了新的莱安娜,把我丢到一边?"

布兰突然觉得害怕极了,此时的他只想赶快循原路回去,去找他的兄弟寻求协助。然而他要告诉他们些什么呢?布兰明白自己非再靠近一点不可,他得看看说话的人是谁。

男人叹道:"你别老担心未来的事,多想想眼前的幸福罢。"

"少说这种话！"女人斥道。布兰听到突如其来的皮肉拍打，接着又听见男人的笑声。

布兰决定往上攀，翻过石像鬼，爬到屋顶上。这是比较容易的路径，他跑到下一只石像鬼雕像旁，恰好在传出说话声的房间正上方。

"好姐姐，尽说些这种事，说得我都累了。"男人说，"闭上嘴巴过来吧。"

布兰跨坐在石像鬼雕像上，两腿夹紧，然后整个人头朝下倒转过去。他两脚紧勾住石像，缓缓地把头靠近窗边。上下颠倒的世界感觉非常怪异，庭院在他下方天旋地转地晃动，砖石上还留有未化的残雪。

布兰从窗外向里看去。

房间内一男一女正扭成一团，两人都没穿衣服。布兰认不出他们是谁，男人背对着他，不断地将女人往墙边推挤，他的身体恰好挡住了女人的脸。

屋内有种细小而濡湿的声音，布兰发觉他们正在亲嘴。他张大眼睛，呼吸急促，惊恐地看着房里发生的这一切。男人伸手到女人两腿间，他一定弄痛了她，因为女人开始低声呻吟："别……别这样，"她说，"住手，住手，噢，求求你……"可她的声音细小微弱，又始终没有把他推开。她反而把双手埋进他凌乱的亮金色头发里，把他的脸往自己胸前拉。

布兰这才见着她的脸。虽然她紧闭双眼，张嘴呻吟，金发随着头部动作而剧烈晃动，他仍然认出她是王后。

此时他一定是不小心发出了什么声音，只见她突然睁开眼睛，视线直直地盯着他，然后惊声尖叫起来。

所有的事情都发生得好快。女人狂乱地推开男人，一边指指点点，一边大声叫嚷。布兰想把自己翻上去，使尽腰力勾住石像鬼雕像，然而他使力太急，双手只是擦过平滑的石像表面，随后他心里一怕，双腿松开，立刻就往下掉。他感到一阵晕眩，窗棂从他身边疾速闪失，一种不舒服的恶心感由胃里升起。他慌忙伸出一只手想抓住窗棂，却立刻滑开，赶紧又用另一只手牢牢抓紧。他狠狠地撞上了墙壁，猛烈的冲击力道痛得他几乎无法呼吸。布兰单手抓住窗棂，在半空中悬晃，喘不过气来。

两个人的脸同时出现在他上方的窗边。

的确是王后。这时布兰也认出了她旁边的男人，他们相貌神似，站在一起宛如镜子里的倒影。

"他瞧见我们了！"女人尖声道。

"他是瞧见我们了。"男人说。

布兰的手指开始松脱，他换用另一只手勾窗棂，指甲深深地陷进坚硬的岩壁。男人向下伸手。"来，"他说，"快抓住我，别掉下去。"

布兰使出浑身力气抓住他的手，男人把他拉上窗台。"你想做什么？"女人质问。

男人没有理会她，他用健壮有力的手，把布兰扶到窗台上站稳。"小鬼，你几岁啦？"

"七岁。"布兰听了如释重负，但仍旧不免发抖。他的指头深深抠进男人的手臂，这时连忙惭愧地放开。

男人转头去看着女人。"好好想一想，我为爱情做了些什么。"他极不情愿地说，接着便用力把布兰朝外一推。

布兰尖叫着飞出窗外，落进半空。这次没有任何东西可以让他抓握，庭院以疯狂的速度朝他袭来。

邈远处，孤狼长吼；残塔上，乌鸦盘旋，犹然等待玉米之赐。

提利昂

　　临冬城堡的巨石迷宫深处，传来一声狼号。号叫声在堡垒间悬荡，如同一面哀悼的旗帜。

　　虽然图书馆里温暖舒适，提利昂听了却不禁从书堆里抬首，颤抖起来。狼号中有种神秘莫测的力量，将他硬生生自现实抽离，弃置于一片广寒的阴郁森林，浑身赤裸，在恶狼追逐下亡命奔逃。

　　当冰原狼的号叫声再度传来，提利昂终于忍不住阖上他正在读的书，那是一部探究季节更迭的百年古籍，出自某位早已长眠地下的老学士之手。他打了个呵欠，用手背微微掩住嘴巴。晨色自高窗缝里泻进图书馆，他的写字灯火光摇曳，灯油已尽。他又整夜没睡，然而这也不是什么新鲜事，提利昂·兰尼斯特向来不是个需要大量睡眠的人。

　　他挪动僵硬酸麻的双脚下了长凳，稍事按摩之后，跛着脚走到桌边。修士正趴在桌上，轻声打鼾，头枕在面前一本敞开的大书上。提利昂瞄瞄书名，原来是《伊萨穆尔国师传记》，难怪他会看到睡着。"柴尔。"他轻声唤道，年轻修士陡地惊醒，困惑地眨眨眼，象征他身份的水晶在银项链上晃动。"我去吃早餐，记得帮我把书放回架上。不过动作轻点，这些瓦雷利亚卷轴的羊皮纸很脆弱。伊弥顿的《战争兵器》是一部很稀有的书，我这辈子只看见你这份抄本。"柴尔还没完全清醒，朝他打了个大呵欠。提利昂耐着性子又重复了一遍，然后拍拍修士的肩膀，让他去工作。

　　走出门外，提利昂深吸一口清晨的冷空气，接着费力地走下环绕藏书塔那一级级陡峭的螺旋梯。阶梯高窄，他的脚却短小畸形又扭曲。旭日还没高过临冬城城墙，但校场里已有不少人开始练习。

桑铎·克里冈刺耳的声音传了过来:"那小子拖拖拉拉地还不断气,早点死了不挺干脆?"

提利昂往下看,看到"猎狗"站在年轻的乔佛里身旁,周围簇拥着一群侍从。"至少他没吭半声,"王子说,"吵的是那只狼,吵得我昨晚快没法睡了。"

克里冈的随从为他戴上黑甲头盔,他高大的身躯在硬土地上拉下长长的影子。"假如您高兴,我去叫那只东西闭嘴。"他透过打开的面罩说。这时他的随从将长剑递上,他试了试剑的重量,在清晨的冷空气里比画了几下。在他身后,广场上传来金属交击的声音。

王子听了这主意似乎很高兴。"叫狗去杀狗!"他叫道,"反正临冬城里多的是狼,少它一条史塔克家也不会发现。"

提利昂跳过最后一级阶梯,下到场子。"好外甥,真不好意思,"他说,"史塔克家的人会数数,不像某位王子,连六都算不到。"

乔佛里至少知道脸红。

"有声音,"桑铎道,他故意从面罩里向外瞧,左顾右盼地道,"莫非是空气中的精灵!"

王子笑了,每次他的贴身护卫作假演戏,都能把他逗得咯咯笑。提利昂早就不以为意。"下面。"

高大的桑铎往下瞟了一眼,然后假装刚发现似的道:"原来是提利昂小少爷,"他说,"请您原谅,我方才没见您站这儿呢。"

"我现在没心情跟你计较,"提利昂转向他的外甥,"乔佛里,你快去拜见史塔克公爵和夫人,不然就晚了。你要向他们表达你的哀悼,请他们宽心。"

乔佛里听罢立刻露出少不更事的暴躁脸色:"我请他们宽心有什么用?"

"一点用都没有，"提利昂回答，"但这是应尽的礼数，不然大家会注意到你刻意缺席。"

"那史塔克小孩算什么东西，"乔佛里说，"我可不想去听老女人哭哭啼啼。"

提利昂·兰尼斯特踮起脚尖，狠狠地甩了侄子一个大耳光，男孩的脸颊立刻红肿起来。

"你敢再说一句，"提利昂道，"我就再赏你一记耳光。"

"我要去告诉妈妈！"乔佛里喊。

提利昂又打了他一个巴掌，这下子他两边脸颊都一般通红了。

"随你去跟她怎么说，"提利昂告诉他，"但你首先给我去乖乖拜见史塔克公爵夫妇，我要你在他们面前跪下，说你自己感到非常遗憾，说即便是最微不足道的事情，只要能让他们宽心，你都愿意赴汤蹈火在所不辞，最后还要为他们献上你最虔诚的祝祷，你听懂了没有？听懂了没有？"

男孩一副泫然欲泣的模样，但还是勉为其难地点点头，然后转身捂着脸颊，横冲直撞地跑离广场。提利昂目送他远去。

一团黑影突然笼罩住他，他转过头，发现高大的克里冈正如同陡峭绝壁般阴恻恻地朝他逼近，煤烟色的黑甲宛如灿烂阳光中的污点。他已经放下了头盔上的面罩，面罩的形状是一只咧嘴咆哮的凶狠猎犬，令人触目惊心，不过提利昂认为比起克里冈那张烧得稀烂的脸，这面罩已算美得太多。

"大人，王子不会轻易忘记您刚才对他的举动的。"猎狗警告他，克里冈的声音从头盔里传来，原本的狞笑成了空洞的轰隆。

"他记得最好，"提利昂·兰尼斯特回答，"哪天要是他忘了，你这条狗可要好好提醒他。"他环视广场，又问："你知道我哥哥在哪儿？"

"正与王后共进早餐。"

"啊哈。"提利昂道，他半敷衍地朝桑铎·克里冈点头答谢，然后提起那双畸形的腿，尽全力快步离开，心里可怜今天首位与猎狗过招的骑士，那家伙正在气头上。

客房的早餐室里摆了一桌冰冷而了无生气的餐点，詹姆、瑟曦和公主王子们坐在一起，低声交头接耳。

"劳勃还没起床？"提利昂没等他们招呼，径自在餐桌前坐下。

姐姐用那种打从他出生起便惯有的鄙视眼神瞟了他一眼："国王根本没睡。他整晚和史塔克大人在一起，难过得心都快碎了。"

"咱们的好劳勃那颗心倒是挺大的。"詹姆慵懒地微笑。提利昂很清楚哥哥那对凡事都蛮不在乎的个性，因此不想跟他计较。自己过去那段惨痛而漫长的童年岁月里，只有詹姆对他有过那么一丝感情和尊重，光为这一点，提利昂就不愿跟他计较任何事。

侍者迎上前来。"我要面包，"提利昂告诉他，"两条这种小鱼，再配上一杯上好的黑啤酒。噢，还要几片培根，记得煎焦一点。"仆人鞠了个躬告退之后，提利昂转头面对他的兄姐。这对孪生兄妹今天都穿着深绿色的衣服，正好搭配他们眼瞳的颜色；金色的卷发呈现出时髦的波浪，金饰在他们的手腕、指间和颈项上闪闪发亮，两人看起来真像一个模子刻出的雕塑。

提利昂不禁暗忖，若自己也有个双胞兄弟，不知会是什么样？不过想归想，他决定还是不要成真的好。每天在镜子前面对自己已经够糟，要再多出个长得和他一副德行的人，那还了得？

这时托曼王子开口问："舅舅，你知道布兰现在怎么样了？"

"我昨晚经过病房时，"提利昂回答，"病情既没恶化也没好转，学士认为还有希望。"

"我希望布兰登不要死。"托曼怯生生地说。他是个可爱的孩子，一点也不像他哥哥。不过话说回来，詹姆和提利昂两人也没什么共通之处。

"史塔克大人有个哥哥也叫布兰登,"詹姆饶富兴味地说,"后来作人质被坦格利安家给杀了。看来这名字还真不吉利。"

"呵,还不至于不吉利到那种程度啦。"提利昂道。此时侍者送来了餐点,他随即撕下一大块黑麦面包。

瑟曦正满怀戒心地盯着他瞧。"你这话什么意思?"

提利昂不怀好意地朝她笑笑:"没别的意思,只是恭祝托曼如愿以偿啰。老学士说那孩子活下来的机会很大,所以……"说完他啜了口啤酒。

弥赛菈听了高兴得惊叫出声,托曼也露出腼腆的微笑,然而提利昂注意的却不是他俩的反应。詹姆和瑟曦交换眼神的时间不过一秒,但他可没错过。接着他姐姐低下头,视线垂到餐桌上。"老天真残忍。这些北方的神,竟让一个年幼的孩子苟延残喘,实在是太狠毒了。"

"老学士具体是怎么说的?"詹姆问。

提利昂咬了口培根,发出松脆的声响。他若有所思地嚼了一会儿方才开口:"他认为那孩子要死早就死了,不会这样拖了四天毫无动静。"

"舅舅,布兰会好起来么?"小弥赛菈又问。她从母亲那里继承了所有的美貌,却没有半点瑟曦狠毒的性格。

"小宝贝,他的背摔断了,"提利昂告诉她,"两只脚也都残废。他们现在喂他蜂蜜和开水,不然他会活活饿死。也许等他醒来之后,可以吃东西,但却一辈子都别想走路了。"

"等他醒来,"瑟曦重复了一遍,"你觉得有可能?"

"只有天上诸神知道,"提利昂答道,"老师傅只是揣测罢了。"他又咬了几口面包,"不过我敢说那孩子的狼是支持他活下去的原动力,它每天不分昼夜守在窗外,叫个不停,怎么赶也赶不走。老师傅说他们曾关上窗子,以为如此便能减少噪音,谁知布兰的情况却立刻恶化,后来他们打开窗户,他又转危为安。"

王后颤声道:"那些动物古怪极了,"她说,"瞧那模样就很危险,我绝不准它们随我们回南方去。"

詹姆道:"好姐姐,我看你是阻止不了的,它们和女孩可是形影不离呢。"

提利昂开始吃他的烤鱼。"这么说你们很快就要动身了?"

"我还嫌不够快。"瑟曦说。接着她突然皱眉,"'我们'?那你呢?诸神在上,别跟我说你想留在这种鬼地方。"

提利昂耸耸肩:"班扬·史塔克要带他哥哥的私生子返回守夜人军团,我打算跟他们一起走,好亲眼见识见识传说中的绝境长城。"

詹姆笑道:"好弟弟,你可别玩得太高兴,也当起黑衣弟兄啦。"

提利昂哈哈大笑:"呵,叫我打一辈子光棍?那怎么成,全国的妓女都会抗议的。放心,我不过是想爬上长城,对着世界的边缘撒泡尿罢了。"

瑟曦霍地起身:"够了,别当着孩子们的面说这种粗话。托曼,弥赛菈,我们走。"她快步离开饭厅,仆人和孩子们簇拥在后。

詹姆·兰尼斯特用他那双冰冷碧眼打量着他的弟弟:"如今史塔克的儿子生死未卜,我看他决计不会放心离开临冬城。"

"如果劳勃下了命令,他肯定会走。"提利昂道,"而劳勃一定会命令他南下,反正史塔克大人对他儿子根本爱莫能助。"

"他可以帮他早日解脱,"詹姆道,"如果是我儿子,我就会这么干,这才是为他好。"

"亲爱的哥哥呀,我可不建议你把这话拿去对史塔克大人讲。"提利昂道，"他可不会了解你的好心肠哟。"

"就算那孩子活下来，也成了跛子。恐怕连跛子都不如，根本就是个畸形的怪胎。我宁可干脆利落地死。"

提利昂用耸肩来回应这番话，只是这个动作更突显出他的驼背。"畸形怪胎，"他说，"不是我多嘴，但死了就什么都没了，活着起码还能充满希望。"

詹姆微笑道："你这小恶魔还真心术不正，是吧？"

"呵，那当然，"提利昂承认，"我真心希望那孩子活过来，不为别的，我想听听他还知道些什么。"

哥哥的笑容像酸败的牛奶般突然僵住。"提利昂，我亲爱的好弟弟，"他阴阴地说，"有时候我还真不知道你站在哪一边。"

提利昂满嘴都是面包和煎鱼，他灌了一大口黑啤酒把食物冲下肚，露出狼一般的笑容对詹姆笑笑。"唉，我最亲爱的詹姆哥哥呀，"他说，"你这话好伤我的心，你难道不知我最爱家人了吗？"

琼恩

琼恩缓步爬上楼梯，虽然知道这是他最后一次爬这楼梯了，却又尽力抛开这些念头。白灵无声地跟在身边，外面正下着雪，雪花飞进城门。广场上人声喧嚣，熙来攘往，但在厚重的石墙内，仍旧温暖而静谧，宁静得琼恩有些受不了。

他抵达门外，独自伫立了很长时间，心中满怀恐惧。白灵用鼻子磨蹭他的手，他借此找到勇气，于是挺起胸膛，走进房内。

史塔克夫人坐在床边。最近两个星期以来，她几乎日日夜夜寸步不离地守着布兰。她差人把餐点、便壶，以及一张小硬板床送到房里，但人们都说她根本没阖过眼。她亲自用蜂蜜、开水和草药混合的饮料喂养布兰。她不曾离开房间，因此琼恩始终避得远远的。

但他已经不能再等下去了。

他在门廊里站了好一阵子，不敢作声，也不敢靠近。窗户敞得大开，楼下传来孤狼长号之声，白灵听见便抬起了头。

史塔克夫人转过头来，起初并没认出他，许久之后她才眨眼问："你在这里做什么？"语调平板，格外地了无生气。

"我来探望布兰，"琼恩回答，"来向他道别。"

她依旧面无表情，原本蓬厚的褐红色长发垂头丧气地纠缠乱成一团，看上去仿佛一夕之间老了二十岁。"你已经达到了目的，走吧。"

他恨不得拔腿就跑，但他很清楚自己这辈子很可能再也见不着布兰了，于是他反而不安地朝屋里跨了一步："求求你让我见他一面吧。"

她眼里闪过一道寒光。"我叫你走开，"她冷冷地说，"我们不欢迎你。"

若是从前,她这席话准会把他吓得没命奔逃,羞得泪流满面,但是现在,却只让他怒火中烧。他即将宣誓加入守夜人的黑衣军团,届时他将面对比凯特琳·徒利·史塔克更骇人的危险。"好歹我是他哥哥。"他说。

"你要我叫警卫吗?"

"你尽管叫,"琼恩愤愤地道,"但你阻止不了我见他一面的。"说完他穿过房间,走到病床的另一边,低头看着布兰。

她正握着布兰的一只手,可那只手看起来不像手,倒像爪子。眼前的病人已非琼恩记忆中那个布兰,他形容枯槁,骨瘦如柴,两脚在毛毯下蜷曲成令人作呕的形状。他的双眼深陷,活像两个黑色的窟窿,张开着,却仿若茫然。他看起来正如一片弱不禁风的孤叶,一阵劲风便足以将他吹动飘散。

但是在那身支离破碎的骨架下,他的胸膛正随着轻浅急促的呼吸韵律有致地起伏。

"布兰,"他说,"原谅我到现在才来看你,因为我好怕。"他只觉得泪水流下脸颊,但他再也不在乎了。"布兰,求求你不要死,我和罗柏,还有妹妹她们,大家都在等你醒来……"

史塔克夫人在一旁冷眼旁观,琼恩见她没有传唤守卫,猜想她应是默许了。窗外又传来冰原狼的悲吼,布兰一直没为那只小狼找到适当的名字。

"我得走了。"琼恩道,"班扬叔叔还在等呢,我们即刻启程前往北方。趁大雪还没降下,我们得赶紧动身。"他还记得布兰是多么迫不及待要出门远行,想到要把伤成这样的弟弟抛在这里,他更伤心欲绝。琼恩擦去眼泪,凑过去俯身轻吻弟弟的双唇。

"我只是希望他能留下来跟我作伴。"史塔克夫人轻声道。

琼恩满怀戒心地看着她,却发现她的视线根本不在他身上,她看似在对他说话，实际心不在焉，仿佛旁若无人。

"我日夜祈祷，"她呆滞地说，"他是我的心肝宝贝。我在圣堂对着诸神的七面祈祷了七次，祈祷奈德会回心转意，让布兰留下来陪我。也许是诸神实现了我的愿望。"

琼恩不知该说什么才好。"不是你的错。"一阵局促的沉默后，他勉强说了一句。

她的视线找到了他，眼神充满怨毒。"用不着你这没娘的野种可怜我。"

琼恩垂下眼，她正托抚着布兰的一只手，他牵起另一只，握在手中，只觉孱弱得像小鸟的骨头。"别了。"他说。

当他走到门边时，她开口唤他。"琼恩。"她说。他实在就应该这么继续走下去，但她从没有用他的名字称呼过他。于是他转过身，发现她正盯着他的脸，仿佛这辈子第一次见到。

"什么？"他问。

"今天躺在这里的应该是你才对。"她告诉他。说完她转身朝向布兰，痛哭流涕，全身上下都随之而猛烈抽搐。琼恩以前从没见她掉下一滴眼泪。

回到楼下广场的路，好漫长。

外面到处都是车马喧嚣，乱成一团。人们高声呼喝，将货物运上车辆，为马匹套上缰绳马镫，然后牵进马厩。空中飘起细雪，每个人都急着早些处理完手边的事务，才好躲进屋中。

罗柏置身旋涡中心，镇定自若地发号施令。这些日子以来，他似乎突然成熟了许多，似乎布兰的意外和母亲濒临崩溃逼使他不得不坚强起来。灰风随侍在他身旁。

"班扬叔叔在找你，"他对琼恩说，"他本来一小时前就打算动身了。"

"我知道，"琼恩答道，"我马上就去。"他环顾身边周遭的人马杂沓，众声喧哗。"没想到离别这么难。"

"可不是么。"罗柏说。沾落他发际的雪花，正因体温而逐渐融化。"见过他了吗？"

琼恩点点头，不敢开口，不知道自己会说出什么话。

"他不会死。"罗柏道，"我知道他不会死。"

"你们史塔克的命的确很硬。"琼恩同意。他的声音有气无力，刚才的事情已经抽干了他每一分力气。

罗柏立刻察觉事有蹊跷。"我母亲她……"

"她……待我很亲切。"琼恩告诉他。

罗柏松了一口气。"那就好，"他咧嘴笑道，"下次我们碰面，你就全身黑衣黑甲了。"

琼恩挤出一丝笑容："黑色本来就很配我。依你看，咱们要多久才能再见面呢？"

"不会太久。"罗柏保证。他把琼恩拉过来，用力紧紧地抱住他。"雪诺，多保重。"

琼恩也激动地紧搂着对方："史塔克，你也一样，好好照顾布兰。"

"我会的。"两人松开对方，有些尴尬地对看一眼。"班扬叔叔说若我看到你，叫你到马厩去找他。"最后罗柏开口道。

"我还得跟一个人说再见。"琼恩告诉他。

"那我就没见你啰。"罗柏答道。琼恩转身离去，留罗柏独自站在雪地，被马车、小狼和马匹所包围。广场离武器库不远，琼恩拿起他的包裹，取道密闭桥梁，往主堡去了。

艾莉亚正在她房里收拾行李，把东西装进一个比她还高的磨亮硬木箱子。娜梅莉亚在旁帮忙，艾莉亚只消指指点点，小狼便会跑过房间，衔起她要的丝制衣料，然后乖乖地叼给小主人，她一闻到白灵的味道，便后脚着地坐了下来，发出亲昵的低吠。

艾莉亚朝身后瞟了一眼,瞧见是琼恩,便开心地跳了起来。她伸出那双瘦削的臂膀紧紧搂住他的脖子。"我好怕你已经走了,"她上气不接下气地说,"他们不准我下去说再见。"

"你又闯了什么祸啦?"琼恩饶富兴味地问。

艾莉亚放开他,然后扮了个鬼脸说:"没什么,本来我的东西都收拾好了。"她指着那个还没装到三分之一的巨大箱子,以及散了一地的衣物,"茉丹修女却说我没把衣服折得漂漂亮亮的,所以得重新来过。她还说规矩的南方小姐绝不会把衣服像破布似的一股脑儿通通扔进箱子里。"

"小妹呀,你把衣服像破布一样扔进箱子?"

"哎哟,反正这些衣服迟早也要乱成一团嘛,"她说,"谁管它有没有折好?"

"茉丹修女会啰。"琼恩告诉她,"而且我想她一定不喜欢娜梅莉亚这样帮忙的。"小母狼静静地用她那对深沉的金眸子打量他。"不管了,我有样东西要让你带上,而且这东西必须很妥善地藏好。"

她的脸庞顿时焕发光芒。"是给我的礼物?"

"可以算是。去把门关起来。"

艾莉亚既兴奋又紧张地看看门外的回廊。"娜梅莉亚,守在这儿。"她把小狼留在门外,负责发出警讯,然后关上房门。这时琼恩已把破布包裹解开,把东西交给她。

她睁大双眼。和他的眼睛一样,那是双颜色沉暗的眸子。"一把剑!"她用细小的声音说,呼吸急促起来。

剑鞘是用柔软的灰皮革做成,琼恩缓缓抽出剑,好让她仔细瞧瞧剑身泛着的深蓝色金属光泽。"这可不是玩具,"他告诉她,"小心不要伤到自己,这把剑很利,利到可以用来刮胡子。"

"女生又不用刮胡子。"艾莉亚说。

"也许女生该刮一刮。你看过修女的腿吗？"

她朝他咯咯直笑。"看过，你好坏哟。"

"你不也一样？"琼恩说，"我请密肯特别打造了这把剑，潘托斯、密尔和其他自由贸易城邦的刺客用的就是这种剑。它虽然无法砍人头颅，但只要你动作够快，却可以轻易地将敌人刺得千疮百孔。"

"我动作很快呢。"艾利亚道。

"你以后要天天练习，"他把剑放进她的掌心，指导她握法，然后退开一步。"感觉如何，还顺手吗？"

"我觉得蛮不错。"艾莉亚回答。

"第一课，"琼恩正色道，"用尖的那端去刺敌人。"

艾莉亚用钝的一端在他手上砰地敲了一下，虽然很痛，琼恩却不由自主地像个傻子般嘻嘻直笑。"我知道该用那一边刺人啦。"艾莉亚说，随即脸上蒙了一层疑惑，"茉丹修女一定会把剑拿走的。"

"假如她不知道你有这把剑，就不会把它拿走了。"

"那我跟谁练习呢？"

"你会找到对手的。"琼恩向她保证，"君临是座名副其实的大城，足足有临冬城的一千倍大。在你还没找到练习伙伴之前，仔细观察校场里其他人怎么打斗。多跑步，多骑马，把身体养壮。还有，无论如何……"

艾莉亚知道他接下来要说些，于是两人异口同声道：

"……绝对……不要……告诉……珊莎！"

琼恩揉揉她的头发："小妹，我会想念你的。"

突然间她的样子像要哭。"我真希望你和我们一起走。"

"殊途不见得不能同归，谁知道将来怎么样呢？"他的心情渐渐开朗，决定不再沮丧下去。"我该走了。我再这样让班扬叔叔等下去,恐怕在长城的第一年就得天天清理大小便了。"

艾莉亚奔向他,做最后一次拥抱。"先把剑放下。"他笑着警告她。她红着脸把剑丢在一旁,然后拼命吻他。

他转身朝门口走去时,她已经又拾起剑,试探着挥舞。"我差点忘了,"他对她说,"大凡好剑都有自己的名讳。"

"像是'寒冰'?"她看着手中剑,"这把剑也有名字吗?哇,快告诉我嘛。"

"你难道猜不出来?"琼恩揶揄,"就是你最心爱的东西呀。"

艾莉亚乍听之下满头雾水,但随即恍然大悟,她的反应就是这么迅捷。于是两人再度异口同声道:

"缝衣针!"

记忆中她的笑声,在后来北行的漫长路上,始终温暖着他的心房。

丹妮莉丝

丹妮莉丝·坦格利安满心恐惧，在潘托斯城郊草原上与卓戈卡奥成了婚。之所以选在这里，是因为多斯拉克人认为所有的人生大事，都应该让苍天作见证。

卓戈号召他的卡拉萨参加婚礼，他们便都如约前来，这包括浩浩荡荡四万名多斯拉克武士，以及难以计数的妇孺奴隶。他们带着为数众多的牲口，扎营于城墙之外，快速搭成草织的宫殿，吃遍目光所及的一切食物，让潘托斯的居民越来越不安。

"其他总督把城市守卫翻了一倍。"有天晚上，伊利里欧边吃着一碟碟蜂蜜烤鸭和胡椒橙，边对他们说。卡奥已经回到卡拉萨之中，他的宅院就暂时让丹妮莉丝和哥哥居住，直到婚礼结束。

"我看咱们得尽快让丹妮莉丝公主嫁出门，免得潘托斯的财富都给佣兵和无赖赚跑了。"乔拉·莫尔蒙爵士玩笑道。丹妮被卖给卓戈卡奥的当晚，这位遭放逐的骑士便提议为她哥哥效力。韦赛里斯迫不及待地答应下来，从那之后，莫尔蒙便成了随侍他们左右的伙伴。

伊利里欧总督抖着胡子轻轻笑了，但韦赛里斯连嘴唇都没动一下。"他高兴的话，明天就要她也行。"哥哥说着瞟了丹妮一眼，她垂下眼睛。"只要他信守诺言。"

伊利里欧无力地挥挥手，胖手指上一堆戒指闪闪发光。"我跟您说过，一切都打点妥当啦。卡奥既已答应要给你一顶王冠，他就一定说到做到。"

"好吧，可什么时候给呢？"

"这就要看卡奥他的意思了。"伊利里欧道,"他当然会先要这女孩,等完婚之后,还要带着人马横跨草原,带她晋见维斯·多斯拉克的多希卡林。在那之后,他应该会实现诺言,如果预兆显示战争吉利的话。"

韦赛里斯一脸不耐烦:"我管他妈的多斯拉克预兆。篡夺者坐在我父王的王座上,我还得等多久?"

伊利里欧耸耸宽大的肩膀。"伟大的王啊,您已经等了大半辈子,再多等几月……就算再多等个几年,又怎么样呢?"

交游广泛、足迹远至维斯·多斯拉克的乔拉爵士点头同意。"陛下,我也建议您耐心等待。多斯拉克人言出必践,但方式却得照他们的意思来。地位较低的人或许可以恳求卡奥帮忙,但千万不能用以上对下之姿教训他。"

韦赛里斯怒道:"莫尔蒙,你讲话最好注意点,否则小心我把你舌头给割了。我可不是什么地位较低的人,我乃堂堂七国之君,真龙传人是不会卑躬屈膝的。"

乔拉爵士恭敬地垂下眼睛。伊利里欧神秘地笑笑,撕下一只鸭翅膀,咬了起来,胡子上沾满蜂蜜和油汁。*真龙已经不复存在了*,丹妮怔怔地看着哥哥,却不敢大声说出来。

然而那天晚上,她却梦见了一只龙。梦中韦赛里斯又在打她、欺负她。她浑身赤裸,害怕得手足无措。她想从他身边跑开,身体却不听使唤。他再度出手,把她打得踉跄倒地。"你唤醒了睡龙之怒,"他一边尖叫一边对她拳打脚踢,"你唤醒了睡龙,你唤醒了睡龙。"她的大腿淌满鲜血,正闭眼呻吟,只听一阵狰狞的撕裂,接着是一片雄浑的大火噼啪,仿佛有谁在回应。睁眼一看,韦赛里斯已经不见踪影,四周升起巨大火柱,火柱中间有一头巨龙。它缓缓转头,那对宛如熔岩的眼睛与她目光相接。这时她便醒了,醒来时浑身颤抖,冷汗直流。她这辈子从没这么害怕过……

……除了这场婚礼。

婚宴从黎明开始,一直持续到天黑,其间充斥着无止境的暴饮暴食和冲突打斗。草织宫殿间筑起一座土丘,丹妮被安置在卓戈卡奥身旁,位居这片多斯拉克人海之上。她从未见过这么多人聚集一起,也未见过如此奇怪又叫人害怕的族群。众位马王来自由贸易城邦拜访时也会穿戴华服,喷洒香水,然而在苍天之下,他们却遵守古老传统。不论男女,均赤裸胸膛,外罩彩绘皮背心,捆上马鬃绑腿,腰系青铜饰带。男性战士们用油坑里的动物脂肪把长长的发辫抹得乌黑光亮。他们大啖加了蜂蜜和胡椒的烤马肉,豪饮发酵马奶和伊利里欧的葡萄佳酿,隔着营火互相笑闹,话音在丹妮耳中显得格外陌生而刺耳。

韦赛里斯坐在她正下方,穿着一袭崭新的黑羊毛衫,胸前绣了一头猩红色的龙。伊利里欧和乔拉爵士坐在他旁边。他们实已居于高位,仅次于卡奥的血盟卫,但丹妮仍然看出哥哥那双淡紫色眼瞳里闪着怒火。他不高兴位于她之下,更受不了每次上菜仆人都会先给卡奥和他的新娘,然后才把挑剩的拿给他。但除了暗自生气,他做不了什么,于是就这么生闷气,表情也随着时间流逝,随着每一次对他自尊的伤害越见恶劣。

然而丹妮无暇他顾,置身这片广大人海之中,她只感到前所未有的孤独。哥哥要她微笑,所以她努力保持笑容,直到脸部肌肉酸疼,眼泪也不争气地流了下来。她竭力隐藏泪水,因为她太清楚要是教韦赛里斯见到会有多生气,她更害怕卓戈卡奥的反应。食物一盘盘端至眼前,有香气四溢的肉块,肥厚的黑香肠,多斯拉克血馅饼,后来还有各式水果,甜菜汤,以及做工精巧的潘托斯蛋糕,但她都一一挥手赶开。她很清楚自己的胃搅成一团,没法吞下任何东西。

没有人陪她聊天解闷。卓戈卡奥朝下方的血盟卫大声嬉笑吆喝，随他们的回答而放声大笑，但他自始至终都不看身旁的丹妮一眼。他们没有共通语言，她听不懂多斯拉克语，而卡奥只会说几句自由贸易城邦的瓦雷利亚方言，通行七国的标准话语他一窍不通。就算只能跟伊利里欧和哥哥说话，她也非常乐意，可惜他们的座位离她实在太远。

于是她只能身披婚纱，端着一杯掺了蜂蜜的葡萄酒，不吃不动，静静地自言自语："我是真龙传人，"她告诉自己，"我是风暴降生丹妮莉丝，龙石岛的公主，体内流着'征服者'伊耿的血液。"

目睹当天第一个人丧命时，太阳才刚在天顶移动了四分之一。当时鼓声隆隆，女人们正为卡奥跳舞助兴。卓戈虽面无表情，视线却始终跟随着她们的律动，不时还从腰带上解下一个青铜奖章抛过去，让她们为之争得你死我活。

其他战士也在旁观赏。后来其中一个终于走进舞者的圆圈，伸手攫住一位舞者的臂膀，把她按倒在地，当场就像公马和母马交配似的做了起来。伊利里欧先前就提醒过她："多斯拉克人交配的方式和他们养的牲畜没两样。卡拉萨里毫无隐私可言，他们对罪恶和耻辱的观念也与我们完全不同。"

丹妮明白了眼前发生的事后，突然害怕起来，忙将视线从交合中的两人身上转开，但紧接着另一个战士也走上前，然后又有一个，很快她想不看也没办法了。只见两名男子抓住了同一个女人，她听见一声大叫，其中一人推了对方一把，眨眼工夫，两把亚拉克弯刀便已出鞘。这是一种半剑半镰刀的武器，刀刃很长、利如剃刀。两名战士随即展开一阵死亡剑舞，绕着圈子，相互杀伐，扑跳往来，刀锋流转，喊骂不绝。没有人出手干预。

死斗蓦然开始，也旋即结束。亚拉克弯刀交击的速度快得令丹妮跟不上，但其中一名战士脚步没站稳，他的对手立刻挥刀画出一个圆弧。刀锋砍进多斯拉克人腰部，将他自脊椎到腹部整个切开，内脏喷洒出来撒进尘土中。败者挣扎惨死，胜者抓住最近的女人——还不是刚才为之而战的那个——当下做了起来。奴隶抬走尸首，舞蹈继续进行。

这种情形，伊利里欧总督事前也警告过丹妮。"任何一场多斯拉克婚礼，若没有闹出至少三条人命，就算失败。"如此说来，她的婚礼想必受到上苍格外眷顾，因为在当天日落之前，一共死了十二个人。

时间一分一秒过去，丹妮心中的恐惧却不减反增，最后她所能做的，就只剩下竭力控制自己，不要发出尖叫。她害怕这些行径怪异野蛮、宛如人皮野兽般的多斯拉克人，害怕自己达不到哥哥的期望、不知他会对自己做出什么事来，但最教她害怕的，还是当天晚上，哥哥将她交给此刻坐在她身边喝酒，面无表情，残酷得像戴着一张青铜面具的怪异巨人后，他会在星空下对她做的事。

"*我是真龙传人。*"她再度对自己说。

最后，夕阳渐渐西落，卓戈卡奥拍拍手，所有的鼓声、叫喊和饮宴欢闹顿时戛然而止。卓戈起身，然后扶丹妮起来。赠送新娘礼的仪式开始了。

她很清楚，当赠礼仪式结束，太阳下山之后，她就算是真正结婚了。丹妮试图抛开这个念头，却徒劳无功，只能绷紧身子，想尽办法不要颤抖。

哥哥韦赛里斯送她三位女仆——丹妮知道他没花半文钱，必定是伊利里欧掏的腰包——其中伊丽和姬琪是生着杏眼、黑发褐肤的多斯拉克人，多莉亚则是金发蓝眼的里斯女孩。"好妹妹，这些可不是普通奴婢，"她们被依序带到她跟前时，哥哥告诉她，"都是我和伊利里欧精心为你挑选的。伊丽会教你骑马，姬琪会教你多斯拉克语，多莉亚则会教你床上功夫。"他浅浅一笑，"她可是这方面的专家,我和伊利里欧都可以保证。"

乔拉·莫尔蒙爵士为他的礼物致歉:"公主殿下,这点小东西实在不成敬意,但放逐在外,一贫如洗的我就只负担得起这个了。"说着他把一小叠旧书放在她面前,那是用标准通用语写成的七国历史和歌谣传奇,她满心感激地谢谢他。

伊利里欧总督轻声下令,四位粗壮的奴隶立刻抬着一个青铜装饰的雪松木箱快步向前。打开之后,她发现里面装满了自由贸易城邦所产最上等的天鹅绒和锦缎⋯⋯其上还躺着三颗硕大的蛋。丹妮差点喘不过气来。这是她所见过最美的东西,三颗蛋外表各不相同,其上的纹彩富丽得使她以为表面镶满了珠宝,而她得用两手才能抱住一颗。她小心翼翼地拿起来,本以为这是上等陶瓷、彩釉或玻璃制成,想不到却比那沉重得多,仿佛是硬石做的。蛋壳表面覆盖着细小鳞片,它们随她指头拨弄,映着落日余晖,散发出金属般的光泽。其中一颗是深绿色,随着丹妮转动的角度露出各式的青铜状斑点;另一颗是淡乳白色,有金色条纹;最后一颗是黑的,宛如午夜汪洋,却有生气勃发的暗红波浪和旋涡。"这是什么?"她小声问,口中充满惊奇。

"这是来自亚夏以东阴影之地的龙蛋。"伊利里欧总督说,"历经千万年而成化石,却依旧亮丽动人。"

"我会永远珍藏它们。"丹妮听过关于龙蛋的种种传闻,但从未亲眼目睹,更没想到会有机会见识。这实在是价值连城的厚礼,虽然她也知道伊利里欧花得起大钱。光是把她卖给卓戈卡奥,就让他赚了大批良驹和奴隶。

依照传统,卡奥的血盟卫赠与她三件耀眼武器。哈戈送她一把银柄长鞭,科霍罗送她一柄气派非凡的镀金亚拉克弯刀,柯索则送她一把比她人还高的双弧龙骨长弓。伊利里欧总督和乔拉爵士事先教过她传统的拒绝仪式。"吾血之血啊,这些都是伟大的战士应有的武器，但我仅是一介弱女子，就让我的夫君替我使用罢！"于是卓戈卡奥得到了她的"新娘礼"。

其他多斯拉克人也纷纷上前，送她许多礼物：有珠宝拖鞋、银制发环、奖章腰带、彩绘背心和轻软毛皮，纱丝和香精罐，针线、羽毛和小巧的紫玻璃瓶，以及一件以千只老鼠皮织成的睡衣。"卡丽熙①，这可是件好礼啊，"伊利里欧总督边对她解释，边说，"非常吉利的！"礼物在她身边堆得老高，远超出她的想象，更超乎她的真正需要。

最后，卓戈卡奥带来他自己的新娘礼。他大步离开她身边，一阵充满期待的静默便从营地中央散开，逐渐吞没了整个卡拉萨。他回来时，送礼的多斯拉克人们向两边散开，原来他牵来了一匹马。

那是一匹年轻的小母马，精神抖擞、闪亮动人。仅凭丹妮对马有限的了解，就已经知道这并非匹寻常良驹。它有种叫她喘不过气的特质，毛发灰如冬季的海，马鬃有若银色的烟。

她有些犹豫地伸手抚摸马的脖子，任手指滑过银色马鬃。卓戈卡奥用多斯拉克语说了几句，伊利里欧总督翻译道："卡奥说，银色的马鬃正好配上你银色的头发。"

"她好漂亮！"丹妮喃喃道。

"她是全卡拉萨的骄傲，"伊利里欧说，"根据习俗，卡丽熙必须骑着与她身份地位相称的马儿，跟随在卡奥身边。"

卓戈跨步向前，伸手环住她的腰，有如抱小孩般把她轻松抱起，让她坐上狭小的多斯拉克马鞍。这鞍比她以前习惯的那种小许多。丹妮有些困惑地坐了一会儿。没人告诉她会如此发展。"我该怎么做？"她问伊利里欧。

回答的是乔拉·莫尔蒙爵士，"握起缰绳骑上一段，不用太远。"

---

①卡丽熙：多斯拉克语中对卡奥配偶的称呼。

于是丹妮紧张地双手握缰，把脚伸进矮矮的马镫里。她马术平平，只因长久以来多半乘船或搭马车、轿子旅行，骑马的机会不多。她祈祷自己不要摔下来，惹大家笑话，最后轻轻地一夹马肚。

于是，这几个小时以来，她第一次忘却了恐惧。或许，是她这辈子第一次。

银灰的小母马步伐平稳、轻盈如丝，众人让出路来，目光全集中在她身上。丹妮发现自己骑得远比料想的要快，而她感觉到的只有兴奋，并无恐惧。马儿开步小跑，她不禁笑了起来。多斯拉克人跌跌撞撞地让开。她只需双脚微微使力，轻轻一抖缰绳，母马便立即有回应。她催马飞奔，多斯拉克人纷纷闪开，一边对她又叫又笑。当她掉转马头，准备返回时，只见前方远处有个火堆。她们两边是人，无路可走。此刻丹妮莉丝心中突然有种前所未有的勇气，她把一切都交给小母马。

银色的马载她穿越熊熊烈焰，仿佛为她插上了翅膀。

她在伊利里欧总督面前停下，说："请告诉卓戈卡奥，他给了我风的力量。"这位肥胖的潘托斯人捻捻黄胡子，把她的话译为多斯拉克语，接着丹妮头一次看到她的新婚丈夫露出微笑。

就在这时，夕阳的最后一抹余晖消失在潘托斯的高墙尽头。丹妮已完全没了时间概念。卓戈卡奥命令血盟卫们把他的坐骑牵来，那是匹精瘦的红色骏马。卡奥装配马鞍时，韦赛里斯闪到骑着银马的丹妮身边，伸出手指抠进她的大腿肉："亲爱的好妹妹，你给我好好取悦他，否则我保证让你看看真正的唤醒睡龙是什么样子。"

哥哥的这番话把恐惧又带了回来。她再度觉得自己像个小孩子，只有十三岁，孤零零的，对于即将发生在身上的事毫无准备。

星星出来的时候，他们一同骑马离开，将卡拉萨和草织宫殿抛在身后。卓戈卡奥一句话也没有说，径自催马狂奔，跑进愈加深沉的夜色。他长长发辫上的银铃一路轻声作响。"我是真龙传人，"

她一边跟上,一边大声地对自己说,努力鼓起勇气,"我是真龙传人,我是真龙传人。"龙是不会害怕的。

事后想来,她说不准他们究竟骑了多远,骑了多久,但当他们在一条小溪边的草地上停步时,天已经全黑。卓戈翻身下马,然后把她抱下来。在他手里,她觉得自己脆弱得好像玻璃,四肢无力犹如溺水似的。她穿着结婚礼服,站在原地颤抖,看他把马匹拴好,当他转头望她时,她的眼泪终于忍不住滑落。

卓戈卡奥看着她的泪水,脸上奇怪地毫无表情。"不。"他抬起手,用长茧的拇指粗鲁地抹去她的泪水。

"你会通用语?"丹妮惊奇地说。

"不。"他又说。

或许他就只懂这个字,她心想,但总比她原先想象的要好得多,这稍稍安抚了她的情绪。卓戈轻触她的头发,一边用手抚弄她亮银色的发丝,一边用多斯拉克话喃喃自语。丹妮听不懂他在说些什么,然而话中有种温暖的感觉,一种她原本不期待会在这个男人身上找到的温柔。

他伸出手指抚她下巴,托起她的头,让她直视他的双眼。与她相比,卓戈明显高出一大截,他比所有人都高出一截。他轻轻地自腋下抱起她,把她放在溪边的圆石上。然后他坐在地上,面对她,双脚盘坐,两人的脸终于处在同样高度。"不。"他说。

"你只知道这个字吗?"她问他。

卓戈没有回答。他又长又重的辫子在身旁的泥土地上缠绕成圈。他将辫子拉过右肩,开始一个一个解下铃铛。过了一会儿,丹妮也靠过去帮他。全部完成之后,卓戈做了个手势。这次她看懂了,便小心翼翼地为他缓缓松开辫子。

她花了好长时间。在这期间,他始终静静地坐在原地,凝望着她。她完成之后,他甩甩头,乌黑油亮的头发便如一条黑暗的河流般在他身后泼洒开来。她从未见过这么长、这么黑、这么厚实的头发。

然后轮到他了。他开始为她宽衣解带。

他的手指不仅灵敏,而且出奇温柔。他轻缓地为她脱去一件件丝质礼服,丹妮一动也不动地静静坐着,凝望进他的双眸。当她小小的乳房暴露出来时,她实在克制不住,下意识地伸手遮挡,并将视线转开。"不。"卓戈说。他温柔而坚定地把她遮住胸部的手拿开,然后再度抬起她的脸,让她看着他。"不。"他重复。

"不。"她也跟着说。

他扶她站起来,将她拉近,为她除去身上最后一件丝衣。夜风寒冷,凉如冰水,吹在赤裸的肌肤上,令她不禁颤抖,手脚也冒出鸡皮疙瘩。她很害怕接下来会发生的事,但她等了好久,什么也没发生。卓戈卡奥仍旧双腿盘坐,定定地望着她,用眼睛享受她的躯体。

又过了一会儿,他开始抚摸她。起初非常轻微,然后稍稍用力。她可以感觉出他手臂里蕴藏的力量,但他始终没有弄痛她。他握住她的手,抚弄她的指头,一根又一根。他爱抚她的脸颊,沿着耳朵的曲线,一根手指轻轻绕着她的嘴巴。他将双手伸进她的头发,用手指为她梳头,接着把她转过去,按摩她的肩膀,指节沿着脊椎往下滑。

似乎又过了好久,他才将手伸向她的乳房。他抚摸着乳房下方的部位,直到她浑身发麻,又用拇指绕着乳头转,拿拇指和食指轻轻夹住,然后向外拉,起初非常轻微,随后渐渐加重,直到她乳头发硬,开始疼痛。

这时他停了下来,把她拉进怀里。丹妮面红耳赤,喘气不止,心脏狂跳。他用那双巨掌托起她的脸,两人四目相交。"不?"他说。她听懂这是个问句。

她握住他的手,引领它朝向她双腿间湿润的地方。"要。"她一边低语,一边导引他的手指进入她的体内。

艾德

国王传唤他时，天还未亮，世界一片寂静，灰蒙蒙的。

埃林轻轻地将他自梦中摇醒，奈德睡意未消便跟跄着跌入曙光未露前的清晨，发现自己的坐骑已经鞍辔妥当，而国王本人早已骑乘马上。劳勃戴着棕色厚手套，身披厚重的套头毛皮斗篷，看起来活像只骑在马上的大熊。"史塔克，起床了！"他吼道，"还不快醒醒，咱们有国家大事要商量哪。"

"遵命，"奈德说，"陛下，请进帐。"埃林闻言掀起帘幕。

"不不不，"劳勃的呼吸在冷气里蒸腾，"营地里闲杂人等太多，只怕隔墙有耳。况且我想出去走走，顺便体验一下你的北地风光。"奈德这才瞧见柏洛斯爵士和马林爵士率领十数护卫跟在国王身后。看来除了揉揉惺忪睡眼，更衣上马之外，别无他法了。

劳勃骑着他那匹黑色战马一路狂奔，奈德也只好跟上。他边骑边问了一句，但朔风吹散了他的话音，国王没有听见。之后奈德不再发话，只静静地骑马。他们旋即离开国王大道，奔进黑雾浓郁的辽阔平原。此时护卫已离他们有段距离，再听不见两人交谈，但劳勃仍未减速。

直到他们登上一道低缓山脊，晨曦初露，国王方才慢下脚步，此时他们已在营地南方数里之遥。奈德跟上劳勃，只见他满脸通红，神采飞扬。"妈的，"他笑着咒道，"到野外像个男人一样骑他妈一段可真痛快！我告诉你，奈德，那慢吞吞的牛步会把人给逼疯的。"劳勃·拜拉席恩向来不是个有耐性的人。"瞧那天杀的轮宫叽叽嘎嘎的呻吟模样，遇到石子都一副爬山的样子……那鬼东西敢再给我断根车轴，我保证放火烧了它，然后叫瑟曦跟着走路！"

奈德笑道："那我很乐意为您点火。"

"说得好！"国王拍拍他肩膀，"我还真想丢下他们，就这样骑下去呢。"

一抹笑意浮上奈德嘴角。"我相信您是认真的。"

"那当然，那当然。"国王道，"奈德，你觉得怎样？就咱两个游侠骑士仗剑闯江湖，兵来将挡，水来土掩。晚上便找个农夫女儿或是酒店侍女帮咱们温床。"

"果真如此倒好，"奈德说，"但是陛下，如今我们有责任在身……不只是对整个王国，更要对我们的子女负责，何况我有我的夫人，您有您的王后，我们不再是当年的年轻小伙了。"

"你小子从来也没年轻过，"劳勃咕哝道，"也罢。不过有那么一回……你那小妞儿叫什么来着？蓓卡？不对，她是我的，老天保佑她，那头黑亮秀发和甜美的大眼睛，一不小心就教人难以自拔。你那个叫……雅莉娜？你跟我提过一次，还是叫梅莉儿？你知道我说的哪一个吧？就你私生子的娘。"

"她叫薇拉。"奈德有礼却冷冷说，"我不想谈她。"

"对，就叫薇拉。"劳勃嘿嘿直笑，"能让艾德·史塔克公爵暂时忘却荣誉，即使只是短短一个小时，她一定不是个简单的姑娘。你倒是一直没告诉我她生什么模样……？"

奈德愤怒地抿嘴道："以后也不会告诉你。劳勃，不要再说了，就算是看在我俩的情分上罢。我当着诸神和世人的面羞辱了我自己，也羞辱了凯特琳。"

"诸神在上，你那时根本就没跟凯特琳见几次面。"

"我已娶她为妻，她也怀了我的孩子。"

"奈德，你太严于律己了。你老是这德行，他妈的，不会有女人想跟圣贝勒上床的。"他拍了拍膝盖，"算了，既然你不想说，我也不勉强。但有时候看你浑身带刺，我觉得你真该拿刺猬来当家徽。"

东升旭日的金黄指头探进清晨的朦胧白雾，一片辽阔原野在两人眼前展开，其中除了长而低缓的零星小丘，尽是片片光秃秃的褐色平地。奈德指给国王看，"这里就是'先民坟冢'。"

劳勃皱眉道："我们骑到坟墓堆里来了吗？"

"陛下，北方遍地都是坟墓啊。"奈德告诉他，"这是块古老的土地。"

"也是个冷死人的地方。"劳勃拉紧斗篷埋怨道，随从在他们后方停缰勒马，停在山脊上。"也罢，我把你找到这里可不是来讨论坟墓和你私生子的。昨晚瓦里斯伯爵差人从君临送了封信来，喏。"国王从腰带上抽出一张纸递给奈德。

太监瓦里斯是国王的情报总管，从前服侍伊里斯·坦格利安，如今改事劳勃。奈德畏惧地打开卷轴，心里想起莱莎和她那骇人的控诉，所幸内容与艾林夫人无关。"这消息的来源是？"

"你还记得乔拉·莫尔蒙爵士吗？"

"我一辈子也忘不了那家伙。"奈德脱口便道。熊岛的莫尔蒙家族历史悠久，骄傲而讲究荣誉，但他们的领地位置偏远，酷寒贫瘠。

乔拉爵士为增加收入，打算把抓到的盗猎者卖给泰洛西的奴隶贩子。由于莫尔蒙是史塔克的封臣，如此一来等于玷污了整个北方的名声。于是奈德千里迢迢西行前往熊岛，却发现乔拉早已搭船潜逃，逃到"寒冰"和国王的法律制裁之外的番邦异地去了。事发至今一转眼已经五年。

"乔拉爵士现下人在潘托斯，正焦急地等着王家特赦好渡海回国。"劳勃解释，"瓦里斯伯爵妥善运用了这个优势。"

"人口贩子这下又成了间谍？"奈德嫌恶地说，一边把信件交还。"我倒是宁愿他变成一具尸体。"

"瓦里斯认为间谍比尸体有用得多，"劳勃道，"不过撇开乔拉不谈,你对此事有何看法?"

"丹妮莉丝嫁给一个多斯拉克马王,那又如何?难不成我们该送份结婚贺礼过去?"

国王皱眉:"我看送把刀更好。一把锐利的好刀,拿在一个有胆量的人手里。"

奈德没有故作惊讶。劳勃对坦格利安家族的恨意几近疯狂,他至今都还记忆犹新,当年泰温·兰尼斯特献上雷加妻儿们的尸体以示效忠时,两人所发生的激烈口角。奈德认为这是谋杀,劳勃却说是战争中难免的惨剧。当他辩称年幼的王子和公主与婴儿无异时,甫登上王位的劳勃应道:"我可没看到什么婴儿,只见到恶龙的孽种。"就连琼恩·艾林也无法平息那场纷争。艾德·史塔克当天便愤然拂袖而去,独自领兵前往南方打最后的一场仗。后来是因为莱安娜的死,两人才言归于好。

但这次奈德没有发火。"陛下,她不过是个孩子,您总不会像泰温·兰尼斯特那样滥杀无辜罢?"据说他们把雷加的小女儿从床上硬拖出去受死的时候,她哭得泪眼汪汪。雷加的儿子根本只是个襁褓中的婴儿,但泰温公爵的手下照样把他从母亲胸膛上扯开来,一头撞死在墙上。

"谁知道她还能天真无邪多久?"劳勃语音渐扬,"这个'孩子'过不了多久就会张开双腿,繁殖一堆恶龙遗毒来找我麻烦了。"

"话虽如此,"奈德道,"但谋杀孩子却是很……令人发指……"

"令人发指?"国王一声怒喝,"伊里斯对你哥哥布兰登干的那些事,那才叫令人发指。想想你先父如何惨死,那才叫令人发指。还有雷加……你觉得他强暴了你妹妹几次?干了她几百次?"他暴跳如雷,使得鞍下坐骑不安地嘶叫起来。国王猛地一扯缰绳,教马儿安静,然后愤怒地指着奈德,"我要亲手宰掉每一个坦格利安家的人,斩尽杀绝;我要教他们像龙一样死得干净彻底,最后在他们坟上撒尿。"

奈德很清楚不能在国王气头上顶撞他。如果这么多年的时间都无法浇熄他复仇的烈焰,只怕他的话也起不了什么作用。"你没法亲手宰掉这一个,对吧?"他轻声说。

国王愤恨地撇撇嘴。"是没办法,天杀的。有个操他妈的潘托斯小贩把他们兄妹俩藏在围墙后面,还派了一堆尖帽子太监看守,这会儿又把他们卖给多斯拉克人。几年前不容易杀他们的时候,我早该动手了,但琼恩跟你一样坏心眼。不过我更傻,我听了他的话。"

"琼恩·艾林是个英明睿智的首相。"

劳勃哼了一声。"传说这个卓戈卡奥手下有十万大军,琼恩听了会作何感想?"

"他会说只要多斯拉克人待在狭海对岸,即便百万大军又有何惧?"奈德平静地答道,"那些野蛮人没有船,他们对一望无际的汪洋又惧又怕。"

国王不安地在马鞍上挪了挪。"或许如此,不过自由贸易城邦有的是船。奈德,我老实告诉你,我一点也不喜欢这桩婚事。到现在王国里还有人叫我'篡夺者',你难道忘了当年有多少豪门望族起兵为坦格利安家族而战吗?他们现在按兵不动,但要是逮着机会,等不及要取我和我儿子的性命哪!倘若哪天这乞丐国王带着多斯拉克大军渡海而来,这些叛徒一定会拥护他。"

"他渡不了海的。"奈德保证,"就算他真来了,我们也能协力把他赶回去。等你任命好新的东境守护——"

国王呻吟道:"我说最后一遍,我不会让艾林家那小毛头继任东境守护。我知道那孩子是你外甥,但现在坦格利安家和多斯拉克人上了床,我疯了才会把统领王国四分之一军队的重任交给一个体弱多病的小男孩来扛。"

奈德早知他会有此答复。"但必须有人出来担任东境守护不可。假如劳勃·艾林不足以胜任,那就让你的兄弟之一来接手罢。史坦尼斯在风息堡之围一役中已经展现出他的才能,相信他应该没问题。"

他让史坦尼斯的名字在空气中悬宕了一会儿,国王皱皱眉,没有答腔,看起来不太舒服。

"当然,"奈德轻声续道,静观其变。"倘若你已把这个职位许给了别人,那就另当别论。"

起初劳勃露出吃惊的神色,但随即转为不悦:"假如真是这样呢?"

"詹姆·兰尼斯特,对吧?"

劳勃一夹马肚,朝山脊下的荒冢驰去,奈德紧随在旁。国王径自骑行,两眼直视前方。"对。"最后他总算开了口,仿佛要用这一个字来结束议题。

"弑君者。"奈德道。这么说来,所有的谣言都属实了。他很清楚自己此刻措辞务必小心谨慎。"他有能力,也不缺勇气,这毋庸置疑。"他小心翼翼地说,"但是劳勃,他父亲是世袭的西境守护,詹姆爵士迟早要继承父职,东西诸国的大权不应落入同一个人手里。"他没把真正想说的话说出来:如此一来王国一半的兵力将会落入兰尼斯特家族的手中。

"等敌人出现了再打也不迟,"国王执拗地说,"眼下泰温公爵好端端地待在凯岩城,我想詹姆还不至于太快继承职位。奈德,这事儿别跟我争,说出去的话,覆水难收了。"

"陛下,请恕我直言不讳。"

"反正我也阻止不了你。"劳勃咕哝着。他们骑过棕褐长草。

"你真信任詹姆·兰尼斯特？"

"他是我老婆的孪生弟弟，又是发过誓的御林铁卫，他的生死荣辱都维系在我身上。"

"当年他的生死荣辱不也全维系在伊里斯·坦格利安身上？"奈德不客气地指出。

"我有什么理由不信任他？我叫他办的事他没有一次让我失望，就连我现在的王位都是靠他的宝剑赢来的咧。"

正是他的宝剑玷污了你的王位啊，奈德心想，但没让自己说出口。"他发誓以性命守护国王，结果却一剑割了国王的喉咙。"

"妈的，总得有人动手吧？"劳勃道，他在一座古老的荒坟边勒住马缰。"要是他没杀掉伊里斯，那么不是你杀就是我杀。"

"我们可不是宣誓效死的御林铁卫。"奈德道，当下他决定是该让劳勃听听实话的时候了。"陛下，您可还记得三叉戟河之战？"

"我头上的王冠就是在那儿挣来的，怎么可能忘记？"

"您在和雷加的决斗中负了伤，"奈德提醒他，"因此当坦格利安军溃散后，您将追击的任务托付于我。雷加的残兵逃回君临，我们尾随而至。伊里斯和几千名死士守在红堡，我本以为城门一定是紧紧关闭。"

劳勃不耐烦地摇头接口："结果你发现我们的人已经占领了城堡，那又如何？"

"不是我们的人，"奈德耐着性子，"是兰尼斯特家的人。当时城垛上飘扬的是兰尼斯特家族的怒吼雄狮，并非宝冠雄鹿。城池乃是他们靠诡计夺下的。"

当时战火已经蔓烧将近一年，大小贵族纷纷投至劳勃旗下，也有不少仍旧忠于坦格利安家族。势力庞大，世代担任西境守护的凯岩城兰尼斯特家族，却始终远离战场，不理会叛党和保王人士的呼唤。最后，当泰温·兰尼斯特公爵亲率一万两千精兵出现在君临城下，表明勤王意图时，伊里斯·坦格利安想必以为自己命不该绝罢。于是疯狂的国王下了他最后一道疯狂的命令，大开城门，引狮入室。

"坦格利安同样也与诡计为伍，"劳勃道，他的怒气又渐渐升起。"兰尼斯特不过是以其人之道，还治其人之身罢了。天要亡坦格利安，他们死不足惜。"

"你当时并不在场，"奈德语带苦涩。这个谎言已经伴随他十四年，至今仍时常在梦中骚扰他。"那场仗毫无荣誉可言。"

"去你妈的荣誉！"劳勃破口大骂，"坦格利安懂什么狗屁荣誉？去你老家墓窖里问问莱安娜，问她什么叫恶龙的荣誉！"

"三叉戟河一役，你已经为她报了仇。"奈德在国王身旁停下马。奈德，答应我，当年，她死前如此低语。

"却不能让她起死回生，"劳勃别转头去，望向灰暗的远方。"诸神都该死，我只求得到你妹妹，他们却硬塞给我一顶狗屁王冠……赢得战争又如何？我只要她平平安安……重回我的怀抱，一切都和原本一样。奈德，我问你，当国王有什么好？管你是国王还是放牛郎，诸神不都一样嘲弄你么？"

"陛下，我没法替神灵回答您的问题……我只知道当我骑马进入红堡大厅时，"奈德道，"伊里斯倒卧血泊，墙上龙骨冷冷地看着他。四处都是兰尼斯特的手下，詹姆穿着亮金战甲，外罩御林铁卫的白披风，还有金色的宝剑，那景象直到现在还历历在目。他坐在铁王座上，高耸于众武士之中，狮头面罩下，威风凛凛，好不意气风发！"

"这是众人皆知的事嘛！"国王抱怨。

"当时我人在马上，骑进正殿，穿过一排排巨龙颅骨，我有种感觉，仿佛他们正看着我。最后我停在王座之前，抬头望他。他把

124

黄金宝剑横陈于大腿之上，国王的血从剑尖不断滴落。这时我的人也涌进大厅，兰尼斯特的部队则不断后退。我半个字也没说，只静静地盯着他坐在王位上的模样，耐心等待。最后他笑着站起来，摘下头盔对我说：'史塔克，可别瞎担心哟，我只是先帮咱们劳勃暖暖位子罢了。不过这把椅子恐怕坐起来不大舒服哪！'"

国王仰头大笑，笑声惊起栖息在附近棕褐长草丛里的乌鸦群，它们嘎嘎惊叫，振翅腾空。"只因为兰尼斯特那小子在我的王位上坐了几分钟，你就叫我别信任他？"他再度放声狂笑，"得了罢，奈德，詹姆当年才十七岁，还是个大孩子。"

"不管他是孩子还是成人，都无权坐上王位。"

"或许他累了，"劳勃帮他开脱，"杀国王可不是件轻松差事，那该死的大厅里又没别的地方摆屁股。其实，他说的一点不错，不管从哪方面来看，那都是张既狰狞又不舒服的椅子。"国王摇摇头，"好了，如今我知道詹姆不为人知的恶行了，以后就忘了此事。奈德，我对管理国政和机心巧诈实在反胃透顶，全是些跟数铜板没两样的无聊事。来，咱们来好好骑上一段，你从前可是很会骑马的，咱们再尝尝大风在发梢奔驰的爽劲儿。"说完他再度策马前驱，扬长而去，越过坟冢，马蹄在身后溅起如雨泥花。

奈德并未立即跟上。他已经费尽唇舌，此刻只觉得心中充满无边的无助感。他不止一次地质疑自己到底在做什么，走这一遭又究竟所为何事。他不是琼恩·艾林，无法约束国王的野性，教导他以智慧。劳勃终究会任性而为，一如既往，奈德不论好说歹说都改变不了事实。他的归宿是临冬城，是哀伤的凯特琳，是他的爱子布兰啊。

但凡事毕竟不可能尽如人意。艾德·史塔克心意已决，便一踢马肚，朝国王奔去。

提利昂

北境漫漫，一望无涯。

提利昂·兰尼斯特虽然熟读地图，但经过两周以来的一径北行，他深切体会到地图上说的是一回事，实际上却另有蹊跷。

他们和国王的队伍于同一天离开临冬城，冒着细雪，穿过那一片人声马嘶、马车嘎吱和王后轮宫的呻吟。国王大道紧邻着主堡和城下市镇。国王的旗帜与车队，骑士和自由骑手就在该处转向南行，提利昂则与班扬·史塔克和琼恩叔侄二人往北走。

在那之后，天气越趋凄冷，四周更显沉寂。

国王大道逐渐变成一条比森林小路大不了多少的小径。道路西边是崎岖的灰岩丘陵，矮丘顶高耸着一座座守望台。东边则地势低缓，平坦旷野无限伸展，直至极目尽头。石桥跨越汹涌的狭窄激流，农场围绕石墙木梁的聚落。路上来往颇为频繁，日落后极易找到歇脚旅店。

然而好景不长，离开临冬城三日之后，农田退去，只见茂密深林，国王大道也越来越人迹罕至。丘陵则日益陡峭，到了第五天，已经成了山脉，宛如肩负陈雪和陡峭岩峰的灰蓝巨人。当北风吹起，长长的冰针像旗帜一般从高耸的峰峦间飞溅而下。

山在西方，路往东北，蜿蜒穿过树林。班扬·史塔克称这座满是橡树、常青树和黑荆棘，看起来比提利昂所见过任何林子都要古老的森林为"狼林"，每到夜晚，森林里也确实传来远方狼群此起彼落的号叫，有时离他们还不甚远。雪诺的白子冰原狼听到便会竖起耳朵，却从不应和。提利昂总觉得那只东西有种令人极端不安的感觉。

扣除小狼不算，他们一行八人。首先提利昂依照兰尼斯特家的排场，带了两个随从。班扬·史塔克则只带着他的私生子侄儿，还有守夜人部队的一些牲口。但当他们在狼林边缘一栋木造庄园过夜时，又有一位叫尤伦的黑衣弟兄加入他们。这个尤伦驼着背，模样颇为阴狠，五官都躲在他那跟制服一般黑的胡子后面，但不难看出他是条汉子。他带了两个来自五指半岛，衣着破烂的农家子弟。"强奸犯。"尤伦冷冷地看着他们说。提利昂顿时领悟，长城上的日子虽然艰苦，但总比阉刑好得多。

五个男人，三个孩子，一只冰原狼，二十匹马，还有一笼鲁温学士托班扬·史塔克捎带的大乌鸦，这样的一支队伍，想必是幅相当怪异的景象。

提利昂注意到琼恩·雪诺一路不住打量尤伦和他那两名阴郁伙伴，脸上挂着古怪的表情，似乎有些困惑。尤伦不仅驼背，而且浑身酸臭，须发油腻，虱蚤丛生又衣衫破烂，遍布补丁且甚少清洗。他的两名手下味道更难闻，人则既愚蠢又残忍。

看来那孩子误以为守夜人军团里全是他叔叔这种人了。倘若他真这么想，那么尤伦一帮人对他可算是个错愕的觉醒。提利昂为那孩子难过，他选择的是一条艰难的道路……或者应该说，别人为他选择了这条艰难的道路。

他对孩子的叔叔可没这般好感。班扬·史塔克似乎和他哥哥一样讨厌兰尼斯特家的人，先前当提利昂表示想要同行时，他的反应相当不悦："兰尼斯特，我话说在前头，长城没旅馆可住的。"他高高在上地盯着他。

"你总有办法安顿我罢，"提利昂答道，"你也看到了，我个子很小。"

当然，没人敢对王后的弟弟说不，所以事情就算这么定了，但班扬依旧很不高兴。"我保证你不会喜欢这趟旅程。"他很不客气地回敬,而自队伍出发以来,他也果真尽其所能让此话成真。

提利昂倒是在御寒皮衣上扳回一城,原本史塔克故作殷勤地献上一件满溢腥膻,老旧破烂的熊皮,以表现守夜人的济弱扶贫,显然希望他会碍于礼数婉拒,但提利昂微笑着收下。离开临冬城的时候,他带上了所有最暖和的衣服,随即却发现根本不够。这里真是冷得吓人,而且气温还在不断下降。夜里的温度早已降至冰点以下,每当朔风吹起,便如尖刀般割进他最暖和的羊皮衣。想必史塔克此时正为自己一时兴起的骑士精神后悔吧。也许他会从中学到教训:兰尼斯特家人来者不拒,管他什么礼数,只要别人给,我就敢拿。

越往北行,愈加深入狼林的幽暗国度,农庄田舍便更见疏落,终至人迹绝响,骤然遗世独立。

无论扎营拔营,提利昂都帮不上忙。他个子太小,蹒跚跛行只会碍手碍脚。于是他便趁史塔克和尤伦等人搭建帐篷居所,照料马匹,生火取暖之际,裹紧皮衣,揣着酒袋,蹒跚到一边独自读书,这成了他的习惯。

旅行的第十八天,他带着从凯岩城一路携来北方,盛夏群岛酿产的珍贵琥珀甜酒,以及相关龙族佚闻事迹的书——这几册珍贵的典籍乃是提利昂求得艾德·史塔克公爵允许,从临冬城的图书馆拿的——独自走开。

他走到营地的喧嚣之外,激流奔涌、水冷如冰的溪边觅得一方宁静。一株形体怪诞的老橡树恰好为他遮挡寒风。提利昂背靠树干,扯紧皮毛,啜了一口酒后读起关于龙骨的叙述。龙骨含铁量高,故呈黑色,书上如是说,龙骨坚硬如铁,然材质极轻且有韧性,自然亦不怕火。无怪乎多斯拉克人视龙骨弓为稀世珍宝,配上龙骨弓,射手可以轻易超越木制弓箭的射程。

提利昂对龙有种病态的迷恋。当年他初次造访君临,参加姐姐和劳勃·拜拉席恩的婚礼时,就打定主意一定要瞧瞧那些悬挂在坦格利安王座厅墙上的龙头。虽然劳勃国王早已把龙头换成了旗帜和壁毡,提利昂仍不死心,最后总算在阴湿的地窖内找到了它们的收藏处所。

他本以为龙头必定令人叹为观止,甚至叫人望而生畏,却怎么也想不到它们竟会是如此美丽的东西。它们的的确确美得让人目瞪口呆。黑如玛瑙,光滑洁亮,在他的火把映照下仿佛会闪闪发光。他察觉到它们喜欢火,因而特地把火把插进其中一个较大的龙嘴里,果真火光大盛,影子在他身后的墙上大肆舞跃。龙牙宛如一柄柄黑钻石制成的长弯刀,长年浸涤于炽热的烈焰里,火把微焰对它们来说根本算不了什么。当他抽身离去时,他发誓那头巨兽空洞的眼窝是目送着自己离开的。

巨龙头骨一共十九个,最老的寿命已经超过三千年,最幼小的也有一个半世纪那么久。幼龙的头骨也是最小的,那两个畸形怪状,比猎犬的头骨大不了多少,它们是龙石岛上所孵化的最后两只龙,是坦格利安家族最后的两只,或许也是这世界上最后的两只,它们非常短命。

其他的龙头则一个比一个大,最大的三头便是歌谣和传说里最恐怖的巨兽,即伊耿·坦格利安和他的妹妹们攻打古代七国时所骑乘的那三头龙。吟游诗人为他们都取了神的名字:贝勒里恩、米拉西斯和瓦格哈尔。提利昂站在他们的血盆大口间,震慑得说不出话来。瓦格哈尔的咽喉之大,大到你可以骑马进去,当然别想活着出来。米拉西斯体型更加惊人。而最硕大无朋,人称"黑死神"的贝勒里恩,则可一口吞下整只野牛,或是传说中漫游于伊班港以北冰冷荒原上的长毛象。

提利昂在阴湿地窖里伫立良久,盯着贝勒里恩空洞而巨大的眼窝,试着想象眼前这只巨兽生前的模样,想象它开展双翼,横扫天际，口吐烈焰的景象，直到火把燃尽。

他的远祖凯岩王罗伦，曾与河湾王孟恩联军抵抗坦格利安的征服。那是约三百年前的事，当时七大王国真的是各自为政的王国，而非今日大一统国度下的属地。两军合计有六百诸侯，五千骑兵，以及五万以上的雇佣军和步兵。据史家记载，"龙王"伊耿的军力大概只有对手的五分之一，其中多半是从他之前击败的敌手军队中招募而来，忠诚堪忧。

两军在河湾沿岸的沃野平畴中相遇，在遍地结实累累、等待收获的金黄麦田上交战。联军发动冲锋，坦格利安军立时四散溃逃。短短几分钟内，史家又如此写道，连年的征服似乎就要画上休止符……但这只是伊耿·坦格利安和他两个妹妹投入战局之前的那几分钟。

这是历史上唯一一次瓦格哈尔、米拉西斯和贝勒里恩同时出击，后世的吟游诗人称之为"怒火燎原"。

那天共有将近四千名士兵被烧成灰烬，其中包括河湾王孟恩。罗伦王侥幸逃脱，没过多久便向坦格利安家族投降称臣，后来还产下一子，为此提利昂只有感激的份。

"你读那么多书干嘛？"

提利昂闻言抬头，琼恩·雪诺正站在几步以外，好奇地端详他。他用一根手指夹住正读的书页："看着我，然后告诉我你看到了什么？"

男孩狐疑地看着他说："你要什么把戏？我看到你啊，提利昂·兰尼斯特。"

提利昂叹道："雪诺啊，你是个私生子，却真是够客气。你看到的是个侏儒。你几岁了？十二？"

"十四。"

"你才十四岁，我却一辈子长不到你现在这个高度。我这双脚又短又畸形，连走路都成问题，骑马还得配着特殊打造的马鞍，才不会摔下去。你有兴趣瞧瞧的话，这马鞍是我自己设计的。假如我不用它，就只能骑着孩子的小矮马。我的手臂还算强壮，但仍旧太短，所以永远也成不了好战士。如果我生在普通农家，早被扔在路边等死，不然就是卖进怪物杂耍团。唉，谁知我偏又生在凯岩城的兰尼斯特家，怪胎更不受欢迎，只因先前众人对我万般期待。你瞧，我爹干了二十年的御前首相，结果我老哥后来竟把国王给宰了，人生就是这样变幻无常。如今我老姐嫁给了新任国王，而我那脾气暴躁的外甥呢，有朝一日则会继任王位，只有我空担着家族的名誉，总得尽点心力，你说对罢？但是要怎么做呢？呵，我的腿太短，头却太大，总算这脑袋对我还算合适，凭着它我很清楚自己能干什么不能干什么，它就是我的武器。老哥有他的宝剑，劳勃国王有他的战锤，我则有我的脑袋瓜……不过人若要保持思路清晰锐利，就得多读书，就好像宝剑需要磨刀石一样。"提利昂轻敲书皮，"琼恩·雪诺，这就是为什么我读个不停啰。"

男孩静静地听完这番话。他虽然名分上没有史塔克这个姓，却有张地地道道史塔克家人的脸：脸长，严肃拘谨，喜怒不形于色。不论他母亲是谁，想必在他身上没留下多少自己的特征。"那你在读什么？"他问。

"跟龙有关的东西。"提利昂告诉他。

"读这有什么用？世上已经没有龙了。"男孩语气里带着少年独有的确信。

"人们是这样说没错，"提利昂答道，"很可惜，不是吗？我在你这年纪的时候，还经常梦想哪天有自己的龙哪。"

"真的吗？"男孩难以置信地说。或许他认为提利昂在寻他开心罢。

"当然是真的了，只要能骑在龙背上，即便是发育不良，畸形扭曲的丑陋小男孩也可以睥睨全世界。"提利昂推开熊皮，站起身来。"以前我常躲在凯岩城深处的地道，燃起火堆，望着熊熊烈焰，一望就是好几个钟头，一边幻想那是魔龙吐出的烈火。有时候我会幻想我老爸被火烧死，有时候则是我老姐。"琼恩·雪诺一脸既害怕又惊奇的表情，提利昂看了哈哈大笑，"小杂种，别用那种眼光看我，我知道你心里在想什么，你也有过这样的梦吧。"

"我才没有，"琼恩·雪诺害怕地说，"我不会……"

"没有？从来没有？"提利昂抬起一边眉毛，"那想必史塔克一家人待你不薄？想必夫人对你也视如己出啰？还有你那异母兄弟罗柏，向来都跟你很亲是罢？为什么不呢？他得到临冬城，你得到的却是绝境长城。至于你父亲大人嘛……他一定也有正当理由，才会把你送去当守夜人……"

"不要再说了，"琼恩·雪诺脸色阴沉地怒道，"加入守夜人是神圣的使命！"

提利昂笑笑。"聪明如你，怎会相信这种屁话？守夜人军团是个专门接收全国各地人渣废物的垃圾场，我瞧见了你看尤伦和他手下那两小子的神色，他们就是你的新弟兄，琼恩·雪诺，你可还喜欢？一脸死相的农奴、欠债鬼、盗猎者、强奸犯、小偷，还有像你这样的私生子通通都发配到长城上来，负责防范你奶妈小时候告诉你的各种古灵精怪。往好的方面想嘛，根本就没有什么古灵精怪；可是往坏处想呢，那地方冷得连命根子都要冻掉。不过既然原本就不准你生育后代，我看也没什么关系。"

"不要说了！"男孩尖叫着前跨一步，双手握拳，眼看就要掉下泪来。

提利昂突然很荒谬地有股罪恶感，他也朝前走了一步，想拍拍男孩肩膀安慰他，或是道声歉。

那只狼究竟是从什么地方出现的，他自始至终没有瞧见。前一刻他正朝雪诺走去,下一刻已被迎面扑倒在坚石地上,手中的书飞出老远。他被撞得喘不过气来,满嘴都是泥土血污和枯枝腐叶。等他挣扎着想起身,背部却又剧烈地痉挛,一定是摔倒的时候扭了。他气恼地咬紧牙根,勾着一节树根,勉强坐住。"帮帮我罢。"他朝男孩伸出手。

突然,狼又出现在两人之间,它没有吼叫——这只该死的东西从不发出半点声音——只是用那双灿亮的红眼打量他,露出满口尖牙,这就够吓人的了。提利昂咕哝一声缩回地上。"不帮就算了,我就在这里,等你走了再说。"

琼恩·雪诺搓搓白灵厚重的白毛,却笑了。"求我,我就帮你。"

提利昂·兰尼斯特只觉体内一股怒气逐渐酝酿,只好强自按捺。这不是他这辈子头一次遭人羞辱,肯定也不是最后一次,何况这次还是他自讨苦吃。"琼恩,如果你肯出手相助,我将非常感激。"他温和地说。

"白灵,坐下。"男孩命令,冰原狼听罢蹲坐下来,那对红眼却始终不曾离开提利昂。琼恩绕到他身后,把手伸到他腋下,轻松地扶他起来,然后捡书递给他。

"刚才它为什么攻击我?"提利昂问,他斜眼瞟了冰原狼一眼,用手背揩了揩嘴里的血污和泥巴。

"说不定他以为你就是古灵精怪哟。"

提利昂瞪了他一眼,接着放声大笑,那是一股他全然没有预期的原始笑意。"噢,诸神在上,"他笑得差点岔了气,不住摇头,"我想我看起来确实蛮像的嘛!那要是他遇上真的古灵精怪会有何反应啊?"

"你不会想知道的。"琼恩拾起酒袋,交还提利昂。

提利昂拉开塞子,侧着头喝了一大口,葡萄酒宛如一团冷火,流过他的喉咙,温暖他的脾胃。他把皮囊传给琼恩·雪诺。"你来点?"

男孩接过酒袋,谨慎地啜了一口。"刚才你说的那些关于守夜人的事,"喝完之后他问,"都是真的?"

提利昂点点头。

琼恩·雪诺神情肃穆地抿抿嘴。"那我就既来之则安之。"

提利昂朝他嘿嘿一笑。"私生子,真有你的。大部分的人宁可否认事实,也不愿面对真相。"

"那是大部分的人,"男孩道,"但不是你。"

"你说得对,"提利昂同意,"不是我。现在我连龙都很少去想了,这世上没有龙了。"他捡起掉落在地的熊皮。"走,我们还是趁你叔叔没出来找人之前回营去罢。"

回营的路虽然不长,但地面崎岖不平,等到赶回营区,他的双腿已经抽筋得厉害。琼恩·雪诺伸手准备帮他跨越一丛纠结繁密的树根,但提利昂却挥手拒绝了。他要自己走自己的路,一如他这一生。营地是一幅令人欣喜的景象:人们围着一座早已废弃的庄舍倾颓的墙壁,搭起挡风的屏蔽,马儿都已喂饱,营火也生起来了,尤伦坐在一块石头上剥松鼠的皮。浓汤的香味溢满提利昂的鼻腔。他一跛一拐地拖着脚,走到正在搅拌热汤的仆人莫里斯身旁。莫里斯一言不发地把长柄勺递给他,提利昂尝了一口后交回去。"再多加点胡椒。"他说。

班扬·史塔克从他和侄子共用的帐篷里冒出来:"琼恩,你总算回来了。妈的,别一个人到处乱跑,我还以为你给异鬼抓走了。"

"他是被古灵精怪抓走的。"提利昂笑着告诉他,琼恩·雪诺也微微一笑。史塔克困惑地朝尤伦望去,那老头只耸耸肩,咕哝了一声,便又低头专心剥皮。

那只松鼠为肉汤添了点美味,当晚他们就围坐在营火边,配着黑面包和硬乳酪吃。提利昂让大家分享他的美酒，直喝到连尤伦都满脸通红。接着，大伙便一个个起身回帐篷去睡了，只剩下抽到头班守夜的琼恩·雪诺。

提利昂照例是最后去睡的人，当踏进手下为他搭建的营房时，他停下脚步，转头回望。只见男孩站在营火边，面色坚毅凝重，深深望进跳跃的熊熊火焰。

提利昂·兰尼斯特哀伤地笑了笑，返身进入营帐就寝。

凯特琳

奈德和两个女儿离开后的第十八天夜里,鲁温学士带着一盏写字灯和账本,来到布兰的病房求见。"夫人,我们该清点账目了,"他说,"这样您才知道这次招待王室的开销。"

凯特琳望着病榻上的布兰,拨开他额间细发,忽然察觉到他的头发长得好长,她得尽快找时间帮他修剪。"鲁温师傅,用不着给我看账目,"她告诉他,视线始终离不开布兰。"我知道宴客的支出有多吓人。把账本拿走罢。"

"夫人,国王的手下食量很大,我们得赶紧补充城里的存粮,以免……"

她打断他:"我说过,把账本拿走。这些事交给总管去处理。"

"我们没有总管了,"鲁温学士提醒她。他就像只灰鼠,她心想,咬住了就不肯罢休。"普尔随同老爷南下去了君临,以管理艾德大人的家务事。"

凯特琳漫不经心地点点头。"噢,对,我想起来了。"布兰看起来好苍白,她暗自思索不知能否把病床移到窗边,好让他晒点早晨的太阳。

鲁温学士把油灯安置在门边的壁龛里,胡乱捻着灯芯。"夫人,还有好些职务要请您立刻决定。除总管外,我们需要一名新的守卫队长,以替代乔里的位子,还有新的马房总管——"

她的双眼倏地转去,紧紧盯住他。"马房总管?"她的声音如鞭子破空。

老学士显然被吓了一跳。"是的,夫人,胡伦也和艾德大人一起南下，所以——"

"鲁温，我儿子支离破碎地躺在这里等死，你却要跟我讨论一个管马的家伙？你觉得我在乎马厩里发生了什么事吗？你觉得那边发生的事和我沾得上一点边吗？如果杀光全城的马可以让布兰睁开眼睛，我会很乐意地亲自动手，你听懂了没有？听懂了没有？"

他低下头。"夫人，我听得懂，但是这些职位等不——"

"我来安排。"罗柏道。

凯特琳没听见罗柏的脚步声，但抬头就发现他站在过道里，定定地看着她。她想起自己刚才大呼小叫的举动，脸倏地一红，为自己羞耻。*我究竟是怎么了？*她只觉得好累，头一整天痛个没完。

鲁温师傅看看凯特琳，又看看她儿子。"我已经列好一份合适人选的名单。"他边说边从袖子里掏出一张纸交给罗柏。

她的儿子扫了一眼清单上的名字。凯特琳这才发现他刚从外面回来，两颊给冻得红扑扑，头发也被风吹得乱七八糟。"都是很好的人选，"他说，"我们明天再来谈谈这事。"他把名单交还鲁温学士。

"好的，大人。"那张纸立刻消失在他袖子里。

"你先退下吧。"罗柏道。鲁温学士颔首离去，罗柏关上门，转身面对她。她看到他身上还佩了把剑。"母亲，你这又是何苦呢？"

凯特琳一直都觉得罗柏长得最像她。他和布兰、瑞肯、珊莎一样，生有一副徒利家的漂亮颜色——枣红头发、碧蓝眼瞳，如今她再一次在他脸上读出了艾德·史塔克的神色，一种属于北方的坚毅冷峻。"我怎么了？"她困惑地应道，"你怎么能问这种话？你以为我在做什么，我在照顾你弟弟，我在照顾布兰哪。"

"这哪叫照顾？自布兰受伤以来，你就没踏出这房间半步，连父亲和妹妹他们南下的时候，你也没到城门口去送行。"

137

"我在这房里跟他们道了别,还在窗边目送他们离去。"当时她苦苦哀求奈德别走,尤其在发生了这种惨剧之后。难道他看不出来现在一切都改变了吗?结果却徒劳无功,他说他别无选择,而他的选择就是南下。"我不能丢下他,哪怕一刻也不行,他随时可能咽下最后一口气。我得守着他,以免……以免……"她握起爱子了无生气的手掌,把他的手指滑过自己的指间。他实在好脆弱好消瘦,手里半点力气也没有,好在透过他的皮肤,仍旧能感觉生命的温暖。

罗柏的语气和缓下来:"母亲,他不会死的,鲁温师傅说危险期已经过了。"

"那要是鲁温师傅错了呢?要是布兰需要我时我却不在呢?"

"需要你的人是瑞肯,"罗柏语锋转利,"他才三岁,还根本搞不清事态。他只以为大家都不要他了,所以成天跟着我,抱着我大腿又哭又闹,我真不知该怎么办才好!"说到这里他突然停了下来,像他小时候习惯的那样咬咬下嘴唇。"妈,我也需要你啊。我很努力在尝试,可我……我一个人做不来啊!"随着这突如其来的情绪激动,他的声音陡地沙哑,凯特琳这才想起他不过十四岁。她好想站起来去抱抱他,但布兰仍旧握着她的手,她没法动弹。

高塔之外传来一声狼号,凯特琳不禁浑身颤抖。

"是布兰的狼。"罗柏打开窗,让晚风灌进窒闷的高塔斗室。狼号声越来越大,那是一种冷彻心扉的孤绝之音,充满忧郁和绝望。

"别开窗,"她告诉他,"让布兰暖和点。"

"他需要听听小狼的叫声。"罗柏道。在临冬城的某处,又有一只狼加入到长号的阵容,之后又是一只,这次离高塔比较近。"是毛毛狗和灰风。"在高低起伏、抑扬顿挫的狼号声中,罗柏说:"仔细听,你可以分辨出他们。"

凯特琳却仍旧颤抖不已，这不仅因为悲伤，因为寒冷，还因为冰原狼的叫声。夜复一夜，日复一日，狼号、凛风和灰暗空寂的城堡，漫无边际地延续，恒常不变，而她的爱子却倒卧病榻，这是她最甜美的孩子，那个爱笑，爱爬，爱做骑士梦的布兰，如今全成了过眼云烟，只怕此生再也听不到他的笑声。思及此处，她泣不成声，不顾一切地自他掌中抽出双手，捂住耳朵，不愿再听外面那骇人的狼号。"叫他们别叫了！"她喊，"我受不了，叫他们别叫了，别叫了，就算杀了他们也没关系，只要他们别叫就好！"

她不记得自己何时跌倒在地，但她确实在地上，罗柏扶她起身，用强壮的双臂环住她。"母亲，您别怕，他们绝对不会伤害布兰。"他搀她走到病房角落她的狭窄小床边。"闭上眼睛，"他温柔地说，"好好休息。鲁温师傅跟我说打布兰出事以来您几乎没阖过眼。"

"我怎么能休息？"她啜泣，"诸神开眼，罗柏，我不能休息，万一他在我熟睡时过去了，万一……万一……"窗外狼号依旧。她高声尖叫，再度捂紧耳朵。"噢，天哪，天哪，关上窗子吧！"

"如果你答应我先睡一会儿，我就关。"罗柏走到窗边，就在他伸手去拉的时候，冰原狼的悲鸣中又添加了一种新的声音。"是狗叫，"他专心倾听，"全城的狗都跟着叫起来了，它们以前不会这样的……"凯特琳听见他的呼吸哽在喉咙，便抬起头，只见灯光下他面容惨白。"失火了。"他喃喃道。

失火了，她的第一反应是，*救救布兰！* "快帮帮我，"她催促，"快帮我把布兰抱起来。"

可罗柏好像根本没听见。"藏书塔失火了。"他说。

透过敞开的窗户，凯特琳看见闪曳的红色亮光。她如释重负，布兰安全了，藏书塔位于城郭之外，火势无论如何没有蔓延到这里的可能。"感谢老天。"她低声轻语。

罗柏看她的眼神仿佛将她当成了疯子,"母亲,请您留在这里,火势扑灭之后我就回来。"说完他便跑了出去。她听见他朝门外守卫发号施令,随后他们三步并作两步急奔下楼。

外面广场上传来"失火了!"的呐喊、尖叫、奔跑的脚步声、受惊的马儿嘶鸣以及惊狂的狗吠。在阵阵不和谐的声响中,她突然发现听不见狼号了,不知怎的,冰原狼都安静了下来。

凯特琳走向窗边,心中朝着至高七神默默祷告,以示感激之情。隔着城郭,只见长长的火舌自藏书高塔窗间吐射而出。她望着浓烟直冲云霄,不禁暗自为陷身火海的珍本古籍而惋惜,它们可都是史塔克家族历经多少世代辛苦累积的精华哪。然后她关上了窗。

转过身,她才发现屋里多了一名男子。

"你不该在这儿,"他阴沉地嘀咕,"这里不该有人。"

他穿着一身脏污的褐色衣服,个头很小,浑身散发出马臊味。凯特琳对在马厩工作的仆人了如指掌,却对眼前来人毫无印象。他骨瘦如柴,生了一头软塌的金黄色头发,暗淡的双眼凹陷在皮包骨的脸上,手里握着一把匕首。

凯特琳望望那把刀,再看看布兰。"不。"她说。话卡在喉咙里出不来,传出的只剩最微弱的低语。

想必他还是听到了。"这是为他好。"他说,"反正他跟死人也没两样。"

"不!"凯特琳找回了声音,说话大声起来,"不行,不准你这么做!"她箭步奔向窗边想大声呼救,但对方的动作快得惊人,他飞快地伸出一只手捂住她的嘴巴,将她的头往后扯,利刃随即架上她的咽喉。他全身臭气熏天,她简直快要窒息。

她双手齐伸握住匕首,死命将之扯离喉咙。耳边传来他的咒骂,虽然指间鲜血淋漓,她却依旧不肯放手。捂住她嘴巴的手钳制得更紧，使她呼吸困难。凯特琳猛力扭头，在上下齿缝间找到他的手，狠狠地咬将下去。男人痛苦地闷哼一声，她又咬紧牙关用力撕扯，迫使他陡地松开手。她满嘴都是血腥，深深吸了口气，然后厉声尖叫起来。男子见状，忙一把攫住她的头发，使劲一推，她跟跄跌步，倒在地上。他站在她身边大声喘息，颤抖不已，右手仍紧握着那把匕首，刃锋上全是血。"你不该在这儿。"他笨拙地重复这句话。

这时，凯特琳看见一道黑影从他身后的门口溜了进来，低低地吼了一声，算不上咆哮，只能说是充满威胁的低语。但他应该还是听见了，因为当狼飞身跃起朝他扑去时，他正准备转身。人和狼同时扑翻在地，卧倒在凯特琳跌落的地方。狼张口便咬，男人的惨叫持续还不到一秒，狼便一扭头，拧下他半个喉咙。

鲜血有如一阵温热的雨溅洒在她脸上。

狼目不转睛地盯着她瞧，嘴巴猩红，湿漉漉的，眼瞳在暗室里闪着熠熠金光。她恍然大悟，这是布兰的狼，当然是了。"谢谢你。"凯特琳轻声说，她的声音微弱而细小。她举起手，却止不住颤抖。小狼轻步走近，闻闻她的手指头，然后用他粗糙但温润的舌头舔了舔指间的鲜血。舔净之后，他静静地转身跃上布兰的病床，在他身边躺下。凯特琳歇斯底里地笑了起来。

后来当罗柏、鲁温学士和罗德利克爵士带着临冬城半数以上的卫士冲进房里时，他们所见到的就是这番景象。当笑声终于止息，他们把她包裹在温暖的毛毯里，带回主堡卧室。老奶妈为她褪去衣物，搀扶她洗了个滚烫的热水澡，并用软布揩去她身上的血污。之后鲁温师傅帮她包扎伤口。她指间的刀伤极深，几可见骨，头皮也因刚才粗暴拉扯掉几撮头发而汩汩流血。老师傅告诉她疼痛才刚开始，要她喝下罂粟花奶以安眠入梦。

最后她总算闭眼沉沉睡去。

再睁眼时，他们告诉她，已经过了四天。凯特琳点头坐起，想起布兰坠楼至今发生的所有事情，充斥血光和悲伤，犹如惊梦一场，但手上的伤痕却告诉她一切都是千真万确。她手脚发软，头重脚轻，思绪却出奇地明晰果决，如释重负。

"我要吃点面包和蜂蜜，"她吩咐仆人，"顺便通知鲁温师傅，说我的伤该换药了。"他们惊奇地看着她，连忙照吩咐行事。

凯特琳忆起自己这些日子来的模样，只觉羞愧无比。她辜负了大家的期望，辜负了她的孩子、她的丈夫和她的家族声望。同样的事绝不会发生第二次。她要让北方人见识见识奔流城的徒利家人有多么坚强。

食物还没送上，罗柏率先赶到。随行的还有罗德利克·凯索和她丈夫的养子席恩·葛雷乔伊，以及肌肉发达、留了一撮棕褐色方正胡子的哈里斯·莫兰。罗柏说他是新上任的侍卫队长。她见到儿子披革裹甲，腰间还佩了剑。

"他到底是谁？"她询问他们。

"没人知道这家伙的名字。"哈里斯·莫兰告诉她，"夫人，他根本不是咱临冬城的人，只是前几个星期有人看到他在城堡附近出没。"

"想必是国王的手下，"她说，"或是兰尼斯特家的走狗。他很可能在别人离开后躲了起来。"

"很有可能，"哈尔道，"前阵子临冬城里到处都是外地人，谁也说不准他的来历。"

"他躲在马厩，"葛雷乔伊说，"从他身上就能闻出来。"

"那怎么没人发现？"她口气尖锐地问。

哈里斯·莫兰满脸通红。"除去艾德老爷带去南方的马和咱们送给守夜人的，马厩里没剩下几匹。要躲开马僮本也不是什么难事。或许阿多见着了他，听人说那孩子最近怪怪的，不过他那样单纯的人……"哈尔①摇摇头。

"我们找到了他睡觉的地方，"罗柏插进来，"他在稻草堆下藏了个皮袋，里面有九十枚银鹿。"

"这么说来我儿的性命还挺值钱。"凯特琳苦涩地说。

哈里斯·莫兰困惑地看看她。"夫人，恕我冒昧，您的意思是这厮打的是公子的主意？"

葛雷乔伊一脸狐疑。"这太疯狂了。"

"他正是冲着布兰来的，"凯特琳道，"他从头到尾念个不停，说我不该在这儿。显然他放火引燃藏书塔，以为我会带着所有的卫士冲出去救火。假如不是我伤心得乱了方寸，恐怕他就已经得逞。"

"可干吗对布兰下手呢？"罗柏道，"诸神在上，他不过个弱小的孩子，病体单薄，沉睡不醒……"

凯特琳尖锐地看了她长子一眼。"罗柏，若你想统治北方，就得学着去思考这种问题。你自己想想自己的问题，为什么有人要对一个熟睡的孩子下手？"

他还未及回答，仆人便送上了热腾腾的餐点：有热面包、奶油、蜂蜜和黑莓果酱，培根和白煮蛋，还有乳酪与一壶薄荷茶，比她要求的丰盛许多。接着鲁温师傅也进来了。

"师傅，我儿怎么样了？"凯特琳望望眼前的丰盛食物，却毫无胃口。

鲁温学士低头："夫人，病情没有变化。"

这正是她原本预期的答案，不多也不少。她的手伤隐隐作痛，仿佛利刃仍存，越割越深。她遣走仆人，回头看着罗柏。"你有答案了吗？"

"因为他害怕布兰会醒来，"罗柏道，"害怕他醒来后会说的

---
①哈尔是哈里斯的小名。

话或会做的事,害怕他所知道的情况。"

凯特琳替他骄傲。"很好。"她转向新任侍卫队长。"所谓有一就有二,我们得好好保护布兰。"

"夫人,您要多少守卫?"哈尔问。

"如今艾德大人不在,我儿就是临冬城主。"她告诉他。

罗柏昂首道:"派一个人守在房里,一个守在门外,不分昼夜,下面楼梯口再派两个。未经我或我母亲的许可,谁也不准接近布兰。"

"是的,大人。"

"现在就去办。"凯特琳提议。

"让他的狼也待在房里陪他。"罗柏又补了一句。

"对,"凯特琳说,然后又重复了一遍,"这样很好。"

哈里斯·莫兰点头行礼后离开房间。

"史塔克夫人,"侍卫队长离开后,罗德利克爵士问,"您有否注意到刺客行凶用的匕首?"

"当时我无暇细看,不过它的锋利我可以确定。"凯特琳苦笑着回答,"为何问这个?"

"刺客死时手里还握着那把匕首,我觉得以他的身份地位不足以使用这么精良的武器,所以花了很长的时间仔细研究。刀刃乃是瓦雷利亚钢打造,刀柄的材质则是龙骨。这样的武器不可能出现在他手中,一定是有人交给他的。"

凯特琳颔首沉吟。"罗柏,把门关上。"

他眼神怪异地看了看她,随即照办。

"当下我要告诉你们的事,绝对不许外传。"她对他们说,"我的怀疑只要有任何一部分属实,那么奈德和我的女儿们便是身陷险境,消息一旦走漏很可能就会要他们的命。因此我需要你们宣誓守密。"

"艾德大人待我恩如生父,"葛雷乔伊道,"我誓不泄露今日所闻。"

"我发誓守密。"鲁温学士说。

"夫人,我也是。"罗德利克爵士应道。

她望望儿子。"罗柏,你呢?"

他点点头。

"我妹妹莱莎认为她丈夫,也就是前任御前首相琼恩·艾林,是被兰尼斯特家所谋杀。"凯特琳对他们说,"我又想起布兰坠楼当天,詹姆·兰尼斯特并未参加国王的狩猎活动,而是留在城内。"满室死寂。"所以我认定布兰并非失足坠楼,"她平静地说完,"而是被抛下去的。"

震慑清楚地写在众人脸上。"夫人,这真是耸人听闻,"罗德利克·凯索道,"就算'弑君者',恐怕也做不出这种残害无辜幼儿的事。"

"哦,是吗?"席恩·葛雷乔伊反问,"我却很怀疑。"

"以兰尼斯特家的野心和傲慢,没有什么是他们做不出来的。"凯特琳答道。

"布兰那孩子以前从没出过事,"鲁温学士沉吟,"临冬城的一砖一瓦他全都了如指掌。"

"天杀的,"罗柏咒道,他年轻的脸庞蒙上了愤怒的阴影,"这要是真的,他迟早会付出代价。"他抽出佩剑,举在空中挥舞。"我要亲手宰了他!"

罗德利克爵士怒道:"把剑收起来!兰尼斯特远在几百里之外,你这蠢小子。我告诫过你多少次了?除非迫不得已,否则绝不要拔剑!"

罗柏羞愧地照办,刹那间又显得孩子气。凯特琳对罗德利克爵士说:"看来我儿已经开始佩带武器。"

老教头回答："我觉得是时候了。"

罗柏紧张地望着她。"早该如此。"她说,"临冬城可能很快就要进入紧急戒备,届时木剑是派不上用场的。"

席恩·葛雷乔伊把手放在自己剑柄上："夫人,倘若真有战事,我们家族听任差遣。"

鲁温学士拉拉颈间被金属项链磨伤的地方。"我们现在一切都只能猜测。被控谋杀的不是别人,正是当今王后的亲弟弟,这事万不能传到她的耳中。除非我们握有证据,否则不可轻举妄动。"

"匕首就是证据,"罗德利克爵士道,"如此精巧的名刀一定有人见过。"

凯特琳明白,若要发掘事实真相,唯有一处可去。"有人必须到君临走一趟。"

"我去。"罗柏道。

"不行,"她告诉他,"你要留在这里。无论如何,临冬城都要有史塔克家的人当家。"她看看满脸白须的罗德利克爵士,又看看一身灰袍的鲁温学士,再看看年轻精瘦却冲动莽撞的葛雷乔伊,派谁去好呢?谁最值得信赖?她心里已有了答案。凯特琳挣扎着推开毛毯,只觉裹着绷带的手指僵硬如同磐石,她爬下床。"我亲自去。"

"夫人,"鲁温学士道,"这样好吗?兰尼斯特家的人一定会对你的出现起疑。"

"布兰怎么办?"罗柏问。这可怜的孩子已困惑得乱了方寸。"你总不能丢下他不管吧?"

"能为他做的我都做了,"她伸出受伤的手放在他臂膀上。"他的性命就交给天上诸神和鲁温师傅。你不也提醒过我吗?罗柏,我还有其他的孩子需要考虑。"

"夫人,您需要人马护送。"席恩道。

"我叫哈尔带一队守卫随你去。"罗柏说。

"不,"凯特琳说,"大队人马只会惹来不必要的注意。我不希望让兰尼斯特家知道我南下的消息。"

罗德利克爵士辩道:"夫人,那么起码让我跟您一道去。国王大道很危险,您一个女人家不方便。"

"我不打算走国王大道。"凯特琳回答。她思量半晌,接着点头表示确定。"两人骑马的话,速度并不比单人慢,却比大队车辆和轮宫快上许多。罗德利克爵士,欢迎你和我同行。我们沿白刃河朝海边走,然后在白港雇船走水路。假如马匹迅速,海风顺畅,我们便可赶在奈德和兰尼斯特家的人之前抵达君临。"*到时候*,她心里暗想,*我们走着瞧*。

A SONG OF ICE AND FIRE

珊莎

早餐的时候，茉丹修女告诉珊莎，艾德·史塔克大人天亮前就离了营。"国王找他去的，我想肯定又是去外面打猎。听说这附近还有野牛出没哪。"

"我从没见过野牛。"珊莎喂了块培根给餐桌底下的淑女，冰原狼像王后般优雅地从她手上衔过去。

茉丹修女不以为然地哼了一声。"好人家的小姐不在用餐时喂狗的。"她掰开一块蜂窝，让蜜滴到面包上。

"她才不是狗呢，她是冰原狼。"珊莎纠正。淑女伸出粗糙的舌头舔了舔她的手指。"反正父亲大人说小狼可以陪我们作伴。"

修女看来很不服气。"珊莎，你是个好女孩，但只要一说到那只野东西，你就倔得跟你妹妹艾莉亚一个样。"她皱起眉头，"说到艾莉亚，她这会儿又跑哪儿去了？"

"她肚子不饿。"珊莎道。她心里很清楚，艾莉亚八成早就溜进厨房，好说歹说地跟哪个厨房小弟讨到一顿丰盛早餐了。

"记得提醒她今天穿得体面些。那件灰色的天鹅绒衣服不错。王后和弥赛菈公主邀请我们过去一同搭乘轮宫，我们可要表现出最好的一面才行。"

珊莎的表现已经好得不能再好。她把栗色长发梳到发亮，然后穿上她最好的蓝丝绒礼服。最近这一个多星期，她天天都在盼望今天的到来。能与王后作伴是至高无上的荣耀，更何况乔佛里可能也在。那可是她的未婚夫呢。虽然他们还要过上好多好多年才会成婚，但每当想到他，她心里总会产生一阵奇怪的悸动。算起来珊莎还根本不了解乔佛里，可她却已经爱上他了。他具有她心目中白马王子的每一项优点，高大英挺，体格强壮，一头漂亮金发。她珍视与他共处的每一个机会，可惜这样的时刻屈指可数。今天她唯一担心的便是艾莉亚。艾莉亚有种把每件事都搞砸的本领，你永远不知道她接下去会闯出什么祸来。"我去跟她讲，"她不太确定地说，"但她爱怎么穿是她的事。"她只能祈祷别太离谱啰。"我可以先告退了吗？"

"你去罢。"茉丹修女又拿了一堆面包和蜂蜜，珊莎滑下长凳，跑出旅店大厅，淑女紧跟在后。

门外，人们正忙着拆除大小营帐，把东西装上马车，准备新一天的行程。她在叫骂声和木头车轮的嘎吱声中站立了片刻。这是栋占地广阔，白石砌成的三层建筑，珊莎还没见过比这更大的旅馆。即便如此，却只能容纳国王手下不到三分之一的人手。加上她父亲的随从和沿途加入的自由骑手，国王的队伍已经超过了四百人。

她在三叉戟河畔找到了妹妹。艾莉亚正死命按住娜梅莉亚，想把她身上干涸结块的泥巴刷掉，但显然小狼并不领情。艾莉亚身上穿的正是昨天那套皮革马装，她前天穿的也是这套。

"我看你还是快换件像样的衣服吧，"珊莎对她说。"这可是茉丹修女说的。今天我们要和弥赛拉公主一起搭乘王后的轮宫呢。"

"我不去。"艾莉亚一边说，一边试着把娜梅莉亚身上一撮打结的毛梳整齐，"我跟米凯要骑马到河上游的浅滩去找红宝石。"

"红宝石，"珊莎不明白，"什么红宝石？"

艾莉亚白了她一眼，仿佛把她当成蠢蛋。"当然是雷加的红宝石啊。当年劳勃国王就是在这儿杀死他夺得王位的。"

珊莎难以置信地望着自己骨瘦如柴的小妹。"不准你去找什么红宝石，公主正等着我们呢，王后邀请的是我们两人。"

"我才不管。"艾莉亚说，"轮宫里连扇窗户都没有，什么也看不见。"

"外面有什么好看？"珊莎不悦地说。对于这次邀请她可是满心期待，但她蠢笨的妹妹却要搞砸一切，正如她所害怕的。"不过是些田地、农场和村落罢了。"

"才不是呢。"艾莉亚固执地说，"哪天你跟我们一起去看看就知道了。"

"我最讨厌骑马了，"珊莎激动地说，"只会溅得一身泥沙，浑身酸麻。"

艾莉亚耸耸肩。"**别动**，"她斥责娜梅莉亚，"我不会伤害你的。"然后她转向珊莎说："不是啦，穿越颈泽的时候，我一共发现了三十六种以前没见过的花，米凯还给我看了一只蜥狮呢。"

珊莎听了浑身颤抖。他们沿着蜿蜒的堤道，缓慢地通过看似永无止境的黑色泥泞，一共花了十二天的时间方才穿越颈泽。对于这趟旅程，她可是从头痛恨到尾。那里的空气阴湿黏腻，加上堤道太狭窄，夜里连扎营都没办法，只好停留在国王大道上。长年浸泡在腐沼之中的浓密树丛，从道路两旁朝他们步步进逼，枝干间垂下帘幕般的菌类植物。巨大的花朵盛开在烂泥坑里，漂浮在死水潭上。可假如你愚蠢到想离开堤道去采摘，四处随时有流沙等着将你吞噬。密林里有虎视眈眈的毒蛇，水中有半浮半沉的蜥狮，看起来活像长了眼睛和牙齿的黑木头。

想也知道，这些全难不倒艾莉亚。有次她居然满脸堆着马一样的笑容，头发乱成一团，衣服全是泥泞，拎了一束烂兮兮的紫绿花朵回来送给爸爸。珊莎一直希望哪天父亲大人会叫艾莉亚注意礼节，有点她应有的淑女模样，可他从没这么做过，这一次，他反而拥抱她并感谢那些花。简直就是火上添油。

事后大家才知道，那些紫花叫做"毒吻花"，而艾莉亚的双臂果然都起了红疹子。珊莎本以为这次的教训够她受了，没想到艾莉亚却只是笑笑，隔天一听她那朋友米凯说涂上烂泥可以减轻疼痛，便立刻照办，把自己弄得活像个未开化的沼泽女人。这还不止，晚上妹妹脱衣服睡觉时，珊莎注意到她的手臂和肩膀上有不少擦伤，深紫的瘀青和褐色的黄绿脏东西。这些究竟是她打哪儿弄来的，恐怕就只有天上的七神知道了。

瞧她现在吧，艾莉亚仍旧没完没了，一边梳理娜梅莉亚的毛团，一边絮絮叨叨这次南下的所见所闻。"上星期我们找到一座很阴森的瞭望塔，昨天我们才追赶了一大群野马。你真该来看看他们一闻到娜梅莉亚拔腿就跑的模样。"小狼在她的魔掌下扭个不停，艾莉亚又叱道，"别闹，还有一边要弄呢，瞧你全身都是泥巴。"

"你不该擅自脱队，"珊莎提醒她，"父亲大人说过的。"

艾莉亚一耸肩："我又没跑远。反正有娜梅莉亚陪在身边。况且我也不是每次都脱队，有时候跟着货车一起走，到处串串门子也挺有意思。"

艾莉亚专门结交哪些人，珊莎太清楚了：侍从、马夫与女仆，老头子和不穿衣服的小孩，还有满嘴粗话，出身低贱的自由骑手。**艾莉亚跟任何人都能作朋友**，而这米凯是最糟糕的一个：他是个屠夫的学徒，十三岁，野得很，躺在运肉的货车上，闻起来活像只待宰的猪。光瞧见他就足以令珊莎作呕，谁知艾莉亚却宁可与他为伍。

珊莎觉得自己快要失去耐性。"你一定要跟我去，"她语气坚定地告诉妹妹，"你不能拒绝王后的邀请，茉丹修女正等着你呢。"

艾莉亚充耳不闻，她突然猛力一刷，娜梅莉亚吃痛，低吼一声，扭头便跑。"你给我回来！"

"等下有柠檬蛋糕和茶可吃喔。"珊莎继续说，摆出一副大人说理的口吻。淑女蹭了蹭她的脚，珊莎用她喜欢的方式帮她搔搔耳朵,淑女便后脚蹲地,在她身边坐了下来,看着艾莉亚追赶娜梅莉亚。"当你可以舒舒服服靠着羽毛枕头,和王后一起享受蛋糕时,怎么会想骑着臭马,弄得四肢酸痛,满身大汗呢?"

"我不喜欢王后。"艾莉亚随口道。珊莎听了倒抽一口冷气,即便是由艾莉亚口中说出来,她仍旧十分震惊。但艾莉亚却满不在乎地继续下去,"她连让我带娜梅莉亚都不准。"她把梳子往腰带上一插,偷偷地朝她的小狼走去。娜梅莉亚小心翼翼地看着她逼近。

"御用猎宫本来就不是让狼撒野的地方。"珊莎说,"而且你也知道弥赛菈公主很怕它们。"

"弥赛菈是个小娃娃。"艾莉亚一把搂住娜梅莉亚的脖子,可她才拔出梳子,冰原狼便使劲一扭逃开了。艾莉亚气得丢下梳子。"你这个大坏蛋!"她吼道。

珊莎不禁微笑。以前临冬城里的驯兽长法兰曾对她说过,有什么样的主人就会养出什么样的动物。她轻轻抱了淑女一下,淑女舔舔她的脸颊,珊莎咯咯直笑。艾莉亚听见笑声,旋身怒视道:"我不管你怎么说,我就是要去骑马。"她那张又长又顽固的马脸露出一种即将任性而为的表情。

"老天爷,艾莉亚,有时候你才真像个小孩子。"珊莎道,"那我就自己去啰。你不去更好,这样我和淑女就可以把所有的柠檬蛋糕吃完,好好享受美好时光。"

她转身要走,艾莉亚却在她身后叫道:"他们也不会让你带上淑女的。"珊莎还没想好如何回嘴,她便沿着河岸追赶娜梅莉亚,跑得不见人影了。

珊莎觉得既孤单又羞愤,只好独自返回下榻的旅店,她知道茉丹修女一定在等她。淑女静静地走在她身边,走着走着,她的眼泪便掉了下来。她只不过希望一切都像歌谣里描绘的那样顺利美好,为何艾莉亚偏偏不能当个甜美优雅又善良的好女孩,像弥赛菈公主

152

那样呢？有个那样的妹妹该有多好啊。

珊莎怎么也想不透，年龄仅仅相差两岁的姐妹，个性怎么会差那么多。艾莉亚要是个私生女就好了，就像她们的私生子哥哥琼恩。说老实话，艾莉亚连长相都跟琼恩非常神似，两人都有史塔克家的长脸和棕发，却完全没有他们母亲的容貌与肤发。听别人闲话，琼恩的妈妈不过是一介平民而已。珊莎小时候，有一次忍不住问母亲是否弄错了，会不会是什么精怪仙灵把她真正的妹妹给抱走了？但母亲只笑笑，然后说没这回事，艾莉亚的确是她女儿，也是珊莎的亲妹妹。珊莎想不出母亲有什么理由要骗她，便把她的话当真了。

好在走近营地，方才的种种不快便都被她抛在脑后。王后的行宫外正聚集了一群人，珊莎听见他们兴奋的交谈，像是大群蜜蜂嗡嗡作响。行宫的大门敞开，王后站在木头阶梯的最上层，对着人群里的某人微笑。珊莎听见她说："两位大人，重臣们真是太周到了。"

"发生了什么事？"她问一个认识的侍从。

"御前会议派人从君临来迎接我们。"他告诉她。

珊莎迫不及待想瞧瞧，便让淑女走在前面开路。人们见了冰原狼纷纷躲避。等她靠得够近，只见两名骑士单膝跪在王后面前，他们的铠甲做工之精细华丽，看得她都傻眼了。

其中一名骑士穿了一套雕工繁复，上了瓷釉的白鳞甲，灿烂得活如一片覆盖初雪的洁白大地，白色银线和钩扣在阳光下熠熠发光。待他取下头盔，珊莎才发现他是个老人，一头白发和他的铠甲颜色一般。虽然如此，他看起来却老当益壮，一举一动甚是优雅。他的双肩垂系着象征御林铁卫的纯白披风。

他的同伴年约二十，一身精钢打造的深绿铠甲，绿如密林。他是珊莎所见最英俊的男子，体格高大魁梧，黑玉般的及肩长发衬托出他修整干净的脸庞，那双带着笑意的蓝眼，正好与盔甲的颜色相映成趣。他怀抱一顶鹿角盔，两只华丽的鹿角金光闪闪。

珊莎起初没注意到第三个陌生人。他形容憔悴，神情冷酷，并未和其他人一样屈膝下跪，而是独自站在他们的坐骑旁，默默地观望。此人满脸麻子，没有胡须，两眼深邃，面颊凹陷。虽然并不老，头发却没剩几根，只在双耳上面冒出几撮，不过他把这些仅存的头发留得跟女人家一样长。他在硬皮衣外罩上铁灰色的锁子甲，虽式样平凡，毫无装饰，却历尽沧桑，看得出岁月的痕迹。在他右肩之后，可以见到一把脏污的皮革剑柄，大抵是他双手巨剑太长，没法佩在腰间。

"国王外出打猎，等他回来见到你们，定会大感欣慰。"王后正对眼前跪着的两名骑士说话，但珊莎的视线却始终离不开第三个人。他似乎也察觉到她凝视的压力，缓缓地转过头来。淑女向他咆哮，珊莎·史塔克只觉一种前所未有的恐惧排山倒海地将她淹没。她跟跄后退，结果撞到了别人。

一双强而有力的手稳住她的肩膀，珊莎起初以为是父亲，但待她回头，朝下看着她的却是桑铎·克里冈那张烧烂的脸，他的嘴角牵动起一抹似笑非笑。"你在发抖啊，小妹妹。"他粗声道，"我有这么可怕么？"

他真的就那么可怕，自从珊莎初次看到那张被火毁容的脸以来，始终这么骇人。虽然如此，此际珊莎对他的恐惧却远不及对另一个人的一半。但她还是挣脱了他的掌握，"猎狗"哈哈大笑，淑女抢进两人中间，发出一阵低吼。珊莎蹲下去双手环住小狼。这时他们反成了四周注目的焦点，她可以感觉到大家的视线都停留在自己身上，还听见此起彼落的窃窃私语和笑声。

"是只狼哪。"有人说，然后又有人说，"见鬼，那是冰原狼。"先前那个人接口问，"它在这儿干吗？"这时"猎狗"厉声回答："史塔克家的人养狼当保姆。"珊莎这才发现先前那两位陌生的骑士正手里持剑俯视着她和淑女。这下她越发惧怕,更觉羞耻,泪水充满了眼眶。

她听见王后说:"乔佛里,快去保护她。"

然后她的白马王子就出现在她身边了。

"不准欺负她。"乔佛里道。他站在她身旁,穿着一身漂亮的蓝色羊毛衣和黑皮革外套,满头金发宛如艳阳下的王冠。他伸手搀扶她起身。"亲爱的小姐,你怎么了?你在怕什么呢?这儿没人会伤害你的。你们通通把剑收起来,这只狼不过是她的小宠物罢了,没什么好大惊小怪的。"他看看桑铎·克里冈,"还有你这只狗,滚远点罢,你吓到我的未婚妻了。"

向来忠心耿耿的"猎狗"鞠了个躬,安静地穿过人群离开。珊莎勉强站稳脚步,觉得自己活像个蠢蛋。她可是堂堂临冬城史塔克家族的大小姐,有朝一日还要做王后的呢。"王子殿下,我怕的不是他。"她试图解释,"是另外那位。"

两位新来的骑士互望一眼。"派恩吗?"穿着绿甲的年轻人笑问。

身着白甲的老人温柔地对珊莎说:"好小姐,有时连我见了伊林爵士也会怕。他看起来的确挺吓人的。"

"本该如此。"王后说着步下轮宫,围观的人群纷纷让路。"国王的御前执法官就是要让坏人惧怕,否则便表示你选择的人并不胜任。"

珊莎总算想到该如何应对。"这么说您肯定找对人了,王后陛下。"她说。四周立时响起一阵哄笑。

"小妹妹,这话说得好。"白衣老人道,"果然不愧是艾德·史塔克的掌上明珠。我很荣幸认识你,虽然这次的会面有些离奇。我乃御林铁卫的巴利斯坦·赛尔弥爵士。"

珊莎知道这个名字，此时茉丹修女多年来的悉心调教派上了用场。"您是御林铁卫队长，"她说，"是吾王劳勃的朝廷重臣和以前伊里斯·坦格利安的御林铁卫。尊贵的骑士，认识您是我的荣幸。即便身处遥远的北方，诗人依旧歌颂'无畏的'巴利斯坦的丰功伟绩。"

绿甲骑士又笑了，"应该是'老迈的'巴利斯坦才对。小妹妹，马屁可别拍过头，这家伙已经够自命不凡了。"他朝她微笑，"小狼女，如果你也说得出我是谁，我才真相信你是我们首相的女儿。"

在她身边的乔佛里挺直身子："称呼我未婚妻的时候客气点。"

"我说得出的。"珊莎连忙接口，企图缓和王子的怒意。她对绿甲骑士笑道："大人，您的头盔上有两只金色鹿角，这是王室的标志。劳勃国王有两个弟弟，而您又这么年轻，只可能是风息堡公爵和朝廷重臣蓝礼·拜拉席恩，我说的可对？"

巴利斯坦爵士忍俊不禁："他年纪这么轻，只可能是个没礼貌的捣蛋鬼，像我这么说才对。"

蓝礼公爵听了哈哈大笑，旁人也随声附和，几分钟前的紧张气氛消失无踪，珊莎也渐渐觉得舒坦……直到伊林·派恩爵士挤开两个人，毫无笑容，一言不发地站到她面前。淑女露出利齿咆哮，吼声中充满敌意，但这回珊莎轻拍她的头，要她安静。"伊林爵士，假如我冒犯到您的话，我很抱歉。"

她等着对方的回答，却始终没有来到。刽子手就这么看着她，他那双苍白无色的眼睛仿佛能褪去她每一件衣服，剥开肌肤，直到她的灵魂赤裸裸地呈现在他面前。最后他转身离去，依然未吐半字。

珊莎不懂这是怎么回事，于是转头向她的王子求助："王子殿下，我做错了什么？为何他不愿跟我说话？"

"咱们伊林爵士这十六年来似乎都不爱讲话哦。"蓝礼公爵挂着一抹促狭的笑容解释。

乔佛里非常嫌恶地看了他叔叔一眼，执起珊莎的纤纤玉手。"伊里斯·坦格利安叫人用烧红的钳子把他舌头给拨了。"

"如今他改用剑说话，"王后道，"爵士先生精忠报国，其操守毋庸置疑。"然后她满脸堆欢，"珊莎，今日我要和这几位爵爷商谈国是，顺便等国王和你父亲回来。恐怕你和弥赛菈的约定要延期了，请代我向你的好妹妹致上歉意。乔佛里，或许你今天愿意陪陪我们这位贵客？"

"母亲大人，那是我的荣幸。"乔佛里郑重其事地说，他挽起她的手，领她离开轮宫，珊莎顿时觉得幸福得飞上了天。和她的白马王子相处一整天！她崇拜地望着乔佛里，想起他方才把她自伊林爵士和"猎狗"手中拯救出来的样子，要多勇敢有多勇敢，简直就像诗歌里写的一样，就像"镜盾"萨文击败巨人救出戴丽莎公主；或是"龙骑士"伊蒙王子为了破除谣言，保护奈丽诗王后名节，与邪恶的莫格尔爵士决战的故事。

乔佛里隔着衣袖的碰触更让她心跳加速。"你想做点什么呢？"

我只想和你在一起啊，珊莎心想，但她说："王子殿下，您想做什么，我就做什么。"

乔佛里想了想。"我们可以去骑马。"

"噢，我最喜欢骑马了。"珊莎道。

乔佛里回头看看跟在他们身后的淑女。"你的狼会吓到马，而我的狗好像也吓着了你，不如我们把他们都留在这儿，自己出去玩，你看怎么样？"

珊莎迟疑了一会儿。"您觉得好就好，"她犹豫道，"我想我得先把淑女绑起来。"可她还有些地方没听懂。"其实我不知道您养了狗……"

乔佛里笑道："他是我妈的狗,她叫他负责保护我,他就这么跟着我了。"

"原来您指的是'猎狗'。"她边说边懊恼自己反应迟钝,假如她是个笨蛋,那么王子是决计不会爱她的。"这样做好吗?"

乔佛里王子听了似乎有点不高兴。"小姐,用不着害怕,我都快成年了,我可不像你哥哥只会用木头剑,我有这个。"他抽出佩剑给珊莎看。那是把经过巧妙微缩,恰好适合十二岁男孩需要的长剑,剑身是城里精钢打造,泛着蓝光,两面开刃,剑柄裹着皮革,尾端则是一个黄金做的狮头。珊莎看得连声赞叹,乔佛里相当满意。"我叫它'狮牙'。"

于是他们把冰原狼和保镖抛在脑后,沿着三叉戟河北岸往西行去,除了"狮牙"以外,没有别的同伴。

这是个神奇而灿烂的日子,温暖的空气里弥漫花香,这儿的树林有种珊莎在北方的林子从未见到的柔和之美。乔佛里王子的坐骑是匹健步如飞的红鬃骏马,他驾驭马儿的方式更是横冲直撞,速度极快,珊莎得死命驱赶胯下母马才能跟上。今天也是个适合冒险的日子。他们沿着河岸搜索洞穴,把一只影子山猫赶回巢穴。肚子饿的时候,乔佛里循着炊烟找到乡间庄园,吩咐他们为王子和他的同行女士准备食物和葡萄酒。于是他们享用了刚从河里捕来的新鲜鳟鱼,珊莎则一辈子没喝过这么多酒。"父亲大人只准我们喝一杯,而且只能在宴会上。"

"我的未婚妻爱喝多少就喝多少。"乔佛里边说边为她斟满酒杯。

酒足饭饱后,他们策马缓行。乔佛里唱歌给她听,他的嗓音高亢甜美、纯净无瑕。珊莎喝多了酒,觉得有点晕眩。"我们是不是该回去了?"她问。

"再等一会儿。"乔佛里道,"古战场就在前面,绿叉河转弯的地方。你知道罢,那便是我父亲杀死雷加·坦格利安的地方。他一挥手就敲碎对方的胸膛,咯啦,铠甲打得稀烂。"乔佛里挥舞着假想的战锤向珊莎示范。"后来我舅舅詹姆杀掉老伊里斯,我爸就当上了国王。咦,那是什么声音?"

珊莎也听到从林子里传来阵阵木头敲击声。喀啦喀啦喀啦。"我不知道,"她说,但心里却紧张起来。"乔佛里,我们回去吧。"

"我要瞧个究竟。"乔佛里掉转马头,朝声音的来源骑去,珊莎迫不得已,只好跟上。噪音越来越大,也越来越清晰,的确是木头碰撞的声响。待他们骑得更近,还听见沉重的喘气和隔三差五的闷哼。

"那儿有人。"珊莎不安地说。她发现自己想着淑女,盼望她的冰原狼此刻陪在身边。

"有我在不用怕。"乔佛里从剑鞘里拔出"狮牙",金属和皮革的摩擦却让她浑身颤抖。"走这边。"说着他策马穿过一排树林。

树林彼端有片空地,地势恰好俯瞰河流。他们在这里找到一对正玩着骑士游戏的男孩女孩,两人正以木棍——其实是扫帚杆——为剑,在草地上横冲直撞,精力充沛地相互砍杀。男孩的年龄要大几岁,个子则足足高出一头,体格也强壮许多,处于发动攻势的一方。女孩一身干瘦,穿着脏兮兮的皮衣,正手忙脚乱地抵挡男孩的攻击,却无法完全避开。当她试图反击时,被对方用剑挡住,并将她的剑往旁一扫,顺势用力劈她手指。她痛得立刻丢下武器大叫。

乔佛里王子哈哈大笑。男孩睁大眼睛吃惊地转过头来,随即一松手,木棍落地。女孩瞪着他们,一边吮着指关节想把刺吸出来,珊莎吓坏了。"艾莉亚，是你吗？"她难以置信地惊呼道。

"走开。"艾莉亚眼里满是愤怒的泪水，大声地朝他们嚷嚷，"你们来这里做什么？不要管我们的事。"

乔佛里看看艾莉亚，又看看珊莎，目光扫了几遍。"这是你妹妹？"珊莎红着脸点头。乔佛里转而仔细审视那名男孩，他是个满脸雀斑，一头浓密红发的丑陋少年。"小子，你又是谁？"他以命令的口吻问，丝毫没在意对方年纪还大他一岁。

"我叫米凯。"男孩低声说，他认出眼前的王子，连忙移开视线。"王子殿下。"

"他是屠夫的学徒。"珊莎解说。

"他是我朋友，"艾莉亚语气尖锐地道，"你们别欺负他。"

"杀猪小弟也想当骑士，是吗？"乔佛里翻身下马，手中握剑。"屠夫小弟，把你的剑捡起来。"他眼里闪着愉悦的光芒，"咱们来瞧瞧你够不够格。"

米凯吓得伫立原地。

乔佛里朝他走去。"快啊，快捡，难道你只敢欺负小女生？"

"大人，是她逼我的，"米凯说，"是她逼我这么做的。"

珊莎只须瞄艾莉亚一眼，看见妹妹倏地红了脸，便知男孩所言不假。但乔佛里听不进去，刚喝的那些酒让他性子野了起来。"你到底捡还是不捡？"

米凯摇头："大人，这不过是根木棒，不是剑，只是根棍子罢了。"

"你也不过是个杀猪小弟，根本不是骑士。"乔佛里举起"狮牙"，剑尖指着米凯眼睛下方的脸颊，屠夫学徒站在原地颤抖。"刚才你打的是我这位小姐的妹妹，你知不知道？"一朵殷红的血花在剑刺入的地方绽放，男孩的脸上缓缓流下一道红线。

"住手！"艾莉亚尖叫，随即一把抓起刚才掉落的木棍。

珊莎好害怕。"艾莉亚，你别插手。"

"我不会把他……伤得太厉害。"乔佛里王子告诉艾莉亚，他的视线自始至终没离开屠夫的小徒弟。

艾莉亚朝他扑去。

珊莎见状急忙跳下马，但已经太迟了。艾莉亚双手握住木棒，朝王子后脑狠狠一敲，只听喀啦一声，棍子应声开裂。乔佛里则踉跄旋身，大声骂着粗话。米凯拔腿便往林子里冲。艾莉亚挥棒再打，但这回乔佛里举起"狮牙"，把她手中的扫帚棍打断、震飞。他后脑勺全是血，眼里燃烧着怒火，珊莎拼命尖叫："住手，你们两个都住手，你们把事情都搞砸了！"但没人听她的话。艾莉亚捡起石块朝乔佛里的头掷去，却打中了他的马。血红色的骏马扬起前腿，跟在米凯后面狂奔。"住手！不要打了！"珊莎尖叫。乔佛里挥剑朝艾莉亚猛砍，嘴里不停喝骂着可怕的脏话。这时艾莉亚也害怕得急步后退，但乔佛里节节进逼，把她逼到没有退路的林边。珊莎不知如何是好，只能无助地在旁观望，视线几乎被泪水所掩盖。

说时迟，那时快，一团灰影从她身边闪过，下一刻娜梅莉亚已跃上乔佛里右手，张口便咬。狼把人扑倒在地，他手一松剑便掉落，人和狼双双在草地上打滚，狼不停咆哮撕扯，王子则惨叫连连。"把它弄走！"他尖叫道，"快把它弄走！"

艾莉亚的声音如鞭子破空。"娜梅莉亚！"

冰原狼立时放开乔佛里，跑到艾莉亚身边。王子躺在草丛里，抱着受伤的手臂啜泣。他的衣服上全是血。艾莉亚说："她也没把你……伤得太厉害嘛。"她捡起"狮牙"，站在他跟前，双手握剑。

乔佛里抬头看到她，发出害怕的呜咽。"不要，"他说，"不要伤害我，不然我要去告诉妈妈。"

"你别欺负他！"珊莎对妹妹尖叫。

艾莉亚猛地一旋身，用尽全身力气把剑抛了出去。宝剑飞过河面，蓝钢打造的剑身在阳光下闪闪发光，最后扑通一声掉进水里，刹时便沉了下去。乔佛里见状又是一声呻吟。艾莉亚跑向她的坐骑，娜梅莉亚跟在她后面。

她们离开后，珊莎走到王子身旁。他痛苦地紧闭双眼，呼吸急促。珊莎在他身旁跪下。"乔佛里，"她抽噎道，"噢，看看她们做了什么好事，把你伤成这样。我可怜的王子，你别害怕，我这就骑马去刚才的庄园，找人来帮忙。"她伸手温柔地拨开他柔软的金发。

他猛然睁开双眼，眼里只有恨意和最彻底的轻蔑。"那就滚罢。"他对她啐了口唾沫。"还有，不—准—碰—我。"

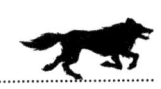

艾德

"老爷，找到她了。"

奈德立刻起身。"是我们的人，还是兰尼斯特家的人找到的？"

"是乔里找到的。"管家维扬·普尔回答，"小姐没有受伤。"

"谢天谢地。"奈德道。他的部下已经找了艾莉亚四天，王后的人马也同时出动。"她在哪儿？叫乔里立刻把她带来。"

"老爷，对不起。"普尔告诉他，"城门的守卫是兰尼斯特家的人，乔里带她进来时他们马上通报了王后，结果她被直接带到国王那里去了……"

"这女人该死！"奈德大步朝门口走去，"去找珊莎，然后把她带到会客厅，到时候可能会需要她出面作证。"他火冒三丈地走下高塔楼梯。前三天他亲自率领搜寻队，自打艾莉亚失踪，他几乎没阖过眼。到今早上，他心痛外加疲倦，连站都快站不稳了。然而现在他怒火中烧，全身充满了力量。

穿过城堡庭院时有人出声叫他，但奈德行色匆忙，根本无暇理会。他本想迈步开跑，可再怎么说他总是御前首相，首相多少得维持一定的尊严。他很清楚众人的眼光都集中在他身上，人们正四下窃窃私语，讨论他会作出什么举动。

这座城堡连同周围的土地都很朴素，位于三叉戟河以南，离河边只有半日骑程。先前王家车队不请自来地进驻城堡，成为城主雷蒙·戴瑞爵士的座上客，同时沿河两岸搜索艾莉亚和那屠夫小弟。他们实在称得上是不速之客。雷蒙爵士虽向国王称臣，但当年戴瑞家可是打着雷加的真龙旗帜在三叉戟河为勤王奋战的望族之一，他三位兄长通通命丧于斯，而这事不论劳勃还是雷蒙爵士都没有忘记。如今国王的队伍、戴瑞家的部众、兰尼斯特家和史塔克家的人马通通拥进狭小的城堡中，紧张的气氛可想而知。

国王把雷蒙爵士的会客厅临时征来处理公务，奈德果然在此找到他们。他冲进房间时，里面已经挤满了人。太拥挤了，他心想，假如没这么多人，他和劳勃应该可以私下心平气和地解决此事。

劳勃脸色凝重，整个人跨坐在长厅尽头戴瑞的高位上。瑟曦·兰尼斯特和她儿子站在他身旁。王后把一只手搭上乔佛里的肩膀。男孩的手臂仍旧扎满厚重的丝质绷带。

艾莉亚孤零零地站在大厅中央，只有乔里·凯索陪着她，每一只眼睛的视线都集中在她身上。"艾莉亚！"奈德大声唤道。他朝她走去，靴子在石地板上铿锵作响。她一看到他立刻大叫出声，随即抽抽噎噎地哭了起来。

奈德单膝跪下，把她搂进怀里，她浑身颤抖个不停。"对不起，"她啜泣道，"对不起，对不起！"

"我知道。"他说。在他怀中的她实在好瘦小，不过是个骨瘦如柴的小女孩。很难想象她竟能闯出这么大的祸。"你有没有受伤？"

"没有。"她一脸污泥，眼泪在脸颊上留下了粉红色的痕迹，"只是有点饿，我吃了点野莓，但没别的东西吃。"

"我们马上就给你弄吃的。"奈德向她保证，然后他起身面对国王，"你这是什么意思？"他环视大厅，寻找友善的面孔，然而除了他自己的部属以外，寥寥无几。雷蒙·戴瑞爵士面无表情，蓝礼公爵似笑非笑，谁也弄不清他究竟在想什么，老巴利斯坦则是神色沉重。余众都是兰尼斯特的人，自然个个满怀敌意。唯一算得好运的是詹姆·兰尼斯特和桑铎·克里冈此刻率领搜索队去了三叉戟河北岸，因此都不在场。"找到我女儿为什么不通知我？"

他本是对劳勃说话，瑟曦·兰尼斯特却抢先开口："放肆！你竟敢用这种口气对国王说话！"

听到这话，国王动了动。"女人，你给我闭嘴！"他斥道，接着坐直身子，"奈德，不好意思，我没有吓她的意思，只是想先把她带过来，早点了结这桩事比较好。"

"你指的是哪桩事？"奈德的声音冷若冰霜。

王后踏步向前。"史塔克，你自己很清楚。你这野丫头和那杀猪的联手攻击我的宝贝儿子，她那只野狼差点就咬断他一条胳膊。"

"才不是这样！"艾莉亚高声道，"她只咬了他一下，而且是因为他先欺负米凯。"

"乔佛里已经把事情经过都告诉我们了，"王后道，"你和那屠夫学徒一边用棍子打他，一边放狼咬他。"

"事情不是这样的。"艾莉亚眼泪又快掉下来了，奈德连忙伸手拍拍她肩膀。

"明明就是这样！"乔佛里王子坚持，"他们一起围攻我，她还把'狮牙'丢进河里！"奈德发觉他说话时正眼都不瞧艾莉亚一眼。

"你说谎！"艾莉亚大叫。"你住嘴！"王子吼回去。

"够了！"国王大吼着从椅子上站起来，声音里充满了恼怒。四周立时安静，他吹胡子瞪眼地对艾莉亚说："孩子，你现在把事情经过告诉我，原原本本地告诉我，老老实实地讲。要知道欺骗国王可是滔天大罪。"然后他转向儿子，"等她说完自然会轮到你，在那之前，你给我把嘴闭上。"

当艾莉亚开始陈述事情始末时，奈德听见身后大门开启。他往后一瞄，只见维扬·普尔带着珊莎走了进来。他们静静地站在厅堂后方听艾莉亚说话。当她说到把乔佛里的剑丢进三叉戟河那段时，蓝礼·拜拉席恩忍不住哈哈大笑，国王则怒发冲冠，"巴利斯坦爵士,请护送我弟弟出去,免得他笑岔了气。"

蓝礼公爵止住笑。"哥哥真是太周到了。我自己可以找到路。"他朝乔佛里一鞠躬,"待会儿你或许可以告诉我,一个干巴巴的九岁小女生究竟是怎么用扫把棍打落你的武器,然后丢进河里的。"大门关闭之际,奈德还听见他说:"好个'狮牙'。"说完又是大笑不已。

接着轮到乔佛里说他那个大相径庭的版本,他的脸色非常苍白。儿子说完之后,国王沉沉地起身,看样子恨不得能尽早脱身。"你叫我怎么办?他说的是一回事,而她说的却完全是另一回事。"

"当时在场的不止他们两人。"奈德道,"珊莎,过来。"艾利亚失踪的那两天中,奈德已听珊莎讲过事情经过,他知道实情为何。"告诉我们究竟是怎么回事。"

他的长女犹豫不决地走向前。她穿着一件绣白边的蓝色天鹅绒洋装,脖子上挂了条银链,蓬松的红褐头发梳得发亮。她对妹妹眨了眨眼,接着又看看王子。"我不知道,"她噙着眼泪说,仿佛想拔腿就逃,"我不记得了,事情发生得好快,我没看见……"

"你这个烂货!"艾莉亚狂叫。她像一支利箭般朝她姐姐飞扑过去,把珊莎撞倒在地板上,使劲地拳打脚踢。"骗子,骗子,骗子,骗子。"

"艾莉亚,住手!"奈德喝道。当乔里把她从她姐姐身上拉开时,她双脚还兀自踢个不停。奈德扶起珊莎,她脸色苍白,浑身颤抖。"你没受伤吧?"他问。但她只是怔怔地望着艾莉亚,仿佛充耳不闻。

"这丫头跟她那只脏东西一个野德行。"瑟曦·兰尼斯特说,"劳勃,她非受罚不可。"

"七层地狱啊,"劳勃咒道,"瑟曦,你看看她,她是个小孩子,你要我怎么办?打她几鞭游街示众吗?该死,不过就是小孩打架,现在没事了,也没什么严重后果。"

王后气坏了。"小乔手上一辈子都会留着疤痕。"

劳勃·拜拉席恩看了看他长子。"那就留着吧,或许这会给他一点教训。奈德,好好管教你女儿,我也会好好管教我儿子。"

"国王陛下,我乐意之至。"奈德如释重负。

劳勃正准备走开,没想到王后还不肯罢休。"那只狼又该怎么办?"她叫住他。"那只蹂躏你儿子的禽兽该如何处置?"

国王停下脚步,转身皱眉道:"我倒是把那头该死的狼给忘了。"

奈德看见艾莉亚在乔里怀中绷紧身子,乔里连忙开口:"陛下,那只狼一点影子都没有。"

劳勃看来并无不悦。"找不到?那就算了。"

王后则提高音量:"把狼皮给我剥来的,赏金龙一百枚!"

"这毛皮还真贵。"劳勃咕哝,"臭女人,我没兴趣,你要买就用你他妈兰尼斯特家的钱去买。"

王后冷冷地看着他,"想不到你如此吝啬。我以为我嫁的国王会赶快为我找来狼皮铺床。"

劳勃脸色一沉,怒道:"没狼还能铺得满床狼皮,你当我会变魔术?"

"谁说我们没有狼?"瑟曦·兰尼斯特说。她的语气非常沉静,但那双碧眼里却闪着胜利的光芒。

众人过了好一阵子才明白她的意思,等大家都会意过来,国王很不高兴地耸耸肩:"随你便。叫伊林爵士去办。"

"劳勃,你不是说真的吧?"奈德抗议。

国王已经没心情再争论下去。"别说了,奈德,这事到此为止。冰原狼本来就野性难改,假如不除掉,你女儿迟早会跟我儿子一样遭殃。帮她弄条狗，她会快乐点。"

这时珊莎终于明白了国王的意思，她望向父亲，眼里满是惊惶。"他不是指淑女，是不是？"她在他脸上看到了答案。"不，"她说，"不要杀淑女。淑女不咬人的，她最乖……"

"淑女当时根本不在场，"艾莉亚生气地叫道，"你不要欺负她！"

"叫他们住手，"珊莎哀求，"叫他们住手，求求你，咬人的不是淑女，是娜梅莉亚。动手的是艾莉亚，别让他们乱来，不是淑女干的，别让他们伤害淑女，我会叫她乖乖听话，我保证，我保证……"她终于忍不住哭了起来。

奈德所能做的也只有紧紧抱住她，让她哭个痛快。他的视线跨过大厅，看着他比骨肉还亲的老友劳勃。"劳勃，看在我的分上，看在你对我妹妹的爱分上，不要这样。我求求你。"

国王看他良久，然后转头看着妻子。"瑟曦，你真该死。"他愤恨地说。

奈德轻柔地放开搂抱着的珊莎，突然间，过去四天累积的所有疲惫又排山倒海般袭上心头。"劳勃，那你自己动手，"他的音调冷若冰霜，"敢作敢当。"

劳勃眼神呆滞地看了看奈德，然后迈开沉重的步伐，一言不发地转身离去。厅堂里顿时一片死寂。

"那只冰原狼在哪里？"她丈夫刚离开，瑟曦·兰尼斯特便迫不及待地问。乔佛里王子站在她身边微笑。

"王后陛下，那头狼被拴在城门外。"巴利斯坦·赛尔弥爵士很不情愿地回答道。

"伊林·派恩爵……"

"不，"奈德道，"乔里，带女孩们回房去，然后把'寒冰'拿来。"这番话一字一句都苦如胆汁，但他不得不说。"假如她非死不可,我要亲自动手。"

瑟曦·兰尼斯特满脸狐疑地看着他。"史塔克大人,你要亲自动手?想耍什么把戏?你为什么要亲自动手?"

众人的目光都集中在他身上,其中珊莎的眼神最伤人。"她来自北方,死也要死得像个北方人,决不死在屠夫手里。"

他带着眼底熊熊的怒火和耳际女儿悲泣的回音离开大厅,在拴狼的地方找到那头小冰原狼。奈德在她身边坐了一会儿。"淑女。"他试探着叫她的名字。从前他没怎么留心孩子们给小狼起的名字,如今这么一细看,立时便明白珊莎取得真是恰如其分。她是整窝狼里最娇小、最漂亮,也最柔顺服帖的一只。她睁大明亮的金黄色眸子望他,他忍不住摸摸她厚实的灰毛。

没过多久,乔里便送来了"寒冰"。

完事之后,他说:"挑四个人,派他们将遗体护送回北方,将她葬在临冬城。"

"从这里一路送回北方?"乔里有些吃惊。

"一路送回北方。"奈德重复。"那兰尼斯特女人休想得到这张狼皮。"

他拖着疲惫不堪的身躯朝城楼走去,打算狠狠睡上一觉,结果迎面撞见桑铎·克里冈及其手下结束搜索任务,骑马吆喝着冲进城堡。他的战马背上悬着一个沉甸甸、用血淋淋的斗篷包裹的东西。"首相大人,没看到您女儿。""猎狗"在马上嘶声说,"但我们找到了她的小宠物,总算也没白费功夫。"他伸手把那袋东西一扫,布袋重重地落在奈德面前。

奈德弯身拉开斗篷,心里不知待会儿如何向艾莉亚交代。但布里包着的却并非娜梅莉亚,而是屠夫小弟米凯。他浑身都是干涸的血渍,伤口从肩膀直到腰际,整个人几乎被一记自上而下的重击生生劈成两半。

"你骑马追杀他。"奈德说。

"猎狗"的眼睛似乎从他那顶狰狞的狗头盔底射出光芒。"还不是因为他爱跑，"他看着奈德的脸，笑了，"只可惜跑得不够快。"

布兰

他不断下坠,仿佛经过了好多好多年。

快飞吧,一个声音在黑暗中低语,然而布兰不知该怎么飞,所以只好继续不断坠落。

鲁温师傅曾经捏了一个陶土娃娃,烧烤得又硬又脆,为它穿上布兰的衣服,然后从城楼上扔下去。布兰一直记得陶土娃娃摔得粉身碎骨的模样。"但我绝对不会摔下去。"他说,然后继续往下坠。

虽然四周都是灰蒙蒙的雾气,看不清地面究竟有多远,但他可以感觉到自己掉落的速度有多快,也知道下面等着自己的是什么。即便在梦中,你也不可能永无止尽地这么一直掉下去。他知道,他会在落地前的一刹那醒来,人总是在落地前的一刹那醒来的。

那你要是醒不来呢? 那个声音问。

地面变得更近了,虽然依旧遥遥无期,相距千里,但总是近了些。置身半空又暗又冷,没有太阳,没有星辰,只有迎面扑来的大地和灰雾,还有这陌生的细语。他好想哭。

不要哭,快飞。

"我不会飞,"布兰说,"不会,不会啊……"

你怎么知道?你试过吗?

那声音高亢而尖细,布兰环顾四周想找出声音的来源。他见到一只乌鸦正随着他盘旋直落,但保持在他够不到的距离外。"救救我。"他说。

我正在想办法,乌鸦回答,*嘿,你可有玉米?*

黑暗在他周围晕眩地旋转,布兰忙把手伸进口袋,抽出来时,

171

金黄的谷粒由他指间滑下，与他一同坠落。

乌鸦停在他手上，开始啄食。

"你真的是乌鸦？"布兰问。

你真的在往下坠？乌鸦反问。

"这只是一场梦。"布兰说。

是吗？乌鸦又问。

"我摔到地面的时候自然会醒的。"布兰告诉鸟儿。

等摔到地面你就死了，乌鸦说完，径自去吃玉米。

布兰低下头，现在他可以看见白雪皑皑的连绵峰峦，银色河流在深绿树林中留下的蜿蜒丝线。他闭上双眼，哭了起来。

哭哭啼啼没用的，乌鸦说，我说了，唯一的办法就是飞，不是掉眼泪。这有什么难？我不就在飞？乌鸦腾空飞起，拍着翅膀，绕在布兰手边。

"可你有翅膀。"布兰指出。

说不定你也有。

布兰沿着肩膀摸索，想找自己的羽毛。

翅膀不止一种，乌鸦说。

布兰看到自己的手脚，好瘦啊，瘦得跟皮包骨一样。难道他一直都这么瘦？他试着去回忆。一张脸从灰雾中浮现，闪耀着金色的光芒。"好好想一想，我为爱情做了些什么。"它说。

布兰尖叫起来。

乌鸦腾空飞起，嘎嘎大叫。不是那个，它对他嘶声叫道，忘记那个，你现在需要的不是它，忘记那件事，抛开那个念头。它停在布兰肩头，啄他，那张亮澄澄的金黄脸孔随即消失。

这时，布兰越掉越快，朝地面急速扑去，灰雾在他耳际怒吼。"你对我做了什么？"他噙着眼泪问乌鸦。

我在教你飞。

"我不会飞!"

你现在不就在飞。

"我在往下掉!"

飞,都是从坠落开始的,乌鸦说,往下看。

"我怕……"

往下看!

布兰往下看,觉得五脏六腑简直都要融化。地面正朝他迎面袭来,整个世界摊在下方,如同一幅五颜六色的织锦。每一件事物都清晰无比,他甚至暂时忘却了恐惧。王国全境和行走其间的形色人事尽收眼底。

他以翱空翔鹰之姿俯瞰临冬城,高处观之,原本高耸的塔楼竟显得矮胖,城墙则成了泥地上的线条。他看到阳台上的鲁温师傅,一边用擦得晶亮的青铜管子观测天象,一边皱着眉头在记事本上涂涂写写。他看见哥哥罗柏在广场上练习剑术,手中拿着精钢打造的真正武器,个头比记忆中更要高壮。他看见在马房里工作的那个头脑简单的巨人阿多,轻而易举地把铁砧扛在肩上,仿佛常人举起稻束,送往铁匠密肯的锻炉。在神木林深处,高大苍白的鱼梁木正对着黑水潭里的倒影沉思,树叶在冷风中沙沙作响。当它发觉布兰看着自己,它也自止水边抬起视线,定定地回望他。

向东望,他看到一艘帆船乘风破浪,穿越咬人湾。他看见母亲独坐船舱,盯着面前桌上一把沾满血渍的尖刀。水手使劲划桨,罗德利克爵士靠着桅杆颤抖喘息。一阵暴风正在他们前方形成,那是一团怒吼的翻滚乌云,充满无边的雷霆电闪,但不知怎么的,他们却看不到。

他又向南望,只见三叉戟河的蓝绿河水奔涌浩荡,他看到父亲脸上刻满哀伤,正向国王苦苦哀求;看到大姐珊莎夜里哭着入眠;看到二姐艾莉亚静静地观望,把秘密藏在心中。他们全被黑影所笼罩，其中一个暗影黑如炭烬，还有张猎犬般恐怖的脸，另一个则全身耀眼金甲，美丽宛如阳光。他们身后站着一个身穿石甲的巨人，更为高壮，当他揭开面罩，里面空空如也，唯有无尽的幽暗和浓浓的黑血。

抬起眼，他的视线越过狭海，清晰地望向自由贸易城邦及彼方宛如绿色汪洋的多斯拉克草原，望向峰峦脚下的维斯·多斯拉克，望向玉海的传奇之地，望向亚夏之外的阴影之地，魔龙正在那里初曙的旭日下蠢蠢欲动。

最后他向北望去，看到闪亮如蓝色水晶的绝境长城，看到私生子哥哥琼恩孤独地睡在冰冷的床上，温暖和热度的记忆渐渐消逝，皮肤也随之苍白坚实。他眺望长城之外，视线穿过无边无际、白雪覆盖的森林，越过结冻的河岸，广阔的蓝白冰河，以及不见任何活物踪迹的死寂冰原。他不断朝北望，望向世界尽头的光幕，然后穿过那层光幕，朝寒冬之心看去，这时，他不禁害怕得叫出声来，滚烫的泪水在两颊灼灼发热。

现在你知道了吧？乌鸦端坐在他肩膀上悄声道，现在你知道为什么要活下去了吧？

"为什么？"布兰不解地问，他仍旧不停地往下掉，往下掉。

因为凛冬将至。

布兰看看肩膀上的乌鸦，乌鸦也看着他。它原来有三只眼睛，第三只眼里充满一种恐怖的知识。布兰再度下望，如今下方空无一物，唯有冰雪、寒冷和死亡，在一片冰冻的荒原上，插满了锯齿状的蓝白冰针，正等着拥抱他。它们如飞矛般朝他射来，他看到上面挂满成千个做梦人的枯骨，一阵绝望的恐惧笼罩了他。

"人在恐惧的时候还能勇敢吗？"他听见自己细小邈远的声音这么说。

随后父亲的声音回答道："人唯有恐惧的时候方能勇敢。"

就是现在,布兰,乌鸦催促,你得做出抉择,若是不飞,就只有摔死一途。

死亡厉声尖叫着朝他伸出魔爪。

布兰伸展手臂,飞了。

看不见的翅膀饱饮长风,充满空气,将他带往高处。下方可怕的冰针逐渐消退,天顶苍穹豁然开朗。布兰展翅翱翔,这感觉比爬墙还棒,比任何事都棒。他下面的世界越来越小。

"我会飞了!"他开心地叫道。

我知道,三眼乌鸦说。它振翅而飞,翅膀拍打着他的脸颊,减缓他的速度,遮蔽他的视线。他不由得在空中摇摆不定。接着乌鸦的尖喙狠狠啄进他额头中央、两眼之间的地方,布兰突然感到一阵尖锐的疼痛。

"你干什么?"他尖叫道。

乌鸦张嘴对他嘎嘎叫,那是充满恐惧的刺耳呐喊,随后原本笼罩他的灰雾突然开始颤抖旋转,如同布幔被一把掀开,他这才发现那只乌鸦赫然是个满头黑发的女侍。他好像在什么地方见过她,在临冬城里见过她,对,是这样没错,这下他记起她了。接着他明白自己正是身在临冬城,在某个寒冷高塔房间里的床上,而那个黑发女人失手把一盆水掉在地上。她顾不上摔破的盆子,径自奔下楼梯,一边高喊:"他醒了!他醒了!他醒过来啦!"

布兰摸摸双眼之间,刚才乌鸦啄的地方还热辣辣的,但额头上却没有任何痕迹,既没有流血也没有伤口。他觉得虚弱又晕眩,试着想下床,却动弹不得。

就在这时,床边有了动静,有个东西轻轻跳上他的双脚,用一双黄澄澄、像是闪亮太阳般的眸子看进他的眼睛。窗子敞开,屋里很冷,但狼身上的暖意却像热水澡一般包围住他。布兰方才明白这是他的小狼……真的吗?*他长得好大了*。他伸出落叶般颤抖的手摸摸他。

等到哥哥罗柏三步并作两步跑上高塔,上气不接下气地冲进房间时,冰原狼正舔着布兰的脸。布兰抬起头,一脸安详地说:"我要叫它'夏天'。"

凯特琳

"一个小时之内,咱们便到君临啦!"

凯特琳从栏杆处转过头,强作欢颜道:"船长先生,您的水手表现得非常称职,我要给他们每人一枚银鹿,以表达我的感激。"

莫里欧·图密提斯船长半鞠躬答谢道:"史塔克夫人,您实在是太慷慨了。有幸为您这样的官家夫人服务,就是最好的报酬。"

"我总是要给他们的。"

莫里欧微笑:"那就恭敬不如从命。"他的通用语讲得十分流利,只带极轻微的泰洛西口音。他在狭海上讨生活已足足有三十年,据他所说,他最初只是个划桨的水手,继而当上大副,最后才终于有了自己的商船队。双桅帆船"暴风舞者号"是他的第四艘船,共有六十条桨、两根桅杆,也是他最快的一艘。

至少当凯特琳和罗德利克·凯索爵士马不停蹄地顺流奔波、抵达白港的时候,她是港湾里最快的一艘。泰洛西人的贪婪恶名远播,罗德利克爵士原本主张雇艘无桨单桅渔船出三姐妹群岛,然而凯特琳坚持要这艘大帆船。事实证明这是个明智的选择。一路上,风向都与他们作对,倘若没有这些划桨好手,恐怕他们现在还在五指半岛挣扎,遑论驶向旅程的终点君临了。

就快到了啊,她心想。包扎在棉布绷带中的手指上,被匕首割伤的地方仍在隐隐作痛,凯特琳觉得,这痛楚是在提醒她别忘记发生过的事。她左手的小指和无名指没法弯曲,而其他三根手指也永远不可能恢复灵活动作。然而,若能换得布兰性命,这算得了什么?

罗德利克爵士走上甲板。"我的好朋友啊，"一脸分岔绿胡子的莫里欧说。泰洛西人热爱各种鲜明色彩，连他们的胡须睫毛都不放过。"看到你气色好多了，真替你高兴。"

"哦，"罗德利克附和道，"这两天我的确舒服了点，不会那么想寻短见了。"说完他向凯特琳鞠躬。"夫人您好。"

他的气色真的好多了，虽然比起他们自白港启程时，整个人瘦了一小圈，但差不多恢复了原有的神采。他适应不了咬人湾的劲风和狭海的猛浪，行经龙石岛时暴风骤临，他还差点落海，总算是死命抓住一根缆绳，三名莫里欧手下的水手才把他安然救回船舱。

"船长刚才说，我们的旅程快结束了。"她说。

罗德利克爵士勉强挤出一丝笑容。"这么快？"少了雪白的鬓角和胡须，他看起来有些不对劲，仿佛突然间老了十岁，个头变小，往日的威猛也不复见。但这是没办法的事，途经咬人湾时，他趴在栏杆边朝狂风中吐个不休，到得第三次，胡子已经脏得无可救药，只好乖乖地让水手用剃刀把胡子理干净。

"你们谈正事，我不打扰了。"莫里欧说完鞠躬离去。

帆船像蜻蜓般在水面漂浮，桨叶整齐划一地起起落落。罗德利克爵士拉住栏杆，朝飞驰的陆地远眺。"我实在不是个称职的护卫。"

凯特琳拍拍他的臂膀，"罗德利克爵士，我们安然抵达了目的地，这样就够了。"她的另一只手在斗篷底下摸索，指头僵硬而笨拙。匕首仍在腰际，她发现自己必须不时碰触它才能安心。"接下来我们便去找国王的教头，诸神保佑，希望他值得信赖。"

"艾伦·桑塔加爵士人虽然虚荣了点，却非常正直。"罗德利克爵士伸手欲捻胡须，却扑了个空。他有些不知所措地说："他很可能认得出那把刀……可是夫人，上岸之后，我们便有暴露身份的危险，更何况宫中有人一眼就可认出您。"

凯特琳抿紧嘴唇。"小指头。"她喃喃道。他的脸浮现在她眼前,那是一张男孩子的脸,然而他早已不是个孩子了。他的父亲几年前已过世,如今他是贝里席伯爵,但大家仍唤他作小指头。这绰号是她弟弟艾德慕很久以前在奔流城帮他取的,起因是他家族封地狭小,且位于五指半岛中最小的半岛上,而培提尔在同龄孩子间又特别瘦小的缘故。

罗德利克爵士清清喉咙。"贝里席大人以前是,呃……"他结结巴巴,试图找出比较礼貌的用词。

凯特琳顾不得什么称谓。"他是我父亲的养子,我们在奔流城一起长大。我视他为兄弟,他却……不只把我当成姐妹。当我和布兰登·史塔克将要成亲的消息宣布时,他要求决斗,胜者才能娶我为妻。那根本是疯狂之举,布兰登当时已经二十岁,培提尔才不过十五。我求布兰登放他一马,结果他只在他身上留了个疤。事后我父亲把他送走,我至今没和他再见面。"她抬脸面向浪花,仿佛轻快的海风可以吹走回忆。"布兰登死后,他寄信到奔流城给我,但我拆都没拆就通通烧掉。因为那时候,我已经知道奈德会代替他哥哥娶我为妻。"

罗德利克爵士伸手想摸胡子,又扑了个空。"小指头如今是御前会议的成员。"

"我早知道他会大有发展。"凯特琳说,"他打小就很机灵。可机灵和睿智是两回事,真不知道这些年他有多大改变。"

头顶的瞭望员从绳索上高声呼喝,莫里欧船长在甲板上来回走动下达命令,随着位于三座丘陵之上的都城君临映入眼帘,整个"暴风舞者号"立刻陷入一片忙乱中。

凯特琳知道三百年前这片高地完全被森林覆盖,只零星有些渔夫在水流湍急、深涌入海的黑水河北岸定居。后来征服者伊耿自龙石岛渡海而来,他的军队便是在此处登陆,随后他在最高的丘陵顶端用木材和泥土筑起了他第一座粗糙的防御堡垒。

而今凯特琳视线所及,皆已成为繁华城区,豪宅、凉亭、谷仓、砖砌仓库、木屋旅店和市集摊位,酒馆、墓园和妓院,一座接着一座。即使距离尚远,她仍可听见渔市里的喧闹。宽阔的林荫大道,蜿蜒的曲折小街,还有窄得无法容纳两人并肩通行的巷弄穿梭在建筑物之间。贝勒大圣堂的大理石墙环绕着维桑尼亚丘陵顶,七座水晶塔楼耸立其中。彼端的雷妮丝丘陵上,坐落着龙穴焦黑的残垣断壁、倒塌的巨大圆顶废墟和紧闭一世纪之久的青铜大门。两丘之间,静默姐妹街笔直如箭,坚实的围城高墙则环绕在外。

百余座码头罗列水滨,港口里停泊着无数船只。深水渔船和河流渡筏络绎不绝,船夫撑篙往来于黑水湾,商船则源源不断卸下来自布拉佛斯、潘托斯和里斯的货物。凯特琳瞥见王后装饰华丽的游艇,停泊在一艘吃水颇深、船身涂满黑色焦油、从伊班港来的捕鲸船旁边。上游处有十来艘狭长的黄金战船,船帆卷起,铁制撞锤轻轻拍打着水面。

睥睨这一切的是伊耿丘陵上的红堡。它包括七栋有钢铁工事保护的巨大鼓塔,一座硕大无比而冷酷的堡楼,圆顶大厅与密闭桥梁、军营、地牢和谷仓,以及开满箭口的厚重护墙,全是由浅红色石头砌成。征服者伊耿当年下令建造这座城堡,他的儿子"残酷梅葛"将之完成。竣工以后,他将参与筑城的石匠、木工和建筑师全部斩首,誓言唯有真龙传人方能掌握龙王堡垒的秘密。

不想如今,飘扬在城墙上的旗帜却是金黄而非墨黑,三头龙曾经怒吐烈焰的地方,成了拜拉席恩家族的宝冠雄鹿奔驰昂扬的疆域。

一艘来自盛夏群岛的高桅天鹅船,正乘风张满白帆,驶离港口。暴风舞者号从她身边驶过,稳稳地准备靠岸。

"夫人,"罗德利克爵士说,"我趁躺在床上休养这段时间,仔细考虑过下一步该如何行动。首先，您绝对不能进城堡，由我一个人去把艾伦带到安全的地方见您就好。"

帆船驶近码头，她仔细端详着老骑士。莫里欧正用自由贸易城邦粗野的瓦雷利亚方言大声喝令。"你冒的风险不比我少。"

罗德利克爵士微笑道："我看不然。早些时候我朝水里的倒影瞧了瞧，差点认不出自己。我母亲是这世上最后一个见过我没留胡子模样的人，而她已经过世了四十年。夫人，我相信自己一定安全。"

莫里欧大声吆喝，六十支桨便整齐划一地自水中拉起，然后朝反方向划去。船速减缓，又是一声大喝，桨叶又都缩回船壳里面。船靠码头之后，泰洛西水手立即跳下船拴住缆绳。莫里欧满脸堆笑地跑过来。"夫人，照您吩咐，咱们抵达君临了，我敢打赌从没有一艘船能这么迅速、这么平顺地抵达目标。您可需要派人帮忙把行李搬去城堡？"

"我们不去城堡，你倒是可以推荐几家干净舒适的旅馆，离河不要太远。"

泰洛西船长捻捻绿色的八字胡，"那敢情好，我倒是知道几个符合您要求的店家。不过首先嘛，恕我无礼，咱们约定的旅费还剩一半没付清呢。还有您慷慨答应的额外小费，如果我没记错的话，好像是六十枚银币。"

"那是给船员的。"凯特琳提醒他。

"噢，那当然，"莫里欧道，"不过还是我先帮他们保管着，等咱们回到泰洛西再分配好了。这可是为他们妻小着想啊，想想看，若是现在就给他们，夫人，他们肯定会赌个精光或拿去买一夜之欢呀。"

"花花钱也无可厚非，"罗德利克爵士插话，"因为凛冬将至。"

"人应该为自己的行为负责。"凯特琳说,"这是他们辛苦挣来的血汗钱,怎么花我无足置喙。"

"那就照您吩咐,夫人。"莫里欧一边打躬作揖一边笑着回答。

为防万一,凯特琳把钱当面赏给水手,每人一枚银鹿,至于帮她搬行李的两位海员,则额外多加了两个铜币。他们把东西搬到莫里欧推荐的旅馆,那旅馆位于维桑尼亚丘陵半腰,据说是鳗鱼巷里的老字号。老板娘是个坏脾气的老妇人,先是满腹狐疑地上下打量他们俩,又把凯特琳付的钱币用牙齿咬了又咬,大概在审是不是真的。虽然如此,房间倒是挺宽敞,通风也好,而且莫里欧说她煮的鱼汤七国上下无人能及。最棒的是,她完全不过问客人的姓名。

"我想您最好别待在大厅里,"安顿妥当之后,罗德利克爵士说,"即便在这种地方,还是小心为妙。"他穿了环甲,佩上匕首和长剑,外面再套上黑斗篷,拉起兜帽。"我天黑以前把艾伦爵士带来。"他保证,"夫人,您好好休息。"

凯特琳真的累了。这趟旅途漫长而令人疲惫,况且她年纪也已不轻。房间的窗户面向一条房屋之间的小巷,恰可看到远方的黑水湾。她目送罗德利克爵士快步走进熙来攘往的街道,消失在人群当中,最后决定顺从他的建议。床铺塞的是稻草并非羽毛,但她还是头一沾枕便进入梦乡。

她被砰砰的敲门声吵醒。

凯特琳立时坐起,窗外,夕阳残照把君临的屋顶洒得通红。她睡得比预期的长。房门再度响起敲门声,人声传进屋内:"以国王之名,开门!"

"等等。"她一边应声,一边赶紧用斗篷裹住自己。那把匕首躺在床边桌上,她匆忙拾起,然后才打开厚重木门的门闩。

蜂拥进房的人都穿着都城守卫队的制服:黑色环甲和金色披

风。为首之人一见她手中利刃，便笑道："夫人，不必如此。我们是特地来护送您进城的。"

"是谁的命令？"她问。

他拿出一条缎带，凯特琳一看，顿时喉头一紧。灰蜡上盖有一只仿声鸟。"培提尔。"她说。想不到他动作这么快，罗德利克爵士肯定出了事。她望着带头的守卫，"你知道我是谁？"

"不知道，夫人。"他回答，"小指头大人只吩咐我们带您去见他，而且绝不能让您受一点委屈。"

凯特琳点点头："你去门外等，我换好衣服便来。"

她在水盆里洗了手，又用干净的麻布擦干。她的手指仍然僵硬不灵活，她好容易才系上胸衣，又在颈间系好那件褐色的粗布斗篷。小指头怎么知道她在这里？这绝不会是罗德利克爵士说的。他虽然一把年纪，脾气却倔得紧，忠心耿耿到顽固的地步。难道他们来得太迟，兰尼斯特家已经抢先一步抵达了君临？不可能，倘若真是如此，那么奈德一定也在，他会亲自来接她。这到底是怎么回事？

她恍然大悟：莫里欧。这该死的泰洛西人知道他们的身份，也知道他们的下榻处所。她不禁揣摩他为这则消息开了多少价。

他们为她备好了马。动身出发时，街上已经点起了灯，凯特琳左右围绕着肩披金色披风的守卫，只觉全城的目光都集中在自己身上。当他们抵达红堡时，铁闸已经降下，入夜后大门也已紧闭，但城堡的窗户里火光摇曳，生气依旧。守卫们把坐骑留在城墙外，护送她从一道狭窄的边门进入，踏着级级阶梯，登上高塔。

房里只有他一个人，坐在一张大木桌边，就着一盏油灯写字。他们把她送进屋内，他便搁下笔望着她。"凯特。"他静静地说。

"为什么带我来这儿？"

他起身朝守卫粗鲁地摆摆手。"你们可以走了。"守卫离开，

"没事吧，"待他们走后他才开口，"我可是再三告诫过的。"他注意到她的绷带。"你的手……"

凯特琳故意忽略这个含蓄的问题。"我可不习惯被人当成女佣一般呼来唤去。"她冷冷地说，"小时候的你多少还懂得一点礼貌。"

"夫人，我绝对没有冒犯你的意思。"他看似充满悔意，这个神情也勾起凯特琳历历如绘的回忆。他是个狡猾机灵的孩子，但每次闯了祸总会一副悔不当初的模样，他就有这种天生的本事。看来这些年来他没什么改变。培提尔从前是个瘦小的男孩，如今长成一个瘦小的男子，比凯特琳还要矮上一两寸，但他纤细敏捷，容貌一如她记忆中那般锐利，还有那双满是笑意的灰绿眼睛。他下巴留了点胡子，黑发间也有几抹银丝，其实人还不到三十。这个特质和他系住披风的银白仿声鸟倒是挺配，他从小就得意自己的少年白。

"你怎么知道我在城里？"她问。

"因为瓦里斯消息灵通。"培提尔露出一抹促狭的微笑。"他马上就来，我只是想先单独见见你。凯特，我们好久不见，算算，多少年了？"

凯特琳不理睬他的亲昵，她有比这更重要的事情要问。"原来是八爪蜘蛛找到我的。"

小指头皱眉道："可别当面这样叫他哟。他这人敏感得很，大概和身为太监有关吧。城里的事，瓦里斯不但都知道，还常常未卜先知。到处都有他的眼线，他称呼他们作他的小小鸟儿。他的一只小小鸟听说了你抵达的消息。谢天谢地，瓦里斯知道以后，第一个找的人是我。"

"为什么第一个找你？"

他耸耸肩。"为什么不呢？我是财政大臣，也是国王的御前顾问。赛尔弥和蓝礼公爵到北边去迎接劳勃，史坦尼斯大人回了龙石岛，只剩下派席尔国师和我。我是当然的选择，何况瓦里斯知道我还是你妹妹莱莎的朋友。"

"那瓦里斯知不知道……"

"瓦里斯大人什么都知道……唯独不知道你为什么造访。"他抬起一边眉毛。"你到底为什么造访？"

"作妻子的想念丈夫，作母亲的挂念女儿。我来拜访，有何不妥？"

小指头笑道："呵呵，我说夫人，这借口不赖，可惜我不相信。我太了解你了。你们徒利家族的箴言是什么来着？"

她喉咙一干。"家族，责任，荣誉。"她僵硬地复诵道。他的确是太了解她了。

"家族，责任，荣誉。"他应道，"这每一项都要求你遵照首相嘱咐留在临冬城。夫人哪，我看事情没这么简单。若非事关紧要，你不会这样突然来访。就请你把话说出来吧，让我为你效劳，老朋友本该戮力相助。"这时门上传来一声轻响。"请进。"小指头叫道。

进来的男子体态丰腴，脂粉味十足，头上光溜得像颗蛋。他身着一件宽松的紫色丝质长袍，外罩金丝线缝制的背心，脚踏前尖后宽的天鹅绒软拖鞋。"史塔克夫人，"他双掌执起她的手，"阔别多年，不料今日相见，真是叫人欢欣鼓舞。"他的皮肤柔软而湿润，呼吸有丁香花的味道。"哎呀，您的手是怎么了？亲爱的夫人，敢情您不小心给烫到了？如此纤纤玉手竟然……咱们派席尔大学士调制的药膏疗效一流，要不我这就差人给您送一罐？"

凯特琳从他掌心抽回手，"伯爵大人，感谢您的美意，不过我这伤口已经让家里的鲁温师傅处理过了。"

瓦里斯低头道："令公子的事，我深感遗憾。一想到他小小年纪，就觉得天上诸神真是残酷。"

"瓦里斯伯爵，我们总算有点共识。"她说。瓦里斯的伯爵头衔只是虚位，这也是顾及他朝廷重臣的身份，其实瓦里斯根本不是任何封邑的领主，他统御的不过是手下那批眼线。

太监把手软软地一摊。"好夫人，相信我们不只是有这点共识。我对您丈夫，也就是咱们新任首相，怀着极高的敬意，同时我也知道我们大家都非常爱戴劳勃国王。"

"是的，"她不得不说，"毫无疑问。"

"要找咱们劳勃这么受爱戴的国王，恐怕很难啰。"小指头露出促狭的微笑，酸溜溜地说，"最起码瓦里斯大人听到是这样。"

"好夫人，"瓦里斯忧心忡忡地道，"自由贸易城邦有不少精通医术的奇人异士。只消您点个头，我即刻去找这样的人来医治您的小布兰。"

"能做的鲁温师傅都做了。"她告诉他。此时此地她不愿谈布兰的事，尤其是和这些人。她不太信任小指头，更何况瓦里斯。她绝不能让他们看见她悲伤的模样。"贝里席大人刚才告诉我，我现在能在这里，全都要归功于您。"

瓦里斯像个小女孩般咯咯直笑。"呵呵，可不是嘛。我看我是难辞其咎了。好心的夫人，希望您原谅我吧。"他悠闲地找了张椅子坐下，双手交握，"我在想，不知能否请您让我们瞧瞧那把匕首呐？"

凯特琳·史塔克惊愕地看着他，不敢相信自己的耳朵。他真的是只无孔不入的蜘蛛，说不定还是个懂得妖术的魔法师，她不禁狂乱地暗想。他竟然知道没有人会知道的事，除非……"你把罗德利克爵士怎样了？"她质问。

小指头一头雾水。"我觉得自己像个上了战场却没带长枪的骑士。这匕首是怎么回事？罗德利克爵士又是何方神圣？"

"罗德利克·凯索爵士是临冬城的教头，"瓦里斯告诉他，

"史塔克夫人，您大可放心，这位好骑士平安无事。他今天下午的确来过一趟，到兵器库去拜访了艾伦·桑塔加爵士，两人谈及一把匕首。约莫日落时分，他们结伴离开城堡，徒步返回您下榻的那间粗陋房舍。这会儿他们还在那里，正在大厅里喝酒，等您回去。罗德利克爵士发现您不在，可是焦虑得紧哪。"

"你怎么会知道这些事？"

"小小鸟儿叽叽喳喳传来的呗。"瓦里斯微笑道，"好夫人，我的职责所在便是打听消息，所以我才知道不少。"他耸耸肩。"不过您确实把匕首带在了身上，对吧？"

凯特琳从斗篷里抽出匕首，扔到他面前的桌上。"拿去看罢，或许你的小小鸟也会告诉你这匕首的主人是谁。"

瓦里斯用夸张的优雅姿势拿起短刀，然后伸出拇指滑过刀锋，没想到立时见血。他惊呼一声，手一松，匕首掉回桌上。

"小心，"凯特琳告诉他，"这匕首很锋利。"

"世上最锋利的莫过于瓦雷利亚钢。"小指头道。瓦里斯一边吸吮血流不止的拇指，一边面带愠色地瞪着凯特琳。小指头拿起利刃，轻轻地把玩，测试其称手的程度。随后他把匕首抛至半空，再用另一只手接住。"轻重恰到好处。您这次来访的目的，便是想查出匕首的主人？夫人，那您大可不必去找艾伦爵士，您应该直接来问我。"

"假如我直接问你，"她说，"你怎么说？"

"我会告诉你这种刀全君临只有一把，"他用拇指和食指夹起刀刃，举过肩头，手腕一抖，熟练地将匕首朝房间对面射去。短刀正中房门，深深地插进橡木板，随着残余的劲道晃动不止。"它是我的。"

"这是你的刀？"不可能，培提尔根本没去临冬城。

"一直到乔佛里王子命名日那天的比武大会为止。"他穿过房间，从木门上拔出匕首。"我和半数的廷臣都赌詹姆爵士会赢得长枪比试，"培提尔露出羞怯的笑，突然又显得孩子气。"所以当洛拉斯·提利尔爵士把他一枪刺下马时，我们都输了点小东西。詹姆爵士输掉一百枚金龙币，王后赔上一条翡翠首饰，而我则是这把刀。赢家放过了王后陛下的翡翠，但把其他东西都留下了。"

"此人是谁？"凯特琳质问，她的嘴巴因恐惧而干涩，手指头则因回忆隐隐作痛。

"小恶魔，"小指头说。瓦里斯伯爵在一旁看着她的脸。"提利昂·兰尼斯特。"

琼恩

刀剑铿锵响彻广场。

琼恩穿着黑羊毛衫,外罩皮革背心和锁子甲,内里汗如雨下。他向前进逼,葛兰脚步不稳地后退,笨拙地举剑格挡。他刚举剑,琼恩便猛力一挥攻他下盘,击中他的脚,打得他步伐踉跄。葛兰向下还击,头上却挨了一记过肩砍,将他的头盔打凹。他又使出一记侧劈,结果琼恩拨开他的剑,然后用戴了护腕的手肘撞击他的腹部。葛兰重心不稳,狠狠地跌坐在雪地里。琼恩跟上砍中他的腕关节,痛得他惨叫一声丢下剑。

"够了!"艾里沙·索恩爵士的话音如瓦雷利亚刀锋裂空。

葛兰揉着手道:"这野种把我手腕打脱臼了。"

"假如用的真剑,野种早已挑断你的腿筋,劈开你的脑袋瓜子,砍断你的双手了。算你走运,我们守夜人不只需要游骑兵,也需要马房小弟。"艾里沙爵士朝杰伦和陶德挥手道:"把这头笨牛扶起来,他可以准备办丧事了。"

其他的男孩搀扶葛兰起身,琼恩脱下头盔,结霜的晨气吹在脸上,感觉很舒服。他拄剑而立,深吸一口气,容许自己短暂地享受胜利的喜悦。

"那是剑,不是老人的拐杖。"艾里沙爵士尖锐地说,"雪诺大人,您可是脚痛?"

琼恩恨透了这个绰号,打从他练剑的第一天起,艾里沙爵士便这么叫他。其他男孩子有样学样,现在人人都这么称呼他了。他将长剑回鞘。"不是。"

索恩大跨步朝他走来,脆硬的黑皮革甲衣发出窸窸窣窣的声响。他约莫五十岁，体格结实，精瘦而严峻，一头黑发已有些灰白，那双眼睛却如玛瑙般炯炯有神。"那是怎么回事？"他质问。

"我累了。"琼恩承认。他的臂膀因为不断挥剑而感到酸麻，如今打斗结束，刚留下的擦伤也开始痛了起来。

"这叫软弱。"

"可我赢了。"

"不。是笨牛他输了。"

一个旁观的男孩在偷偷窃笑。琼恩很清楚自己绝不能顶嘴。虽然他击败了每一个艾里沙爵士派来对付他的对手，却还是得不到应有的待遇。教头的嘴边只有嘲笑和讥讽。琼恩暗自认为，索恩一定是讨厌他；不过话说回来，索恩更讨厌其他男孩。

"今天就到此为止。"索恩告诉他们，"我对饭桶可没什么耐性。假如哪天异鬼真打过来，我倒希望他们带上弓箭，因为你们只配当靶子。"

琼恩跟着其他人返回兵器库，孤零零地走在中间。他一直都孤零零的。一起受训的小队约有二十人，却没有一个称得上是朋友。多数人长他两三岁，打起来却连十四岁罗柏的一半都比不上：戴利恩动作敏捷，但很怕挨打；派普老把剑当匕首来使；杰伦弱得像个女孩子；葛兰迟钝又笨拙；霍德攻势虽猛，可总是没头没脑。琼恩越是和这些人交手，就越是鄙视他们。

进到室内，琼恩把入鞘的剑挂回石墙的钩子上，刻意不理睬其他人。他有条不紊地解下盔甲、皮衣和汗湿的羊毛衫。长长的房间两端，铁火盆里的煤炭熊熊燃烧，但琼恩仍止不住发抖。此地，寒意总是如影随形，想必数年之后他便会忘记温暖的滋味。

他穿上日常的粗布黑衣，倦怠感突然排山倒海般朝他袭来。他找条板凳坐下，手指摸索着系上斗篷。好冷啊，他一边想，一边回忆起临冬城的厅堂，那里有温泉终年流贯壁垒之间，仿如人体内

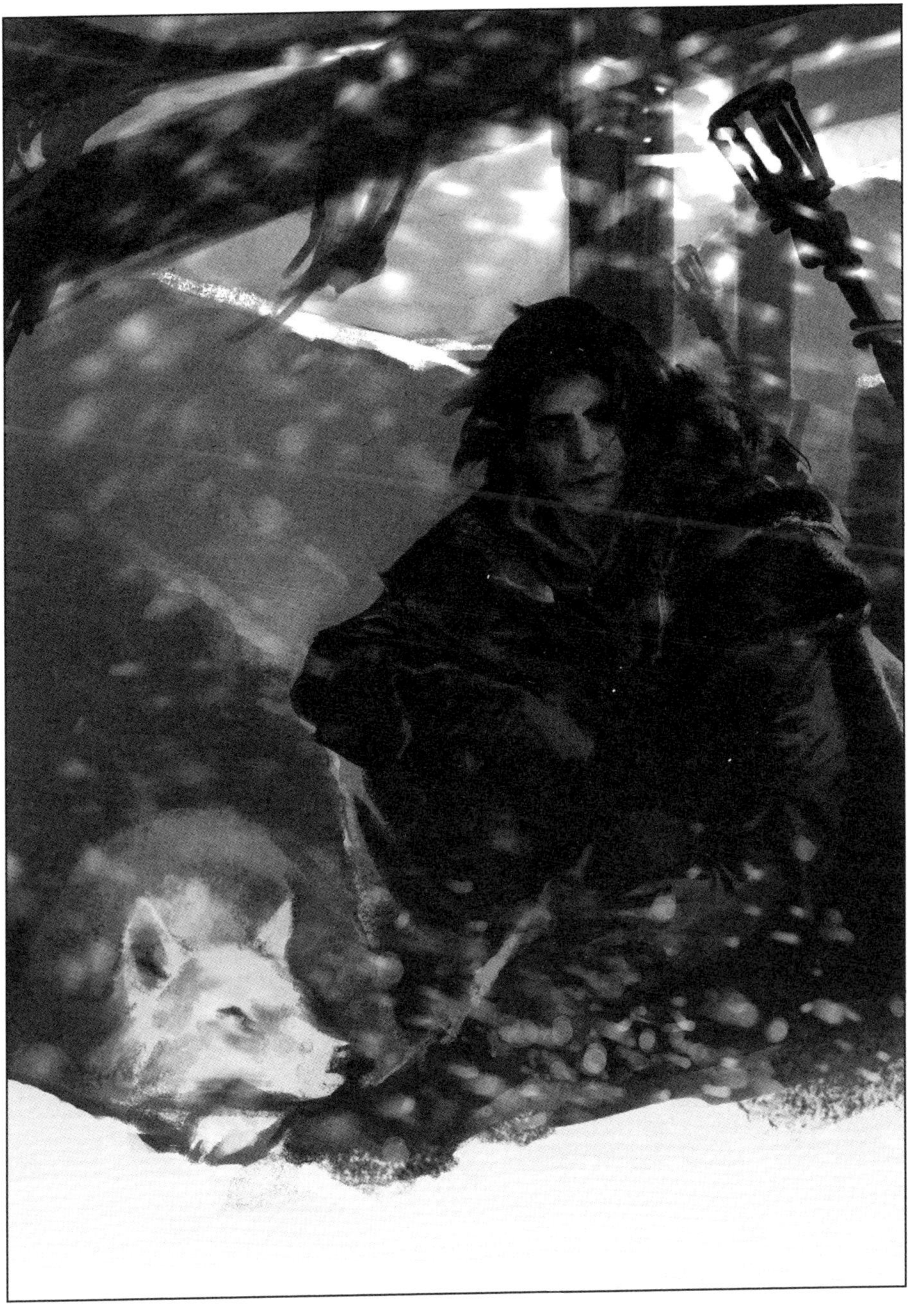

流淌的血液。黑城堡里没有暖意，只有冰冷的墙壁，和更加冷漠的人。

除了提利昂·兰尼斯特，没人对他提过守夜人部队竟是这幅光景。那侏儒在他们北上途中把事情真相告诉了他，但那时已经太迟了。琼恩不禁怀疑父亲知不知道长城守军的真正情形。他一定知道，想到这里他更觉心痛。

就连叔叔，竟也这么把他遗弃在这世界尽头的冰冷寒荒。他原先所认识的那个个性温和的班扬·史塔克，到这里完全变了个人。他是首席游骑兵，整日与莫尔蒙总司令，伊蒙学士和其他高级官员为伍，而将琼恩丢给坏脾气的艾里沙·索恩爵士。

他们抵达长城三天后，琼恩听说班扬·史塔克将率领六名手下深入鬼影森林巡查。当天夜里，他在城堡的木造大厅中找到叔叔，央求他带自己一道去。班扬直截了当地回绝了他。"这可不是临冬城，"他边用刀叉切肉边对他说，"在长城守军里，想得到什么样的待遇，就得证明自己有什么样的本事。琼恩，你还不是游骑兵，你只是个稚气未脱，身上还残留着夏天气味的小鬼。"

琼恩愚蠢地争辩："到明年命名日我就满十五岁，"他说，"很快就要长大成人了。"

班扬·史塔克皱眉道："在艾里沙爵士判定你成为守夜人部队的汉子之前，你都只是个小鬼，只能是个小鬼。假如你以为仗着自己史塔克家人的身份，就可以坐享其成，那就大错而特错。我们宣誓入伍时，早已断绝一切身家背景。拿你父亲来说，虽然他会永远在我心中占据一席之地，但如今这些人才是我的手足兄弟。"他拿匕首朝身边的人比画两下，指指这些饱经风霜的黑衣战士。

翌日拂晓，琼恩起身目送他叔叔离去。叔叔手下一名高大而丑陋的游骑兵一边装配马鞍，一边高唱歌词猥亵的曲子，吐出的气息在清晨的冷气里蒸腾。班扬·史塔克对他是满脸笑容，对自己侄子却没好气。"琼恩,你要我说多少遍?你不能去,等我回来我们再找时间谈谈。"

琼恩看着叔叔牵马走进隧道,向北而去,不禁想起提利昂·兰尼斯特在国王大道上告诉过他的事,脑海里接连浮现出班扬·史塔克倒卧雪地,血迹斑斑的情景。这个念头令他反胃。**我究竟成了个什么人?**

之后他在孤单的卧室里找到白灵,把脸深深地埋进他厚厚的白毛皮。

既然他注定孤单,他便要化寂寞为力量。黑城堡没有神木林,只有一间小小的圣堂和醉醺醺的修士,但琼恩实在无心向神明祷告,管他是新神还是旧神。他心里认为,倘若诸神真的存在,想必也是和这里的严冬一样残酷无情罢。

他想念自己真正的兄弟:小瑞肯想吃甜食时眼瞳闪闪发亮的神情;罗柏是他最旗鼓相当的对手,也是他最要好的朋友和玩伴;固执又充满好奇心的布兰,不论琼恩和罗柏做些什么,他总想插一脚。他也想念两个妹妹,甚至包括那个自从懂得"私生子"的意思之后,就只肯以"我的同父异母哥哥"来称呼他的珊莎。至于艾莉亚……这个老是磨破膝盖,满头乱发,不然就是钩破衣服,一股牛脾气的瘦巴巴小东西,他想念她的程度甚至超过罗柏。艾莉亚和他一样,永远与环境格格不入……但她总有办法让琼恩会心一笑。此时琼恩愿意付出一切,只换取能和她重聚片刻,再拨弄她的乱发,再看她扮起鬼脸,再听她和自己心有灵犀地说出同一句话。

"小杂种,你把我弄脱臼了。"

琼恩抬眼朝那充满怒意的声源望去。葛兰脸红脖子粗地高高站在他面前,身后还有三个跟班。他认出生得既矮且丑,还有副难听嗓音的陶德,新兵们都叫他癞蛤蟆。琼恩想起另外两个家伙是五指半岛地方逮着的强奸犯,被尤伦带到北方来的,不过他忘记名字了。他想尽办法不和他们说话,他们全都是生性残忍的恶霸,从不知荣誉为何物。

琼恩霍地起身。"你如果好好求我,我很乐意帮你把另一只手也打断。"葛兰今年十六岁,整整比琼恩高出一头。他们个头都比他大,但吓不了他。他在校场上早就教训过每一个人。

"说不定断手的是你哦。"其中一名强奸犯道。

"有种你便试试。"琼恩伸手拿剑,但对方中的一人抓住他的手,扭到背后。

"你老让我们难看。"癞蛤蟆抱怨。

"咱们没打照面以前,你们就够难看啦。"琼恩告诉他们。抓住他手的男孩用力往后一拧,剧痛立刻直穿脑际,但琼恩依旧不吭一声。

癞蛤蟆向前逼近几步。"咱们小少爷生了张碎嘴,"他说。他生得一双小而亮的猪眼睛。"小杂种,是不是你娘传给你的啊?她是做什么来着的,敢情是个婊子?告诉我她花名叫啥,搞不好老子干过她几回嘞。"他咧嘴笑道。

琼恩像条鳗鱼般地用力一扭,后脚跟朝抓住他的男孩胯下狠狠踢去。身后传来一声惨叫,然后他便挣脱了。接着他朝癞蛤蟆扑过去,一拳把对方打得翻过长板凳,他穷追不舍,跳上对方胸膛,两手掐紧脖子,使劲往地面撞。

两个五指半岛来的家伙拉开他,粗暴地把他摔倒在地,葛兰开始踢他。琼恩正要滚离他们的拳打脚踢,只听一个洪钟般的声音划过兵器库的阴霾:"通通给我住手!马上停手!"

琼恩爬起来,唐纳·诺伊怒视着他们。"要打架到场子里去打,"武器师傅说,"别把你们的恩怨带进我的兵器库,否则别怪我插手。相信我,你们不会喜欢的。"

癞蛤蟆坐在地上,小心翼翼摸摸后脑勺,只见手指上全是血。

"他想杀我。"

"是真的,俺亲眼看到的。"其中一名强奸犯说。

"他把我的手给打断了。"葛兰边说边举起手给诺伊看。

武器师傅瞟了他手腕一眼,"我看只是擦伤,顶多扭到,伊蒙师傅那里有的是好膏药。陶德,你跟他一块去,头上的伤注意一下。其他人回营去。雪诺留下。"

琼恩重重地坐回长板凳,不理睬其他人离去时的眼神,那眼神仿佛在向他保证事情没这么容易解决。他的手一阵抽痛。

"守夜人需要每一份力量,"待他人都离开后,唐纳·诺伊道,"甚至像是癞蛤蟆这种人。杀了他,你也没什么光荣可言。"

琼恩怒火中烧。"他说我妈是——"

"——是个婊子。我听到了。那又如何?"

"艾德·史塔克公爵才不是会去逛窑子的人,"琼恩冷冷地说,"他的荣誉——"

"——免不了他在外面生出个私生子,不是么?"

琼恩气得浑身发冷。"我可以走了吗?"

"我说可以你才可以。"

琼恩恨恨地盯着火盆中升起的白烟,直到诺伊伸出粗壮的手托住他下巴,把他的头粗暴地扭过来。"小子,我跟你说话的时候看着我。"

于是琼恩看着他。武器师傅的胸膛宽阔得像个酒桶,肚子更是大得惊人。他的鼻子又宽又扁,那一脸胡子好似从来没刮。他的黑羊毛外衣左襟用一个长剑形状的别针系在肩头。"光嘴巴上说说,你妈也不会变成婊子。她是什么样的人,就是什么样的人,和癞蛤蟆怎么说有何干系。话说回来,咱们部队里还真有些人的娘是婊子。"

我妈可不是,琼恩倔强地暗想。他对自己的母亲一无所知,艾德·史塔克绝口不提关于她的事情。但他经常梦见她，次数频繁到他几乎可以拼凑出她的容貌。梦中的她出身高贵，美丽动人，眼神慈蔼。

"你以为自己是大贵族的私生子，就特别难受？"武器师傅继续下去，"告诉你，杰伦那家伙是个六根不净的教士的野种。卡特·派克是个酒馆女侍的儿子，结果现在人家是东海望守备队长。"

"我不在乎，"琼恩道，"我才不管他们怎样，我也不管你或索恩或班扬·史塔克或是谁谁谁怎么样。我恨死这地方了。这里……这里好冷。"

"是啊，又冷又苦又险恶，这就是长城的景况，也是这里守军的写照，绝不像你奶妈所说的睡前故事。哼，去他的睡前故事，去你的奶妈罢，事情就是这样子，而你一辈子都跟我们其他人一起，注定要待在这儿了。"

"一辈子。"琼恩苦涩地重复。武器师傅可以拿一辈子来大做文章，因为他见过世面，经历过大风大浪。他是在风息堡之围中失去了一条胳膊后才加入黑衫军的，在那之前他是国王的大弟史坦尼斯·拜拉席恩的铁匠。他足迹遍布七国，吃过山珍海味，尝过女人的甜美，打过不知几百场大小战役。据说劳勃国王在三叉戟河上杀死雷加·坦格利安那把战锤，正是唐纳·诺伊所铸造。他已经做过琼恩永远也不可能做到的事，等到年过三十，却因一记轻微的斧伤发炎溃烂，最后不得不截掉整只手。也就是在他成了残废，这辈子的幸运已经结束的时候，唐纳·诺伊才来到长城。

"是啊，雪诺，一辈子。"诺伊道，"或长或短，操之你手。照你现在这种态度，早晚会有弟兄半夜割了你喉咙。"

"他们才不是我弟兄，"琼恩驳斥，"他们恨我，因为我比他们优秀。"

"错了，他们恨的是你高高在上的优越感。他们眼中的你，是个城里来的、自以为是小少爷的杂种。"武器匠靠近来,"记住,你不是什么大人少爷,你姓的是雪诺,不是史塔克。而现在,你不但是私生子,还是个恶霸。"

"恶霸?"琼恩差点说不出话。这指控实在太不公平,气得他喘不过气。"是他们四个先来找我麻烦。"

"他们四个人在场子里都被你羞辱过,说不定怕你怕得要死。我看过你练剑,跟你比画那不叫练习,要是你使的真剑,他们已经死上好几回了。你很清楚,我很清楚,他们也很清楚。你完全不留情面地羞辱他们,难道你觉得这样很值得骄傲?"

琼恩迟疑了。他打赢的时候的确颇感骄傲,难道他不应该么?武器师傅连这么一点点喜悦也要剥夺,还让他觉得自己好像做错了什么。"他们年纪都比我大。"他防卫性地说。

"他们是比你年长,也比你高壮。不过我敢打赌临冬城的教头一定教过你如何对付比自己高大的人。他是谁,某位老骑士?"

"是罗德利克·凯索爵士。"琼恩小心答道。他觉得对方话中有话。

唐纳·诺伊向前靠,几乎要贴上琼恩的脸。"小子,你想想罢,这儿的人在遇上艾里沙爵士以前没一个受过正式训练。他们的父亲是农民、车夫还有盗猎者,是铁匠、矿工或船上的桨手。他们的打架技巧是从甲板上,从旧镇和兰尼斯港的暗巷里,或从国王大道路边的妓院、酒馆中学来的。他们或许相互耍耍棍子,但我跟你保证,这里面没几个买得起真剑。"他一脸冷酷的表情,"所以雪诺大人,你倒是告诉我,打赢这些人真的很爽么?"

"不要这样叫我!"琼恩激动地说。但他的怒意已没了力气,突然间只觉得惭愧和罪恶感。"我不知道……我以为……"

"好好想一想,"诺伊提醒他。"不然就准备枕着匕首睡觉。行了,你回去吧。"

琼恩离开武器库时,已近中午。太阳拨开云层,露出脸来。他转身背向阳光,将视线抬至长城,看着城墙在阳光下闪着晶莹的蓝光。虽然已在此生活了好几个星期,可每当他目光触及这番景象,依旧不禁浑身颤抖。无数世代的风沙污泥,早在城墙上留下印痕,宛如一层覆盖的膜,以至于城墙有时变成了浅灰色,犹如阴霾天际……但当晴日里天光直射,**长城又仿佛有生命般闪闪发亮**,如同一道横断半天的蓝白绝壁。

当初他们在国王大道上遥遥望见长城时,班扬·史塔克告诉琼恩这是人类所造最庞大的建筑物。"毫无疑问也是最没用的。"提利昂·兰尼斯特嬉笑着加上一句。然而随着距离渐渐拉近,连小恶魔也沉默下来。若干里之外便可清楚地看到这条横亘北方地平线的灰蓝直线,毫不间断地向东西两边延展,直到消失于远方,好像在宣告:*这里便是世界尽头。*

待他们终于见到黑城堡,却发现那不过是这面广大冰墙下的木造城楼和石砌高塔,看起来简直就像散布雪地的玩具积木。黑衫军的古老堡垒远不如临冬城,甚至称不上是座像样的城堡。它没有城墙,无法抵御来自东西南三方面的攻击,守夜人部队关心的只有北方,而高耸在黑堡北边的正是绝境长城。长城高近七百尺,足足是它所庇护的要塞上最高的塔楼的三倍。叔叔说城墙之宽,足以让十二名全副武装的骑士并肩共骑。巨大的弩炮和怪兽般的投石机守卫着城墙,行走其上的黑衣军渺小如同蝼蚁。

如今站在兵器库外向上看去,琼恩感受到的震慑丝毫不亚于当日在国王大道上初见之时。绝境长城就是如此,有时你会忘记其存在,一如你对头顶长空和脚下大地司空见惯,不以为意,但有时又仿佛是举世间唯一真切的存在。它比七大王国还要古老,每当琼恩站在城墙下抬头仰望,总是觉得头晕目眩。他可以感觉到雄浑繁厚的冰层向他重压而来,仿佛城墙崩塌要将他掩埋。琼恩隐约知道,倘若哪天长城真的陷落，整个世界必将随之瓦解。

"墙外是什么，真叫人猜不透，对吧？"一个熟悉的声音道。

琼恩转过头。"兰尼斯特。我没看到——我的意思是说，我以为这儿只有我一个人。"

提利昂·兰尼斯特全身裹满毛皮，活像只小熊。"乘人不备好处多多，你永远也不知道会学到些什么。"

"从我这儿你能学到什么？"琼恩告诉他。自他们的旅途结束之后，他便很少看到这侏儒。提利昂·兰尼斯特是王后的弟弟，自然受到贵客般的款待。莫尔蒙总司令让他住在国王塔——说得好听，其实已有一百年没国王住过了——和他同桌用餐。兰尼斯特白天在长城上骑马，晚上则与艾里沙爵士、波文·马尔锡和其他高阶官员饮酒赌博。

"唉，我走到哪儿学到哪儿。"这矮子用一根粗糙的黑拐杖指着长城，"我常说……怎么前人千辛万苦把城墙盖好，后人立刻便想知道墙的另一面有什么？"他歪着头，用那双大小不一的古怪眼睛看着琼恩。"你也不例外，对不？"

"我看没什么特别。"琼恩道。他好想跟随班扬·史塔克一同出外巡猎，深入鬼影森林，好想与曼斯·雷德的野人交锋，守护王国免于异鬼侵袭，但自己心里想要什么，还是别说出来的好。"游骑兵说墙外不过就是树林、山脉和结冻的湖泊，一片冰天雪地。"

"还有害人的古灵精怪呐，"提利昂说，"可别忘了，雪诺大人。否则大伙儿干吗这么大动干戈？"

"不要叫我雪诺大人。"

侏儒扬扬眉毛。"难道我喜欢被人叫小恶魔？一旦别人发现绰号对你的杀伤力，这绰号就跟定你啦。既然他们爱给你起绰号，你就大大方方地接受，最好还装出乐在其中的样子，那他们就再也伤不了你了。"他举起拐杖指指前方。"哪，跟我走走。他们这会儿应该在大厅里弄那难吃的汤了,我正想喝点热的。"

琼恩也饿了,所以他走在兰尼斯特身边,刻意放慢脚步以配合侏儒笨拙而古怪的姿势。风势渐大,他们可以听见周围木屋嘎吱作响。远处,一道被遗忘的厚重窗户反复劈砰。一堆雪从屋顶滑下,落在他们身边,发出低沉的撞击。

"没见你的狼呢。"兰尼斯特边走边说。

"训练的时候,我把它拴在旧马房那边。他们现在把马都关在东边的马厩,所以不会碍着他。其他时候他都跟着我,我睡在哈丁塔。"

"就那座连城垛都塌掉的塔,是吗?那塔下面的广场都是碎石头,整个还歪歪斜斜,跟咱们高贵的劳勃国王酒醉后一个德行。我以为那些塔早就废弃不用了。"

琼恩耸耸肩道,"反正没人管你睡哪儿。这些古堡几乎都荒废了,爱睡哪里随便你。"黑城堡曾经拥有多达五千名全副武装、鞍马齐备、仆从如云的战士。如今却只剩十分之一的数量,建筑也纷纷沦为荒颓废墟。

提利昂·兰尼斯特的笑在冷空气里蒸腾。"那我就请你老爸务必在你那座塔垮塌之前,多抓几个石匠过来。"

琼恩听得出话中的嘲弄意味,却无法否认那是事实。守夜人一共沿长城建了十九座雄伟要塞,如今只剩三座仍有部队驻守:高耸的东海望在强风吹拂的灰暗海滨,影子塔坚毅地伫立于长城边陲的群山之中,黑城堡则位于两者之间,地处国王大道尽头。其他堡垒早已被人遗忘,现在都成了孤独的鬼城,冷风飕飕吹过黑窗,死者幽灵游荡其中。

"我一个人住比较好,"琼恩固执地说,"其他人很怕白灵。"

"他们倒聪明。"兰尼斯特说。他随即转变话题,"最近大家都在议论你叔叔,他是不是出去太久了?"

琼恩忆起自己失望之下的幻想,那幅班扬·史塔克倒卧雪地的景象,立刻撇过头去。侏儒很擅察言观色,他可不想让他瞧见自己眼中的罪恶感。"他说会赶在我命名日前回来。"他坦承。但他的命名日早在两周前便已悄无声息地来了又去。"他们是去找威玛·罗伊斯爵士,此人的父亲是艾林公爵的封臣。班扬叔叔说他们会一直搜索到影子塔,一路深入群山。"

"听说近来有不少游骑兵好手失踪。"他们一边登上大厅的阶梯,兰尼斯特一边说,接着嘻嘻笑着打开门。"也许古灵精怪今年特别饿罢。"

厅堂内,虽然炉火熊熊,仍旧感觉地方宽敞,寒气逼人。乌鸦栖息于高敞的木天花板上,在众人头顶嘎嘎叫着。琼恩从厨子手中接过一碗肉汤和大块黑面包。葛兰、癞蛤蟆和其他几人坐在最靠近火炉的长凳上,彼此粗声笑闹咒骂。琼恩若有所思地看了他们一会儿,然后在大厅的角落挑了个位子坐下,远远离开其他人。

提利昂·兰尼斯特坐在他对面,一脸狐疑地嗅着浓汤。"大麦、洋葱、胡萝卜,"他喃喃念道,"这些煮饭的到底知不知道芜菁不能当肉啊?"

"这是羊肉浓汤耶。"琼恩脱下手套,探手到汤碗溢出的热气里取暖。闻到肉香他口水都流了下来。

"雪诺。"

琼恩认得艾里沙·索恩的声音,但这回话中却有种他从前没听过的语气,他转过头。

"司令大人要见你。现在就去。"

一时之间琼恩吓得不敢动弹。为什么总司令要见他?难道他们有了班扬的消息,他胡乱揣测,叔叔一定是死了,他的想象果然成真。"是我叔叔的事吗?"他冲口而问,"他平安回来了吗?"

"司令大人可不习惯等人。"艾里沙回答,"而我更不习惯下了命令还要听野种问东问西。"

提利昂·兰尼斯特霍地跳下长凳,站起身道:"够了,索恩,你吓着他了。"

"兰尼斯特,你少管闲事,在这儿你没资格说话。"

"在朝廷里就不一样喽。"侏儒微笑,"我只消几句,你下半辈子就准备当个孤苦老人,别想再训练小毛头了。快告诉雪诺熊老找他干吗,到底是不是他叔叔的事?"

"不是。"艾里沙道。"完全两码子事。今天早上有信鸦从临冬城飞来,带来他弟弟的消息。"他更正道,"应该说是他同父异母的弟弟。"

"布兰,"琼恩倒抽一口气,挣扎着起来,"布兰出事了。"

提利昂·兰尼斯特伸手搁在他臂膀上。"琼恩,"他说,"我真的很遗憾。"

琼恩几乎没听到他的话。他拨开提利昂的手,大跨步穿过厅堂,到门边时跑了起来。他一路冲过积雪,狂奔至司令官堡垒。守卫让他通过,他三步并作两步奔上塔顶。等冲到总司令官面前,琼恩已经满身大汗,喘不过气来。"布兰,"他说,"信上说布兰怎样了?"

守夜人军团总司令杰奥·莫尔蒙是个坏脾气的老人,一把灰胡子,顶着个大光头。他正拿玉米粒喂食停在手上的乌鸦。"我听说你识字。"他把乌鸦挥开,它拍着翅膀飞到窗边,然后蹲坐下来看着莫尔蒙从腰际抽出一张卷好的纸交给琼恩。"玉米,"它刺耳地叫道,"玉米,玉米。"

琼恩的手指在已拆封的白蜡印记上摸索,顺着冰原狼的轮廓。他认出这是罗柏的字迹,但随着阅读,信本身却模糊旋转起来,他方才明白自己在哭。透过泪水,他拼凑出信上的意思,抬起头。

"他醒了。"他说,"诸神让他活过来了。"

"但也残废了。"莫尔蒙道,"小子,我很遗憾。把信读完罢。"

他把视线移回信上,但上面写什么已经不重要了。什么都不重要了。布兰活了下来。"我弟弟活下来了!"他告诉莫尔蒙。总司令摇摇头,拾起一把玉米,吹声口哨。乌鸦立即飞上他肩头,叫道:"活了!活了!"

琼恩满脸笑容,手中握着罗柏的信奔下楼梯。"我弟弟活下来了!"他告诉守卫。他们互看一眼。他跑回厅堂,发现提利昂·兰尼斯特刚吃完东西。他一把抓住小个子的腋下,将他抱到半空转圈。"布兰活下来了!"他喊。兰尼斯特一脸惊讶的表情。琼恩放下他,把信塞到他手中。"这里,你自己读。"

其他人聚集过来,好奇地看着他。琼恩看到葛兰站在几尺之外,一只手上绑着厚厚的羊毛绷带。他看起来既焦虑又不安,一点都不凶恶。于是琼恩朝他走去,葛兰见状立即后退,同时举手说:"小杂种,你离我远点。"

琼恩微笑道:"把你手腕弄成这样,我很抱歉。以前罗柏也用同样的招式对付我,虽然用的是木剑,可七层地狱,真他妈的痛。我想你的伤势一定更严重。这样罢,如果你愿意,改天我来教你如何克制这招。"

艾里沙·索恩爵士听到了这句话。"哟,雪诺大人这下想抢我的位子啦。"他冷笑道,"我看教狼变魔术都比教这些笨牛容易。"

"艾里沙爵士,我就跟你赌。"琼恩说,"我倒是很想看白灵变魔术。"

琼恩听见葛兰吓得倒抽一口冷气。四周一片死寂。

接着提利昂·兰尼斯特捧腹大笑起来。邻近餐桌上三名黑衣弟兄也跟着笑。笑声快速散播,连厨师们也忍不住加入。梁木上的鸟群被笑声惊动，最后连葛兰也咯咯笑了起来。

只有艾里沙爵士从头至尾没有将视线从琼恩身上移开。待笑声渐止，他一脸阴沉，右手握拳。"雪诺大人，你犯了一个很严重的错误。"最后，他用对仇人的口吻说。

艾德

　　艾德·史塔克浑身酸痛,又累又饿,心情恶劣地骑马穿过红堡高耸的青铜大门。御前总管前来通知他派席尔大学士召开紧急的御前会议,希望新任首相方便的话能大驾光临时,他人还在马背上,心里只想好好泡个热水澡,来只烤鸡或烤鸭,然后在羽毛床上睡个觉。"方便的话,改成明天。"奈德下马时没好气地说。

　　总管恭敬地一躬到底。"首相大人,那我就转告重臣们,您不便出席。"

　　"算了,该死的。"奈德道。还没上任便先把朝廷重臣给全得罪光那怎么成。"我这就去见他们。但请先给我几分钟,容我换上比较正式的服装。"

　　"是的,大人。"总管说,"我们已经把艾林大人以前在首相塔的房间都给您准备好了,如您愿意,我这就差人把您的东西给送过去。"

　　"有劳了。"奈德边说边扯下骑马戴的手套,塞进腰带。身后,他的家人和臣属正陆续进入大门。奈德看到管家维扬·普尔,便叫住他,"看来宫里好像有急事找我。好好安顿我女儿,告诉乔里叫她们待在房里。不准艾莉亚到处乱跑。"普尔欠身。奈德转身对御前总管说:"我的马车还在城里半路上。我需要合适的衣服。"

　　"为您服务是我莫大的荣幸。"总管道。

　　于是,筋疲力尽的奈德,就这么穿着借来的衣服,大步走进议事厅,发现四名重臣正在等他。

　　议事厅的陈设极为华丽。地板上铺的是密尔地毯,而非灯芯草席。房间一角摆着一幅来自盛夏群岛的木屏风,上面雕刻有上百种栩栩如生、色彩斑斓的珍禽异兽。墙壁上则挂满了诺佛斯、科霍尔和里斯产的精美织锦。门两侧是一对瓦雷利亚的狮身人面兽雕像,圆润的红榴石双眼在黑色大理石的脸上显得炯炯有神。

奈德前脚刚踏进房间,几位重臣中他最嫌恶的太监瓦里斯便靠了过来。"史塔克大人,我听说了您在国王大道上遇到的麻烦事儿,真令人遗憾哪。我们都去圣堂为乔佛里王子点了蜡烛,祈祷他早日康复。"他的手在奈德袖子上留下脂粉的痕迹。他浑身散发出腐败的甜腻气息,闻起来活像生在坟墓上的花。

"你的神想必听到了你的祷告,"奈德冷淡而有礼地回答,"王子的健康状况已日渐好转。"他从太监掌中抽出手,穿过房间朝蓝礼公爵走去。蓝礼正站在屏风旁,小声地和一名矮个男子交谈,那人必是小指头无疑。劳勃刚夺下王位时,蓝礼不过是个七岁小男生,如今他已长大成人,神貌酷似其兄,奈德为此觉得极不自在:每次见到他,都仿佛时光倒流,看到那个英气勃发,甫从三叉戟河得胜归来的劳勃站在面前。

"史塔克大人,看来您安然抵达了。"蓝礼道。

"您不也是。"奈德回答,"恕我直言,有时候您和您哥哥劳勃真像一个模子打出来的。"

"我哪比得上他。"蓝礼耸耸肩。

"您至少穿得比他好。"小指头俏皮地说,"蓝礼大人花在衣服上的钱,宫里的夫人太太恐怕都没几个比得上。"

此话倒是不假。蓝礼公爵穿着暗绿天鹅绒紧身衣,上面绣了十二头金色雄鹿。一边肩头潇洒地垂着织金半披风,用一枚翡翠胸针别起。"这应该算不上滔天大罪。"蓝礼笑道,"瞧瞧你穿的什么德行,那才失礼。"

小指头不理会他的嘲笑。他嘴角挂着近乎轻慢的微笑看着奈德。"史塔克大人,这些年来我一直想见见您。我想凯特琳夫人应该向您提起过我吧？"

"她是提过。"奈德冷冷地答道。对方这句傲慢中带着促狭的话惹恼了他。"如果我没记错的话，你也认识我哥哥布兰登。"

蓝礼·拜拉席恩哈哈大笑。瓦里斯则曳步凑来。

"我跟他很熟。"小指头道，"至今身上都还留着他的纪念。布兰登也提起过我？"

"常提起你，多半是火冒三丈的时候。"奈德说，心中希望就此结束这个话题。他对这类文字游戏素无兴趣。

"我还以为你们史塔克家的人没那么大火气，"小指头说，"在我们南方，大家都说你们是冰做的，一过颈泽便要融化。"

"贝里席大人，您大可放心，我并不打算太快融化。"奈德朝会议桌移去。"派席尔师傅，我瞧您身体还很硬朗。"

大学士从他长桌尾端的长椅上抬头，露出微笑。"大人，以我这把年纪，有这样的身体很不错了。"他答道，"啊，只是容易疲劳。"他有张慈蔼的脸，几束白发垂挂在早已秃光的额头两边。他的学士项圈并非鲁温那种简单的金属制品，而是由二十四种金属片所串成的沉重项链，从喉头一直垂到胸膛。颈链用人类所知的每一种金属打造而成：黑铁和红金，发亮红铜和沉重的铅，精钢、锡和黯淡的白银，黄铜、青铜与白金。石榴石、紫水晶和黑珍珠装饰着金属链，翡翠和红宝石点缀其间。"我们不妨开始罢。"大学士把手放在大肚子上反复揉搓，"再等下去，只怕我就要睡着了。"

"如您所愿，"国王在会议桌的首位空着，那椅子靠背上用金线绣着拜拉席恩家族的宝冠雄鹿。奈德拣了国王右边，象征国王右手的位子坐下。"诸位大人，"他正色道，"很抱歉让大家久等。"

"史塔克大人，您是国王的首相，"瓦里斯道，"为您效劳就是我们职责所在。"

眼看其他人纷纷在自己固有的座位落座,艾德·史塔克才猛然惊觉此时此地自己是多么格格不入。他忆起劳勃在临冬城墓窖里对他说过的话——我身边净是些白痴和马屁精。奈德朝会议桌看去,暗自揣测哪些是白痴,哪些又是马屁精。答案他已了然于心。"我们只有五人。"他指出。

"国王北行之后没多久,史坦尼斯大人便回了龙石岛。"瓦里斯道,"至于我们英勇的巴利斯坦爵士,此刻无疑正随侍国王身边,护送他穿过城市罢。身为御林铁卫队长,这是他职责所在呢。"

"或许我们该等巴利斯坦爵士和陛下加入之后再开始。"奈德提议。

蓝礼·拜拉席恩朗声笑道:"要等我老哥赏脸,那不知到何年何月啰。"

"我们亲爱的劳勃国王有太多事情需要操心,"瓦里斯说,"所以便将鸡毛蒜皮小事交给我们,以减轻负担。"

"瓦里斯大人的意思是说,凡是牵涉财政、农获和律法的事务,我王兄听了就头痛。"蓝礼公爵道,"所以管理国家就落到我们头上了。他倒是不忘记时不时交代些什么下来。"他从袖子里抽出一张裹紧的纸放在桌上。"比如今天早上,他吩咐我提前全速进城,请派席尔大学士立刻召开这次会议。他有项紧急差事交给我们办。"

小指头微笑着将信笺交给奈德,上面盖了王家印信。奈德用拇指揭开蜡印,摊平信纸,想看看国王的紧急命令究竟是什么。他越读越难以置信,劳勃到底要胡闹到什么地步才罢休?还是以他的名义,这简直是雪上加霜。"天杀的。"他不禁咒道。

"奈德大人的意思是说,"蓝礼公爵宣布,"国王陛下指示我们举办一次盛大的比武竞技,以庆祝新首相上任。"

"要花多少钱？"小指头兴趣索然地问。

奈德从信上念出答案："优胜者赏四万金龙币，居次者赏两万金龙币。团体近身战的优胜者也是两万，射箭优胜则是一万。"

"一共九万金币。"小指头叹道，"还得加上其他开销。想也知道劳勃一定要大宴宾客。也就是说我们需要厨师、木匠、女侍、歌手、戏子伶人和杂耍傻子……"

"傻子我们倒是不愁找到。"蓝礼公爵说。

派席尔总师看着小指头问："国库付得出这笔款子？"

"哪来的国库？"小指头撇撇嘴，"大学士您就别装蒜了，你我都很清楚国库已经空了好多年。还不是得伸手借钱，想必兰尼斯特家会很乐意支援。反正咱们已经欠了泰温大人三百多万金龙，再借个几十万算什么？"

奈德震惊无比。"你说王室负债高达'三百万'金币？"

"史塔克大人，**此刻王室负债总额超过六百万**。兰尼斯特家是最大的债主，但我们也向提利尔大人、布拉佛斯的铁金库，还有好些泰洛西商行借过款。最近我不得不另辟财源，把主意动到了教会头上，总主教大人讨价还价的本领之高，连多恩的鱼贩都比不上。"

奈德简直错愕到无以复加。"伊里斯·坦格利安留下了堆积如山的金银财宝，你怎么会让它沦落到这步田地？"

小指头耸肩："财政大臣只管找钱，花钱的是国王和首相。"

"琼恩·艾林绝不会允许劳勃这样挥霍。"奈德忿忿地说。

派席尔总师摇摇他那颗光头，项链轻声作响。"艾林大人固然精打细算，但恐怕国王陛下不见得都听从睿智的谏言。"

"我王兄热爱比武竞技和山珍海味，"蓝礼·拜拉席恩道，"他最讨厌所谓的'数铜板'。"

"我会跟陛下谈谈，"奈德说，"这么铺张浪费的比赛，国家

可负担不起。"

"跟他谈谈当然很好,"蓝礼公爵道,"不过我们还是先着手订个计划吧。"

"改天再议。"奈德说。从他们的眼神看来,他的口气似乎太尖锐了点。要想治理,他就必须牢记,自己已不是临冬城万人之上的领主身份,在这里他不过是地位平等的重臣之首罢了。"诸位大人,请原谅我。"他改用较和缓的口气,"我实在是累了。我们今天就到此为止,等我精神好些时再继续。"说完他没有征求其他人同意,便突然站起身,朝在座的重臣一一点头后,径自离开。

出到门外,只见马车和骑士依旧不断从城堡大门拥入,庭院里一片混乱,充斥着泥土、马臊味和叫喊不停的人声。有人告诉他国王还在路上。自三叉戟河的意外发生之后,史塔克家族和他们的部属便走在车队的最前面,远离兰尼斯特家族,避开两派逐渐升高的紧张气氛。劳勃几乎没有露面,据说他待在轮宫,成天喝得酩酊大醉。若真是如此,他应该还要几个小时才会出现,这已经比奈德期望的要早上许多了。如今他只消看看珊莎的脸,就觉得心中怒火又要升起。旅途的最后两周实在苦不堪言。珊莎责怪艾莉亚,说被杀的应该是娜梅莉亚。艾莉亚在得知屠夫学徒的死讯后就魂不守舍。珊莎每晚哭着入眠,艾莉亚一声不吭地独自忧伤,艾德·史塔克自己则梦见了一个专为临冬城史塔克家人准备的冰冻地狱。

他穿越外庭,走过闸门,进入内院,正朝他印象中首相塔的所在走去时,小指头突然出现在面前。"史塔克,你走错路了,跟我来。"

奈德犹豫不决地跟着他,小指头带他进入一座塔,下了一道蜿蜒的阶梯,穿越一个凹陷的小庭院,沿着荒废的回廊行走。两旁墙壁,一副副无人使用的铠甲好似站立的卫兵。他们是坦格利安家族遗留下来的历史陈迹,黑色精钢打造,头盔镶着龙鳞,但如今积满

211

灰尘，早已被人遗忘。"这不是通往我居室的路。"奈德道。

"我说过是吗？我正打算把你引进地牢，割了喉咙，再把你的尸体封进墙里。"小指头语带讥讽，"史塔克，我们没时间废话，尊夫人正等着你。"

"小指头，你到底耍什么把戏？凯特琳人在临冬城，离此数百里之遥。"

"哦？"小指头灰绿色的眼睛里闪着饶富兴味的光芒。"那么此人的易容术果真不同凡响。我说最后一次，要么跟我来，不然我就把她据为己有啰。"

他快步走下阶梯。

奈德满怀戒心地跟上，心里不知这一天究竟何时才会结束。他对这些心机巧诈毫无兴趣，但已逐渐开始理解，对于小指头这样的人，权术和阴谋就是家常便饭。阶梯底端有一扇橡木和铁条制成的厚重门扉。培提尔举起门闩，挥手示意奈德进去。他发现他们正置身位于河流之上的峻峭绝壁，浸沐在黄昏的红晕里。"我们在城堡外面。"奈德道。

"你还真不好骗嘛，史塔克。"小指头傻笑道，"到底是太阳还是天空泄露了秘密？跟我来，岩壁上挖了可供攀附的凹洞。小心别摔死，否则凯特琳永远也不会原谅我。"说完他翻身便往下爬，动作像猴子一般灵敏。

奈德仔细审视了岩壁一会儿，然后慢慢地跟着下去。峭壁上果真如小指头所言，刻有浅浅的凹洞，除非你原本就知道，否则从悬崖下根本无从发现。河流离他们有一段高到令人晕眩的距离。奈德把脸贴上岩石，除非必要，尽量不往下看。

最后他总算好不容易到达底部，旁边是一条狭窄而泥泞的水滨小径，小指头正懒洋洋地靠在岩石上啃苹果。他已经快吃完了。"史塔克，你老了不中用啦。"他边说边随手把苹果核丢进激流，

"没关系,接下来我们骑马。"两匹马正等在那里,奈德骑上,催马快步跟在他身后,顺着小路朝城市去。

最后贝里席在一栋看起来摇摇欲坠的三层木造建筑前停了下来。窗户透出灯光,在逐渐黯淡的暮色里显得特别明亮。乐声和刺耳的笑闹从内散溢,在河面上飘荡。门边有一条沉甸甸的链子挂着盏华丽的油灯,外面盖着加铅的红玻璃灯罩。

艾德·史塔克愤怒地跳下马。"这是家妓院。"他抓住小指头肩膀把他推得团团转,"走大老远的路,结果你竟带我上妓院?"

"你老婆在里面。"小指头说。

他再也忍耐不住。"布兰登对你太仁慈了!"奈德说着把小个子狠狠地往墙上撞去,抽出匕首指向他留着胡子的尖下巴。

"大人,快停手。"一个焦急的声音唤道,"他说的是实话。"背后传来脚步声。

奈德握刀转身。只见一个身穿褐色粗布衣服,下颌的软肉随着跑步不住颤动的白发老人急急忙忙朝他们跑来。"这不干你的事。"奈德才刚开口,突然认出来者。他放下匕首,惊讶万分。

"罗德利克爵士?"

罗德利克爵士点点头。"夫人在楼上等您。"

奈德糊涂了。"凯特琳真的在这里?不是小指头的恶作剧?"他收起武器。

"我有那本事倒好,史塔克。"小指头道,"随我来罢。还有,脸上表情露骨一点,不要一副正襟危坐的首相模样。你要是被认出来,那可就糟了。不介意的话,经过时摸两把奶子。"

他们走进屋内,穿过拥挤的大厅,有个胖女人正唱着歌词淫秽的曲子,身穿轻薄罗衫的美少女坐在恩客腿上撒娇。没人理会奈德。罗德利克爵士等在楼下,由小指头领他走上三楼,穿过回廊,进了门。

凯特琳正在里面,她一见他便叫出声来,朝他飞奔过去,紧紧地抱住他。

"夫人。"奈德惊讶地轻声说。

"哟,好极了。"小指头说着关上门,"您认得她。"

"大人,我好怕你不会来。"她贴在他胸膛上细语,"培提尔一直捎来你的消息。他告诉我艾莉亚和年轻王子的事了。我的乖女儿们都还好吗?"

"她俩都很难过,也很愤怒。"他对她说,"凯特,我不懂。你来君临做什么?发生了什么事?"奈德询问妻子。"是布兰的事?难道他……"死这个字几乎就要脱口而出,但他无法启齿。

"是布兰的事,但不是你想的那样。"凯特琳道。

奈德更摸不着头脑。"那是怎么回事?亲爱的,你为什么会在这里?这又是什么地方?"

"你觉得这里看起来像什么?"小指头说着在窗边落座。"这就是家妓院。还有什么地方比这里更不可能找到凯特琳·徒利呢?"他微笑,"说来也巧,这家店恰好就是由我经营,所以要安排很简单。我可是极力避免让兰尼斯特的人得知凯特琳在君临的消息。"

"为什么?"奈德问,这时他才看见她的手怪异的姿势,看见那尚未愈合的红色伤疤,左手小指和无名指僵硬不便的样子。"你受伤了。"他握起她的手反复检视。"老天,伤得好深……这是剑伤还是……夫人,怎么会发生这种事?"

凯特琳从斗篷下抽出一把匕首交给他。"有人带着这把刀要取布兰性命。"

奈德猛地抬头。"但是……谁……谁会这么……"

她伸出手指贴上他嘴唇。"亲爱的,让我说比较快。你好好听着罢。"

于是他仔细聆听,而她将事情始末和盘托出,从藏书塔大火、瓦里斯、前来迎接她的都城守备队一直说到小指头。等她说完，艾德·史塔克手握匕首，呆若木鸡地坐在桌边。布兰的狼救了那孩子一命，他呆滞地思索着。当初琼恩在雪地里找到那群小狼时，他说了些什么？大人，您的孩子注定要拥有这些小狼。结果他却亲手杀了珊莎的狼，到头来这是为了什么？他现在的感觉是罪恶？还是恐惧？假如这些狼实乃上天所赐，他究竟犯了何等滔天大罪？

奈德痛苦地强迫自己将思绪拉回眼前的匕首，思考隐含其后的含义。"小恶魔的刀。"他复诵。这太不合理。他紧握平滑的龙骨刀柄，将之狠狠地插进桌面，感觉它深深地咬入木头。匕首就这么立着，仿佛在嘲弄他。"提利昂·兰尼斯特为什么要布兰的命？那孩子从没招惹他。"

"你们史塔克家的人都没脑筋的？"小指头问，"小恶魔当然不会单独行动。"

奈德起身，绕着房间踱步。"难道说王后亦参与此事？或者，诸神在上，连国王他也……不，绝对不可能。"他一边说着，一边想起了那个荒冢地的清冷早晨，劳勃提到派刺客去对付坦格利安公主。他忆起雷加那尚在襁褓的儿子，血淋淋的头颅，以及国王置之不理的态度，正如不久以前他在戴瑞的会客厅里的所作所为。珊莎的哀告至今犹在耳际，一如莱安娜临终前的恳求。

"国王八成不知情。"小指头道，"这也不是第一次了，对于不想知道的事，咱们的好劳勃向来是眼不见为净。"

奈德没有答话。屠夫小弟的那张几乎被劈成两半的脸浮现在他眼前，然而国王半声也没吭。他的脑袋开始轰轰作响。

小指头晃到桌边，把匕首从木头里拔出。"无论怎样行动，都构成叛国罪。若是控告国王，只怕你话还没出口就先被伊林·派恩给宰了。若是王后……除非你能找到证据，而且能让劳勃听进去，才有可能……"

"我们有证据,"奈德道,"我们有这把匕首。"

"这个?"小指头漫不经心地把玩着匕首,"大人,这是把好刀,好刀都是两面开刃的。小恶魔肯定会辩称匕首是他在临冬城期间弄丢或是被偷。既然他雇的杀手已死,谁能证明他所言真假呢?"他把刀子轻轻抛给奈德。"我建议你还是把这玩意儿丢进河里,当它根本就不存在罢。"

奈德冷冷地看着他。"贝里席大人,我是临冬城史塔克家族的人。我的儿子成了残废,很可能还活不成。若没有那只我们在雪地里找到的小狼,他此刻已经死了,凯特琳很可能也会陪着他送命。假如你真以为我会装作没事,那你就和当年向我哥哥挑战一样愚蠢。"

"史塔克,我蠢是蠢……可还活得好好的,令兄倒已经在冰封的坟墓里发霉了十四年。你这么迫不及待要步他后尘,我也无法劝阻,不过我先声明,你可千万别把我牵扯进去,非常感谢。"

"很好,贝里席大人,不管我做什么,最不想与之为伍的人就是你。"

"这话我听了好伤心啊。"小指头伸手按住心口。"我自己嘛,总觉得你们史塔克家的人实在无趣得很,但凯特琳不知怎的始终离不开你。所以呢,为着她的缘故,我会尽量不让你送命。说来只有笨蛋才会这么做,但我就是没法拒绝你老婆的任何请求。"

"我把我们关于琼恩·艾林死因的怀疑告诉了培提尔。"凯特琳道,"他答应协助你调查真相。"

对艾德·史塔克而言,这并非好消息,不过他们确实需要援手,而小指头和凯特琳曾经情同姐弟。再说这也不是奈德第一次被迫与他所轻视的人妥协了。"好罢,"他把匕首插进腰带,"你刚说到瓦里斯,他也知道整件事的来龙去脉?"

"如果知道,也一定不是我说的。"凯特琳道,"艾德·史塔克,你娶的人可不笨。但瓦里斯有办法知道别人不可能知道的事。奈德,我相信这家伙懂得妖术。"

"他的走狗满天下,这是众所周知的事。"奈德鄙夷地说。

"不只如此,"凯特琳坚持,"罗德利克爵士和艾伦·桑塔加爵士的会面自始至终都秘密进行,但这蜘蛛不知怎么就是知道谈话内容。我很怕这个人。"

小指头微笑。"好夫人,瓦里斯伯爵就交给我来对付。容我说几句脏话——还有什么地方比这里更适合了呢?——他的卵蛋被我大大方方地捏在手掌心。"他合拢指头,笑了,"当然啰,这里假设他是个有卵蛋的男人。你不妨这么想,假如喜鹊会开口,小小鸟儿要歌唱,那么瓦里斯是不会喜欢的。好啦,如果我是你,与其担心那太监,不如多提防兰尼斯特的人。"

奈德无须小指头提醒。他想起找到艾莉亚那天的场景,想起王后当时的神情。谁说我们没有狼?那么地轻声细语。他想到男孩米凯,想到琼恩·艾林的猝死,还有布兰坠楼,以及丧心病狂的老王伊里斯·坦格利安躺在王座厅的地板上奄奄一息,他的血在镀金宝剑上慢慢干涸的场面。"夫人,"他转向凯特琳,"你留在这里也无济于事,我希望你即刻返回临冬城。所谓有其一必有其二,难保以后不会有其他刺客上门滋事。不管背后主谋是谁,他一定很快就得知布兰活了下来。"

"我本想见见女儿……"凯特琳道。

"那就太不明智了。"小指头插话,"红堡处处隔墙有耳,更何况小孩子口风不紧。"

"亲爱的,他说得有理。"奈德告诉她,一边给她拥抱,"带上罗德利克爵士,启程回临冬城去罢。我会好好照顾女儿们。回到我们的儿子身边,保护好他们。"

"那就这样,大人。"凯特琳抬起脸,奈德吻了她。她受伤的手用一种近乎绝望的力量环抱住他的背，仿佛要将他永远留在自己安全的怀抱里。

"老爷、夫人莫不借卧室一用？"小指头问，"不过我先提醒你，史塔克，在这儿开房办事是要收费的。"

"让我们独处一下就好。"凯特琳道。

"也罢。"小指头朝门边走去，"别拖太久。我和首相大人早该回到城里，以免失踪太久他人起疑。"

凯特琳走到他身边握住他的手。"培提尔，我永远不会忘记你的帮助。你手下来找我的时候，我原不知自己将落入朋友还是敌人的手中。结果我发现你不仅是朋友，还是我失散多年的弟弟。"

培提尔·贝里席微笑道："好夫人，我这人就是多愁善感，这话还请你千万别告诉他人。这些年来我在宫廷里费尽心力，想让别人以为我是个既邪恶又残酷的人，实在不愿就这么功亏一篑。"

这番话奈德是一个字也不信，但他还是彬彬有礼地说："贝里席大人，我也感谢您。"

"哟，这可是东洋宝贝。"小指头说着离开房间。

房门关上后，奈德转身面对他的妻子。"你一到家，立刻以我的名义送信给赫曼·陶哈和盖伯特·葛洛佛，命令他们各调一百名弓箭手协防卡林湾。两百弓箭手足以阻挡任何军队北上颈泽。指示曼德勒伯爵加紧维修白港的防御工事，并确保守军充足。还有，从今往后，我希望你特别看紧席恩·葛雷乔伊。倘若战争爆发，我们非常需要他父亲的舰队。"

"战争爆发？"恐惧清楚地写在凯特琳脸上。

"情势不致恶化到那个地步的。"奈德向她保证，心中暗自祈祷真是如此。他再度搂她入怀，"兰尼斯特家对待弱者毫不留情，伊里斯·坦格利安就是最好的教训。然而除非他们有全国的军力作后盾，否则决不敢进犯北方，而他们做梦也别想有那样的一天。我必须玩这场愚人的假面舞会，继续装出若无其事的样子。记得我来此的目的么，亲爱的？我要找出兰尼斯特家谋杀琼恩·艾林的证据……"

他感觉到凯特琳在他怀里颤抖，她伤残的手紧紧抱住他。"若真找到了，"她说，"接下来怎么办，亲爱的？"

接下来是最危险的部分，奈德明白。"国王乃是至高的法律仲裁，"他告诉她，"待我查明真相，我将觐见劳勃。"届时我只能祈祷他仍保有意想中的英明，而非我所恐惧的昏庸，他在心里默默地说完。

提利昂

"你真急着要走？"总司令问他。

"急不可待啊，莫尔蒙大人。"提利昂答道，"不然詹姆老哥就要担心我出了事，搞不好还以为您劝说我加入黑衣军了呢。"

"果能如此倒好。"莫尔蒙拣起一只蟹爪，"喀啦"一声用手剥开。总司令年纪虽然大了，却仍然有熊一般的力量。"提利昂，你生了副好头脑，长城守军很需要你这样的人。"

提利昂嬉笑道："莫尔蒙大人，为您这句话，我一定得把全国的侏儒通通找来给您。"趁众人哄堂大笑，他把蟹角的肉吸进嘴，伸手又拿一只。这些螃蟹当天早上才从东海望运来，送到的时候还冷冻在冰桶里，因此特别鲜美多汁。

艾里沙·索恩爵士是席间唯一没笑的人。"这兰尼斯特明明是在讽刺我们。"

"不是'你们'，艾里沙爵士，是你。"提利昂道。这次席间的笑声里隐隐带着焦虑不安的气氛。

索恩盯住提利昂，黑眼睛里带着憎恨。"我看你个头虽然半个人都不到，说起话来倒是口无遮拦。或许我们应该下场子较量较量。"

"何苦呢？"提利昂问，"螃蟹都在这儿呐。"

此话一出，众人更是捧腹狂笑。艾里沙爵士抿紧嘴唇，站了起来。"有种你拿上武器，再开玩笑试试看。"

提利昂故意看看自己右手。"哎呀，艾里沙爵士，这会儿我不就握着武器嘛，虽然只是把吃螃蟹的叉子。怎么，咱们要不要比画比画?"他跳上椅子,开始用那把小叉子戳索恩的胸膛。人们的笑声简直连屋顶都要掀翻。总司令更是连蟹肉都喷了出来,呛得边咳嗽边喘气。他的乌鸦也没闲着,从窗边大声怪叫:"比画!比画!比画!"

艾里沙·索恩爵士僵着身子离开大厅,那模样就像胸前被人插了一把匕首。

莫尔蒙仍然喘不过气,提利昂拍拍他的背。"战利品归胜利者所有,"他高声宣布,"索恩的螃蟹是我的啦。"

总司令好不容易恢复过来。"你看你把咱们的艾里沙爵士整成什么样了,你真是个坏心眼的家伙。"他责怪道。

提利昂正襟危坐,啜了口葡萄酒。"有人非要在胸前画上标靶,就该有挨箭的心理准备。比你们艾里沙爵士还有幽默感的死人我见得多了。"

"这样说就不公平了。"总务长波文·马尔锡长得又红又胖,活像颗石榴,"你应该听听他帮手下受训的小鬼起的绰号有多可笑。"

提利昂知道几个这样的绰号。"我敢打赌那些小鬼帮他取的绰号也不少。"他说,"各位大人,擦亮你们的眼睛吧。艾里沙·索恩爵士该去清理马粪,而非训练新兵。"

"守夜人一点也不缺马夫。"莫尔蒙司令咕哝道,"这年头送来的都是这路货色。不是马僮,就是小偷或强奸犯。艾里沙爵士是我接任司令以来,参加黑衣军的少数几位经正式册封的骑士。他在君临之战中表现很英勇。"

"只可惜站错了队,"杰瑞米·莱克爵士冷冷地说,"偏偏我跟他一块儿犯傻。当时我同他站在城墙上,泰温·兰尼斯特开出的条件宽厚得紧,要么穿上黑衣,不然就等着天黑前头被插上枪尖。啊,提利昂,我这话可不是找你碴。"

"没关系,杰瑞米爵士。我老爸很爱把首级挂城墙上,尤其是惹过他的人。以您这张高贵的脸嘛,呃,我看他八成会把你的头挂上国王门。我猜一定特别引人注目。"

"多谢你哟。"杰瑞米爵士面带讥讽地微笑。

莫尔蒙司令清清喉咙。"提利昂,有时候我真觉得艾里沙爵士说得没错,你的确是在嘲弄我们和我们神圣的使命。"

提利昂耸耸肩。"莫尔蒙大人,我们不时需要被嘲弄嘲弄,以免生活太过严肃。请再帮我倒点酒。"他递出酒杯。

莱克帮他斟酒,波文·马尔锡说:"你个子不大,酒量倒是不小。"

"噢,我觉得提利昂大人一点也不小。"坐在长桌末端的伊蒙学士开口道,守夜人部队的高级官员们立刻都安静下来,凝神倾听长者的话。"他是我们中的巨人,一个来到世界尽头的巨人。"

提利昂轻声答道:"好师傅,我有过的绰号不老少,可'巨人'还是头一遭听到。"

"是这样么,"伊蒙师傅道,他白浊的眼翳朝提利昂脸上移去,"我说的可是真心话。"

提利昂竟无言以对。他只有礼貌性地低头说:"伊蒙师傅,您太客气了。"

盲眼学士微微一笑。他是个瘦小的老人,满脸皱纹,头已全秃,历经沉重的百年岁月,学士颈链上的各种金属松垮地挂在他咽喉处。"我受过的谬赞也不少,可'客气'倒是头一遭听到。"这一回提利昂率先笑了。

晚膳用毕,旁人陆续离去之后,莫尔蒙请提利昂在火炉边坐下,递给他一杯烫过的酒,那酒辛辣得使他眼泪都流了下来。"我们地处极北,国王大道这里的路段恐怕不安全。"他们边喝酒,总司令官边说。

"我有杰克和莫里斯,"提利昂道,"而且尤伦正好也要南下。"

"尤伦一个人怎么够。守夜人会护送你到临冬城。"莫尔蒙的口气不容辩驳,"至少要三个人。"

"司令大人,那我就恭敬不如从命啰。"提利昂说,"您不妨派出雪诺那小子,让他跟兄弟见个面也好。"

莫尔蒙隔着厚厚的灰胡子皱眉道:"雪诺?喔,你是说史塔克那个私生子啊。我看不妥。年轻人得忘掉他们过去的生活,不管兄弟还是老妈都得放下。回家探亲只会再度激起这些早该忘却的情感。我很清楚这些事。我自己的家人……自我儿子辱没家门,只剩我妹妹梅姬接手统治熊岛,我有好些外甥女都没见过。"他灌了口酒。"再说,雪诺只是个小鬼。我要派三个强壮的战士来确保你的安全。"

"莫尔蒙大人,我真是太感激您的关心了。"烈酒让提利昂飘飘欲醉,但还不至于醉到分不清熊老有事相求的地步,"希望我能回报您的恩情。"

"你当然能,"莫尔蒙直言不讳,"令姐贵为当今王后,令兄是个伟大的骑士,令尊更是当今七国最有权势的人物。请代我们向他们请愿,告诉他们我们是如何迫切地需要援助。大人,您也亲眼看到了,守夜人部队正在逐渐凋零。我们的人力只剩不到一千,六百守在这里,两百在影子塔,东海望的驻军更少。这些人中真正能作战的还不到三分之———长城则足足有三百里之长。请您想想,要是敌人来袭,每一里我只能派三个人去守。"

"三又三分之一个。"提利昂打了个呵欠。

莫尔蒙没在意他的话,老人伸手在火炉前取暖。"我派班扬·史塔克去找约恩·罗伊斯的儿子,这人第一次出外巡逻便失踪了。罗伊斯那小子嫩得跟夏天的青草一样,可他偏要坚持亲自领队,说是身为骑士的职责。我因为不想冒犯他老爸,便由他去了。更愚蠢的是,我还派了两个部队里的顶尖好手跟他一道走。"

"愚蠢。"乌鸦同意。提利昂抬头看去,鸟儿用珠子似的黑眼睛睥睨他,抖动着翅膀。"愚蠢!"它又叫道。他很想勒死这只鸟,但想到老莫尔蒙必定会生气,只好作罢。

老司令官毫不理会那只惹人厌的鸟。"盖瑞年纪跟我差不多,但待在长城的时间更久。"他继续说下去,"他后来似乎是背弃誓言逃跑了。我本来不相信,觉得再怎么也轮不到他,直到他的首级被史塔克大人从临冬城送了来。至于罗伊斯那小子,则是音讯全无。一个逃兵,两个下落不明,这会儿连班扬·史塔克也不见踪影。"他深深叹口气。"这下我该派谁去找人呢?再过两年我都七十了,又老又疲惫,没法再撑下去。然而要是我撒手不管,谁能接手?艾里沙·索恩?波文·马尔锡?**若我连他们的真面目都看不清,我就跟伊蒙师傅一样瞎**。如今的守夜人部队不过是群郁闷不乐的小伙子和身心俱疲的老头子组成的乌合之众罢了。除了今晚跟我同桌用餐的人,我手下大概只有二十个人识字,能思考、计划或领导的人更少。从前守夜人军团每逢夏季便大兴土木,每任司令官都会加高城墙,而今我们光维持现状都非常吃力。"

提利昂明白对方话中的迫切,他不禁为眼前这位老人微微感到难过。这位前伯爵大半生都在长城度过,他需要相信自己这些年活得有意义。"我保证会向国王陛下禀报此事,"提利昂郑重地说,"我也会向家父和家兄提起。"这可不是阳奉阴违,提利昂·兰尼斯特向来说话算话。只是他没把其他的部分说出来:劳勃国王不会理睬他,泰温公爵会问他是否神志不清,詹姆则只会哈哈大笑。

"提利昂,你还年轻,"莫尔蒙道,"经历过几个冬天?"

他耸耸肩。"八九个罢,我记不清了。"

"而且都不长,对吧?"

"您说得没错,大人。"他降生于严冬之际,据学士们说,那是特别酷寒的一次冬天,整整长达三年之久,然而提利昂最早的记忆却是春季。

"我打小的时候,便听说接着长夏而来的会是更漫长的冬季。这次的夏天已经过了九年,提利昂,很快便要进入第十个年头。想想看这意味着什么罢。"

"而我小时候呢,"提利昂应道,"我奶奶告诉我,倘若有朝一日,人们都能和睦相处,知礼向善,那么诸神便会让盛夏永无止境。说不定是咱们表现得比意料中好,而传说中的永夏已经降临了哪。"他嘻嘻一笑。

守夜人军团总司令却没有开玩笑的心情。"大人,您不会蠢到相信这种事的。白昼已经渐渐缩短,这是千真万确的事。伊蒙收到过学城寄来的信,与他的推论不谋而合:夏日将尽已是不容置疑的事实。"莫尔蒙伸手紧紧抓住提利昂。"你一定得教他们了解事态的严重性。我告诉你,大人,前所未有的黑暗时代即将来临。如今森林里各种怪兽出没,包括冰原狼、长毛象和野牛一般大的雪熊,我还梦见过更可怕的东西。"

"您梦见过。"提利昂重复道,一边觉得自己需要再喝些烈酒。

莫尔蒙没听出他话中带刺。"东海岸的渔夫见过在岸边走动的白鬼。"

这次提利昂忍不住了。"兰尼斯港的渔夫还经常看到美人鱼呢。"

"丹尼斯·梅利斯特来信说山区蛮族正在南迁,成群结队地溜过影子塔,以前从没有过如此规模的迁徙。大人,他们是在逃跑啊……但是在逃避些什么呢?"莫尔蒙司令走到窗边,向外望进夜色。"兰尼斯特少爷,我这身老骨头还没有过如此寒彻心肺的感觉。我请求您，把我所说的话一字不漏地转告国王陛下。凛冬将至，当长夜降临，守夜人是唯一能保卫王国，抵挡黑暗势力自北方横扫的屏障。倘若我们没有万全准备，天知道下场会多凄惨。"

"倘若我今晚不睡觉，天知道下场会多凄惨。尤伦打定主意明早天一亮就动身。"提利昂说完起立，他已经喝得酩酊大醉，也听够了关于世界末日的预言。"莫尔蒙大人，感谢您的盛情款待。"

"告诉他们，提利昂，一定要告诉他们，想办法让他们相信。那就是你最好的感谢。"他吹声口哨，乌鸦便朝他飞去，停在他肩膀上。提利昂离开之时，莫尔蒙正微笑着从口袋里掏出谷粒喂它。

门外寒气逼人。提利昂·兰尼斯特包裹在厚重的皮毛大衣里，边戴手套，边朝司令官堡垒外站岗站得僵硬的倒霉鬼点头致意。他迈开步伐，尽他所能地加快脚步，穿过庭院，朝自己位于国王塔的房间走去。靴子踏破寒夜的覆冰，积雪在脚下嘎吱作响，呼吸如旗帜般在眼前凝结成霜。他两手抱胸，走得更快了，一心祈祷莫里斯没忘记用火炉里的热砖头替他暖被子。

位于国王塔后方的绝境长城在月光下粼粼发光，庞大而神秘。提利昂不由得驻足凝望，双腿因酷寒和运动而疼痛不已。

突然，他心生怪异的狂念，决定再看看世界尽头一眼。这可能是他这辈子最后的机会了，他心想，明天就要启程南归，而他实在想不出有任何理由重回这冰封的不毛之地。国王塔近在眼前，提利昂却不由自主地绕过它，绕过垂手可得的暖意和温床，朝长城这面广大的苍白冰壁走去。

墙南有座粗木横梁搭建的楼梯，深陷在冰层里，牢牢冻住。长长的楼梯蜿蜒曲折，如一记闪电，弯弯曲曲攀上城墙。黑衫弟兄曾向他保证这楼梯远看起来坚固，但提利昂的脚痛得实在厉害，根本没法独立攀爬。于是他走往井边的铁笼子，爬了进去，然后用力拉了三下尾端系着传唤铃的绳索。

他就这么靠着长城，站在铁栅里，漫无止境地等待。到后来，提利昂不禁怀疑自己为何自讨苦吃。当他终于决定忘记这偶发的奇想，打道回府去睡觉时，铁笼却猛地一晃，开始上升。

他缓缓上升，起初笼子颠簸不已，后来渐趋平稳。地面离提利昂脚底越来越远，铁笼不断摇晃，他紧握铁条，而即使隔着手套都能感觉到金属的寒意。他注意到莫里斯已经在房里生起炉火，心中暗自赞许。总司令的塔楼卧室则一片漆黑，看来熊老脑筋比他迟钝多了。

铁笼高过了塔楼，继续向高处缓缓攀升。黑城堡就在他脚下，镂刻于月光中。居高临下，你才发现它那些没有窗户的堡垒、崩塌的围墙和遍布碎石的庭院有多么呆板、多么空洞。远处，他看到南边的国王大道上，距此半里格之遥的鼹鼠小村的灯火，以及此起彼落、自山间倾注而下、贯穿平原的冰冷溪流，水面闪烁，月光映照。除此之外，世界便是一片由饱受冷风摧残的丘陵，嶙峋危岩和缀着残雪的野地构成的无尽荒芜。

这时他身后传来一个粗厚的声音，"他妈的，是那个矮子。"接着铁笼一阵猛烈颠簸，瞬间停止不动，悬挂在半空中，缓缓地来回摇晃，绳索咯吱作响。

"让他进来罢，天杀的。"铁笼开始朝长城平移，木头嘎吱作响，发出痛苦的呻吟。提利昂直等铁笼停止晃动方才打开闸门，跳到结冰的地面。一个体格魁梧的黑衣人正靠在绞盘上，另一个则戴着手套托住铁笼。他们用羊毛围巾裹住脸，只看得到眼睛。由于穿了好几层黑羊毛和皮革，他们看起来相当肥胖。"三更半夜的，你跑来这干啥？"站在绞盘边的人问。

"来看最后一眼。"

两人无奈地对视一眼，"小个子，爱怎么看随你。"另一人道："只要别摔下去就成，不然熊老非把咱俩皮扒了不可。"起重机下有座木造小屋，当那个拉绞盘的人开门进去时，提利昂隐约看到里面传出火盆阴暗的光亮，感到些微的暖意，然后便只剩下他孤零零一个人。

这里冷得刺骨，风像急切的情人般撕扯着他的衣服。长城比此地的国王大道还要宽敞，所以提利昂无须担心失足坠落，可地表的确太滑。黑衣弟兄们在通道上铺满了碎石，但长时间的踩踏早已磨平了地面，于是冰渐渐填满砂砾间的缝隙，吞噬了碎石。等到通道被再度磨平，又得重新铺上碎石。

好在眼前的情况，提利昂还不至于应付不过。他朝东西两边远望，看着长城如一条无始无终的白色大道延伸而出，两侧则是黑暗深渊。他决定朝西走，也说不出什么原因。他靠着北边，顺着看来才刚铺过碎石的通道，提步往那个方向走去。

暴露在外的双颊被冻得通红，双脚也早就在抗议，但他不加理会。狂风在他耳际怒吼，碎石在他脚下嘎吱作响，长城在他前方沿丘陵蜿蜒，有如白色蝴蝶结般，渐渐升高，最后消失于西边的地平线。他走过一台高如城墙的庞大投石机，它的底座深深地陷入长城，投掷臂被拆下来维修，却忘了装回去，于是它便像个坏掉的玩具般躺在那儿，半掩在冰层里。

从投石机彼端传来一声不太清晰的盘问："是谁？不许动！"

提利昂停下来。"琼恩，我要是不动，非冻死在这里不可。"他边说边看到一个毛茸茸的白影悄悄地朝他跑来，凑着他的毛皮衣物嗅个不休。"哈啰，白灵。"

琼恩·雪诺朝他走来。他穿了一层又一层的毛皮和皮革，模样显得更为魁梧高壮，斗篷的兜帽拉下来遮住了脸。"兰尼斯特，"他边说边拉开盖住嘴巴的围巾，"想不到会在这里碰见你。"他带了一支比他人还高的铁头重矛，佩剑装上皮套，悬在腰际。他的胸前则挂着一支发亮的黑色镶银号角。

"我也想不到在这里竟还会被人发现。"提利昂坦承,"我突然有个念头,如果我摸摸白灵,他会把我的手给咬掉么?"

"如果我在场就不会。"琼恩向他保证。

提利昂搔搔白狼的耳背。它那双红眼睛无动于衷地看着他。这只野兽已经长到他胸口这么高了。再过一年,提利昂阴沉地想,它搞不好会长得比他还高。"你今晚在这干啥?"他问,"莫非想把命根子给冻掉……"

"我抽到值夜班的签。"琼恩说,"也不是第一次了。好心的艾里沙爵士要守卫长对我'多加关照'。他大概以为只要让我半夜无休,我就会在晨训时打瞌睡。但到目前为止我让他失望了。"

提利昂嘿嘿一笑:"那白灵会变魔术了没?"

"还没。"琼恩微笑道,"但葛兰今早上已经可以和霍德一较高下,派普也不再像以前那样老是掉剑了。"

"派普?"

"他本名是派普尔,就是那个生了双招风耳的矮个男生。他看到我和葛兰在练习,便跑过来请我也教教他。索恩连握剑的正确姿势都没教他。"他转身看看北方。"我还有一里的长城要巡逻,一起走走?"

"你走慢点就可以。"提利昂道。

"守卫长只交代我必须一直走动,血液才不会冻住,倒没说走多快。"

于是他们结伴同行,白灵则像道白影般跟在琼恩身旁。"我明天一早离开。"提利昂道。

"我知道。"琼恩的语气听来怪异地感伤。

"我打算在临冬城稍事停留。所以你若有什么口信要我转达……"

"跟罗柏说我以后会当上守夜人军团的司令官,保护他的安全，所以他不妨跟女孩子们学学针线，然后叫密肯把他的佩剑熔掉，拿去做马蹄铁吧。"

"你兄弟块头大我那么多，"提利昂笑道，"我拒绝传达可能会惹来杀身之祸的口信。"

"瑞肯一定会问你我何时才能回家。想办法跟他解释我去了什么地方。告诉他我不在的时候，我所有的东西都归他管，他听了一定会很高兴的。"

今天有事相求的人还真多，提利昂·兰尼斯特心想。"其实，你可以写封家信。"

"瑞肯还不识字。至于布兰嘛……"他突然停下来，"我不知该捎什么口信给他。提利昂，帮帮他罢。"

"我能帮上什么？我不是学士，没法治疗他的病痛。我也没有魔咒可以让他双腿复原。"

"你在我最需要的时候帮了我一把。"琼恩·雪诺道。

"我什么也没给你，"提利昂说，"只讲了几句废话。"

"那就对布兰也讲几句罢。"

"你这分明是叫瘸子教残废跳舞，"提利昂说，"无论教得再好，只会惨不忍睹。但我也懂得手足之情，雪诺大人。我会尽我所能帮助布兰。"

"谢谢你，兰尼斯特大人。"他脱下手套，伸出手，"好朋友。"

提利昂发现自己竟意外地大受感动。"我的亲戚多半是些王八蛋，"他咧嘴笑道，"而你是第一个跟我做朋友的人。"他用牙齿咬住手套脱下来，然后握住雪诺的手，肉贴着肉。男孩握得坚定有力。

等琼恩·雪诺重新戴上手套，他突然转身走到北面冰冷的低矮城垛边。城墙以外高度骤降，只剩一片暗黝寒荒。提利昂跟了过去，两人便这么肩并肩站在世界的尽头。

守夜人军团绝不让森林延伸到长城以北半里之内，原本生在这范围内的铁树、哨兵树和橡树，早在几百年前便被砍伐干净，辟出一块开阔的空地，如此一来，任何敌人都不可能在不被发现的情况下前来进犯。但提利昂听说，最近几十年来，野生的树林已经在三座堡垒之间的某些要塞处重新长了回来，灰绿的哨兵树和惨白的鱼梁木已经根深蒂固地落脚于城墙阴影之下。好在黑城堡柴火用量惊人，黑衫弟兄们才得以用斧头把树林排拒在外。

虽然如此，森林却也离他们不远。站在这里，提利昂可以看到阴暗的树木笼罩着空地的边缘，如同又一道与城墙平行的暗夜长城。而即便月光，也无法穿透那亘古的盘根错节，所以鲜少有人前去伐木。游骑兵说那里的树长得奇高无比，看起来像在沉思冥想，厌恶活人。难怪守夜人称其为鬼影森林。

提利昂站着远望，四周寂静黑暗，全无灯火光影。劲风疾袭，冷如刀割。他突然觉得自己仿佛开始相信关于人类公敌、寒夜异鬼的种种传说了，他那些古灵精怪的玩笑也不再轻薄。

"我叔叔就在那儿。"琼恩·雪诺拄着长矛，望向无尽黑暗，轻声道。"他们派我上来的第一个晚上，我以为班扬叔叔当晚便会回来，而我会第一个见着他，吹响报讯的号角。只是他当夜没有回来，一直没有，而我夜夜都在等他。"

"多给他点时间罢。"提利昂说。

遥遥北疆传来一声狼号，跟着一只接一只的野狼加入长吼。白灵侧头倾听。"如果他不回来，"琼恩·雪诺向他保证，"我就和白灵一起去找他。"他把手放在冰原狼的头上。

"我相信你。"提利昂说，然而他心里想的却是：在那之后，派谁去找你呢？他不禁打了个冷战。

艾莉亚

那天父亲大人又是很晚才来用饭，艾莉亚看得出他又跟朝廷闹意见了。当艾德·史塔克大跨步走进"小厅"的时候，晚餐的第一道菜，那锅浓稠的南瓜甜汤，早已被撤下桌去。他们把这儿叫做"小厅"，用以区别国王那足以容纳千人的大厅。话虽如此，这里却也不小，这是一间有着高耸圆顶的狭长房间，长凳上坐得下两百号人。

"大人。"父亲进来时，乔里开口说。他站起来，其余的侍卫也立即起身，他们个个穿着厚重的灰羊毛滚白缎边的新斗篷，褶层上绣了一只银手，标示他们是首相的贴身护卫。由于总共才五十人，因此长凳显得空荡荡的。

"坐下罢。"艾德·史塔克道，"我很高兴这城里就你们还有点常识，至少知道先开动。"他示意大家继续用餐，侍者端出一盘盘用蒜头和草药包裹的烤排骨。

"老爷，外面人人都在传说要举办一场比武大会。"乔里坐回位子，"听说全国各地的骑士都会前来，为您的荣誉而战，庆祝您走马上任。"

艾莉亚看得出父亲对此不甚高兴。"他们怎么不说这是我最不愿见到的事？"

珊莎的眼睛睁得跟盘子一样大。"比武大会。"她吸了口气。她坐在茉丹修女和珍妮·普尔中间，在不引起父亲注意的范围内，尽可能离艾莉亚远远的。"父亲大人，我们可以去吗？"

"珊莎，你知道我对这件事的看法。这档蠢事分明是劳勃自己的主意,我帮他筹办也就算了,还得假装受宠若惊,但那不代表我必须带女儿去参加。"

"哎哟,拜托嘛。"珊莎说,"人家好想去。"

茉丹修女开口:"老爷,届时弥赛菈公主也会出席,而她年纪比珊莎小姐还小。遇到这种盛事,宫廷里的仕女们都应该出席。更何况这届比武大会以您之名举办的,您的家人若不到场,可能有些不妥。"

父亲神色痛苦。"我想也是。也罢,珊莎,我就帮你安排个席位。"他看看艾莉亚,"帮你两个都弄个席位。"

"我才没兴趣参加什么无聊的比武会呢。"艾莉亚说。她知道乔佛里王子到时候一定也在场,而她恨死乔佛里王子了。

珊莎昂头道:"这会是一场盛况空前的庆祝。本来也没人希望你参加。"

父亲听了满脸怒容。"够了,珊莎。再说下去,小心我改变主意。我已经被你们俩没完没了的争吵给烦死了。再怎么说你们都是亲姐妹,我希望你们像姐妹一样相亲相爱,知道了么?"

珊莎咬着嘴唇点点头,艾莉亚低头不快地盯着眼前的餐盘,感觉到泪水刺痛眼睛。她愤怒地抹掉眼泪,决心不要哭。

四周只剩下刀叉碰触的声音。"很抱歉,"父亲对全桌的人说,"今晚我没什么胃口。"说完他便走出小厅。

他离开之后,珊莎立刻兴奋地和珍妮·普尔窃窃私语起来。坐在长桌彼端的乔里有说有笑,胡伦也开始大谈马经。"我说啊,你那匹战马实在不是比武的最佳选择,这和平时骑完全是两码事,懂吗?完全两码事。"这套说词其他人很早就听过,戴斯蒙、杰克斯和胡伦的儿子哈尔温齐声要他闭嘴,波瑟则叫人多来点葡萄酒。

偏偏没人跟艾莉亚说话。其实她也不在乎,她还挺喜欢这种情形。若非大人们不准,她宁愿躲在卧房里吃。遇到父亲和国王、某某爵爷或某某使节共进晚餐的时候,她就可以得逞。不过多半,她跟父亲和姐姐三人在首相书房里用餐。每当这种时候,艾莉亚最想念哥哥弟弟。她想取笑布兰,想跟小瑞肯玩闹,想让罗柏含笑看着自己。她想要琼恩弄乱她的头发,叫她"我的小妹",然后和她异口同声说出一句话。如今她只有珊莎为伴,但除非父亲逼迫,否则珊莎一句话都不和她讲。

从前在临冬城,他们常在城堡大厅用餐。父亲总是说,做领主的必须要和手下一同进食,如此才能留住他们的心。"你不但要了解自己的部下,"有次她听父亲这么对罗柏说,"还必须让他们也了解你。别想叫你的手下为一个他们所不认识的人卖命。"在临冬城,他总会在自己的餐桌上特别留出一个座位,每晚请来不同的人。如果请来维扬·普尔,谈的便是财务状况、粮食补给和仆人们的事。下次若换成密肯,父亲便会听他分析盔甲宝剑,解说炼钢打铁时风炉的热度。有时候则是三句不离养马的胡伦,管理图书室的柴尔修士,或是乔里和罗德利克爵士,甚至是最会说故事的老奶妈。

艾莉亚最喜欢坐在父亲桌边听他们说话,她也喜欢听坐在下方长凳上的人们说话:坚毅粗鲁的自由骑手,彬彬有礼的成年骑士,口无遮拦的年轻侍从,饱经风霜的沙场老兵。以前她常朝他们丢雪球,或帮他们从厨房里夹带馅饼。他们的妻子会烤饼给她吃,她则替她们的宝宝起名字,和她们的孩子玩"美女与怪兽"、比赛寻宝、做城堡游戏。胖汤姆老爱叫她"捣蛋鬼艾莉亚",因为他说她老是跑来跑去。她喜欢这个绰号远胜过"马脸艾莉亚"。

只可惜那都是发生在临冬城的事,仿佛是另一个世界,现在一切都变了。说来今天是他们抵达君临以来头一次和下人一同用餐,艾莉亚却恨透了这种安排。她恨透了其他人说话的声音,恨透了他们开怀大笑的方式,以及他们所说的故事。他们曾经是她的朋友,与他们为伍曾让她很有安全感,如今她知道这全是假的。他们袖手

旁观，让王后杀了淑女，这本来已经够糟，后来又任"猎狗"逮着了米凯。珍妮·普尔告诉艾莉亚，他把米凯大卸八块，人们只好把尸体用袋子装起来交还屠夫，只可怜那杀猪匠起初还以为里面装的是刚杀的猪仔。没有人对此质疑或拔刀相助，**什么都没有**，不管是最会吹嘘自己勇敢的哈尔温，还是立志要当骑士的埃林，或是身为侍卫队长的乔里，就连父亲也没有出面阻止。

"他是我朋友呀。"艾莉亚对着餐盘低语，声音低到无人听见。她的排骨躺在盘里，动也没动，已经冷掉了，餐盘和肉块间凝了一层油。艾莉亚越看越恶心，便推开椅子站起来。

"等等，小姐，你要去哪里啊？"茉丹修女问。

"我不饿。"艾莉亚想起要顾及礼节。"请问，我可以先告退吗？"她生硬地背诵道。

"还不行，"修女说，"你的东西几乎都没吃，请你坐下来先把盘里的食物清干净。"

"要清你自己清！"趁人们还没反应过来，艾莉亚便往门边奔去。其他人哈哈大笑，茉丹修女则跟在后面大声叫唤，声音越来越高。

胖汤姆守在岗位上，负责把守通往首相塔的门。眼见艾莉亚朝自己冲来，又听见后面修女的喊叫，他眨了眨眼。"哟呼，小娃娃，别乱跑呀。"他才刚开口，准备伸手阻拦，艾莉亚便已穿过他胯下，跑上迂回的高塔楼梯。她的脚步重重地踩在石阶上，胖汤姆则气喘吁吁地跟在后面。

偌大的君临城，艾莉亚唯一喜欢的地方就是自己的卧室，尤其是那扇用深色橡木做成，镶有黑铁环的厚重大门。她只要把门一摔，放下沉重的门闩，便谁也别想进来。不论茉丹修女、胖汤姆、珊莎、乔里还是死"猎狗"，他们都进不来，通通都进不来！这会儿她就把门一摔。

等门闩放好,艾莉亚终于觉得自己可以尽情地哭了。

她走到窗边坐下,一边吸着鼻涕,一边痛恨着所有的人,尤其恨她自己。一切都是她的错,所有的事都因她而起。珊莎这么说,珍妮也这么说。

胖汤姆正在敲门。"艾莉亚小妹,怎么啦?"他叫道,"你在里面吗?"

"不在!"她吼回去。敲门声停了,片刻之后她听见他走远的声音。胖汤姆向来很好骗。

艾莉亚拖出放在床脚的箱子,她跪下来,掀开盖子,双手并用,开始把她的衣服往外丢,把满手丝质、绸缎、天鹅绒、羊毛织的衣物扔到地板上。东西藏在箱底,艾莉亚轻轻地捧起它,抽出剑鞘。

"缝衣针"。

她想起米凯,顿时泪水盈眶。是她的错,她的错,她的错。如果她没要他跟自己练剑……

门上响起更大的敲门声。"艾莉亚·史塔克,立刻把门给我打开,你听见了没有?"

艾莉亚倏地转身,手中紧握"缝衣针"。"你不要进来!"她出声警告,一边对着空气疯狂挥砍。

"我会让首相知道这件事!"茉丹修女怒喝。

"我不管。"艾莉亚尖叫,"走开!"

"小姐,我跟你保证,你一定会为自己粗野的行为后悔。"艾莉亚在门边侧耳倾听,直到听见修女渐行渐远的脚步声。

她又回到窗边,手里握着"缝衣针",朝下方的庭院望去。要是她能像布兰一样爬上爬下就好了,她心想,那么她就能爬出窗户,爬下高塔,逃离这个烂地方,远离珊莎、茉丹修女和乔佛里王子,远离所有的人。顺便从厨房偷点吃的,带上"缝衣针"、上好

的靴子，外加一件保暖的斗篷。她可以在三叉戟河下游的森林里找到娜梅莉亚，然后她们就可以一起回临冬城，或跑到长城去找琼恩了。她发现自己好希望琼恩此刻在自己身边，那样她就不会觉得这么孤单了。

轻轻的敲门声将艾莉亚从她的脱逃梦里拉回现实。"艾莉亚，"父亲唤道，"开门罢，我们需要谈谈。"

艾莉亚穿过房间，举起门闩。只见父亲独自一人站在门外，那样子与其说是生气，毋宁说是悲伤。这却让艾莉亚更难过。"我可以进来吗？"艾莉亚点点头，羞愧地垂下视线。父亲关上门。"那把剑是谁的？"

"我的。"艾莉亚忘了"缝衣针"还握在自己手里。

"给我。"

艾莉亚心不甘情不愿地交出剑，心里嘀咕不知还有没有机会再握起它。父亲就着光反复翻转，审视剑锋的两面，然后用拇指测量锐利程度。"这是杀手用的剑，"他说，"但我似乎认得铸剑人的记号，这是密肯打的。"

艾莉亚知道骗不过他，只好低下头。

艾德·史塔克公爵叹气道："我九岁大的女儿从我自家的武器炉中拿到武器，我却毫不知情。首相的职责是管理七大王国，结果我连自己家里都管不好。艾莉亚，你怎么弄到这把剑的？从哪儿弄来的？"

艾莉亚咬着嘴唇，不发一语。她绝不出卖琼恩，即使是对父亲大人也一样。

过了半晌，父亲说："其实，你说不说都没差。"他低下头，沉重地看着手中的剑。"这可不是小孩子玩具，女孩子家尤其不该碰。要是茉丹修女知道你在玩剑，她会怎么说？"

"我才不是玩剑呢。"艾莉亚坚持，"而且我恨茉丹修女。"

"够了，"父亲的语气严厉而坚定，"修女只是尽她的职责本分，天知道你让这可怜女人吃了多少苦头。你母亲和我请她教导你成为淑女，这根本就是件不可能完成的任务。"

"我又不想变成淑女！"艾莉亚怒道。

"我真应该现在就用膝盖把这玩意儿折断，终止这场闹剧。"

"'缝衣针'不会断的。"艾莉亚不服气地说，然而她知道自己的口气颇为心虚。

"它还有名字？"父亲叹道，"啊，艾莉亚，我的孩子，你有股特别的野性，你的祖父称之为'奔狼之血'。莱安娜有那么一点，我哥哥布兰登则更多，结果两人都英年早逝。"艾莉亚从他话音里听出了哀伤，他鲜少谈及自己的父亲和兄妹，他们都在她出生前就过世了。"当初若是你祖父答应，莱安娜大概也会舞刀弄剑。有时候看到你，我就想起她，你甚至长得都跟她有几分神似。"

"莱安娜是个大美人。"艾莉亚错愕地道。每个人都这么说，但从没有人拿她来形容艾莉亚。

"可不是吗？"艾德·史塔克同意，"她既美丽又任性，结果红颜薄命。"他举起剑，隔在两人之间。"艾莉亚，你要这……'缝衣针'做什么？你想拿来对付谁？你姐姐？还是茉丹修女？你知道剑道的第一步是什么？"

她唯一能想到的只是琼恩教过她的东西。"用尖的那端去刺敌人。"她脱口而出。

父亲忍俊不禁。"我想这的确是剑术的精髓。"

艾莉亚拼命想解释，好让他了解。"我想好好学，可是……"她眼里溢满泪水。"我要米凯陪我练。"所有的悲恸这时一齐涌上心头，她颤抖着别过头去。"是我找他的。"她哭着说，"都是我的错，是我……"

突然间，父亲的双臂抱住了她，她转过头，埋在他胸口啜泣，他则温柔地拥着她。"别这样,我亲爱的孩子。"他低语道,"为你的朋友哀悼吧,但不要自责。屠夫小弟不是你害的,该为这桩血案负责的是'猎狗'和他残酷的女主人。"

"我恨他们。"艾莉亚一边吸鼻子,一边红着脸说出心里话。"我恨'猎狗'、恨王后、恨国王还有乔佛里王子。我恨死他们了。乔佛里骗人,事情根本就不是他讲的那样。我也恨珊莎,她明明就记得,她故意说谎话好让乔佛里喜欢她。"

"谁没有说过谎呢,"父亲道,"难道你以为我相信娜梅莉亚真的会跑掉?"

艾莉亚心虚地脸红了。"乔里答应我不说出去的。"

"乔里很守信用。"父亲微笑道,"有些事不用别人说我也知道,连瞎子都看得出来小狼不会自动离开你。"

"我们丢了好多石头才赶走她。"她一脸悲苦地说,"我叫她走,放她自由,说我不要她了。她该去找其他狼玩,我们听见好多狼在叫,乔里说森林里猎物很多,她可以去追捕野鹿,可她偏偏要跟着我们,最后我们才不得不丢石头赶她。我打中她两次,她边哀号边看着我,我觉得好羞耻,但这样做是正确的对不对?不然王后会杀她的。"

"你做得没错,"父亲说,"有时谎言也能……不失荣誉。"方才他趋身拥抱艾莉亚时把"缝衣针"放在一边,这会儿他又拾起短剑,踱至窗边。他在那里驻足片刻,视线穿过广场,望向远方。等他回过头来,眼里满是思绪。他在窗边坐下,把"缝衣针"平放膝上。"艾莉亚,坐下来。有些事我要试着跟你解释清楚。"

她不安地在床边坐下。"你年纪还太小,本不该让你分担我所有的忧虑。"他告诉她,"但你是临冬城史塔克家族的一分子,你也知道我们的族语。"

"凛冬将至。"艾莉亚轻声说。

"是的，艰苦而残酷的时代即将来临，"父亲说，"我们在三叉戟河上尝到了这种滋味，孩子，布兰坠楼时也是。你生于漫长的盛夏时节，我亲爱的好孩子，至今还未经历其他季节，然而现在冬天真的要来了。艾莉亚，不论何时何地，我要你牢牢记住我们的家徽。"

"冰原狼。"她边说边想起娜梅莉亚，不由得缩起膝盖、靠着胸膛，害怕了起来。

"孩子，让我来说说关于狼的轶事。当大雪降下，冷风吹起，独行狼死，群聚狼生。夏天时可以争吵，但一到冬天，我们便必须保卫彼此，相互温暖，共享力量。所以假如你真要恨，艾莉亚，就恨那些会真正伤害我们的人。茉丹修女是个好女人，而珊莎……珊莎她再怎么说也是你姐姐。你们俩或许有天壤之别，但体内终究流着相同的血液。你需要她，她也同样需要你……而我则需要你们两个，老天保佑。"

他的话听起来好疲倦，听得艾莉亚好心酸。"我不恨珊莎，"她告诉他，"不是真的恨她。"这起码是半句实话。

"我并非有意吓你，然而我也不想骗你。孩子，我们来到了一个黑暗危险的地方，这里不是临冬城。有太多敌人想置我们于死地，我们不能自相残杀。你在老家时的任性胡为、种种撒气、乱跑和不听话……都是夏天里小孩子的把戏。此时此地，冬天马上就要来到，断不能与从前相提并论。如今，该是你长大的时候了。"

"我会的。"艾莉亚发誓。她从没有像此刻这么爱他。"我也会变强壮，变得跟罗柏一样强壮。"

他把"缝衣针"递给她，剑柄在前。"拿去罢。"

她惊讶地盯着剑，半晌都不敢碰，生怕自己一伸手剑又被拿走。只听父亲说："拿啊，这是你的了。"她这才伸手接过。

"我可以留着吗？"她问，"真的吗？"

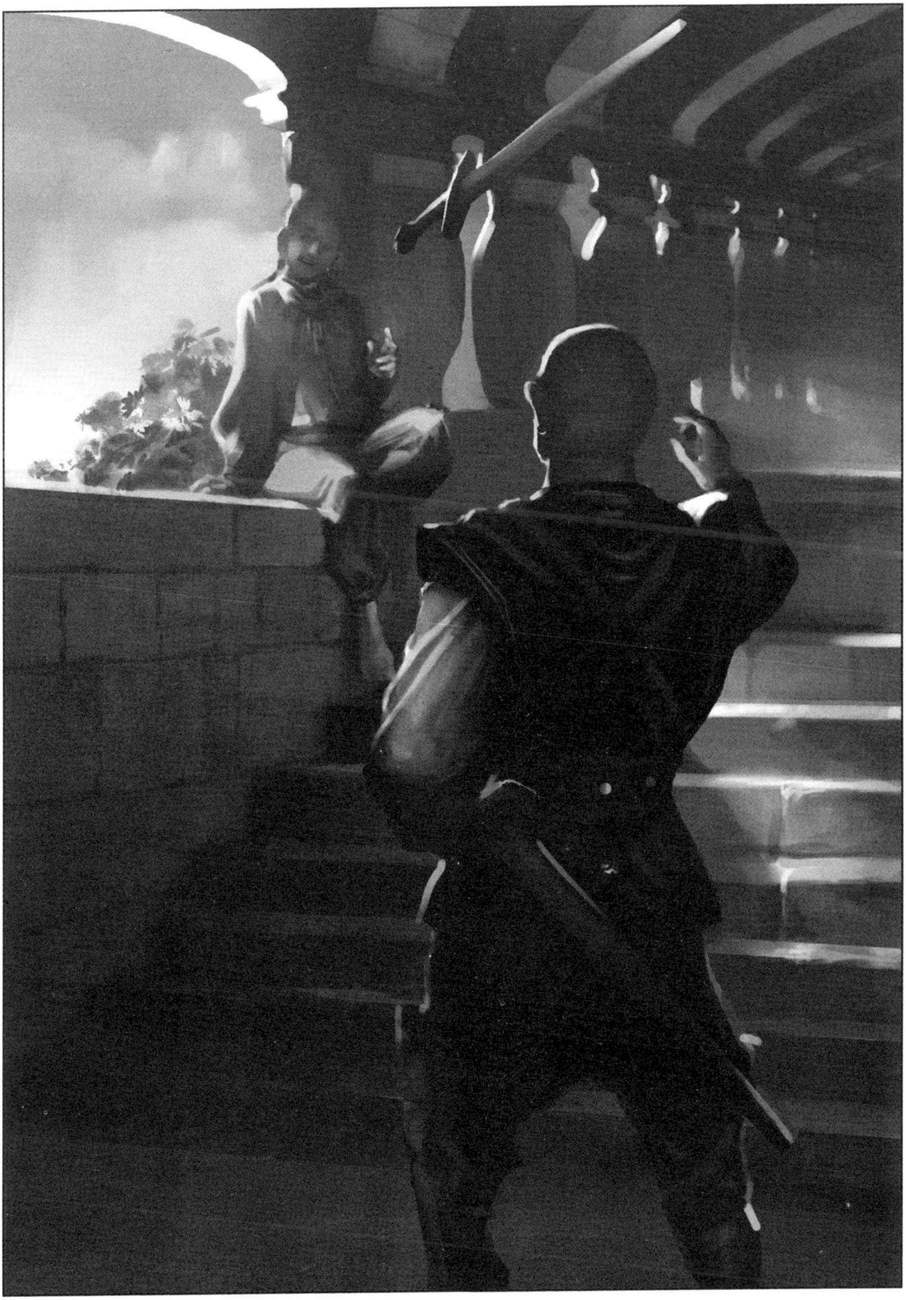

"真的。"他微笑着说。"我要是把它给拿走了，只怕没两个星期就会在你枕头下找到流星锤罢。算啦，无论你多生气，别拿剑刺你姐姐就好。"

"我不会，我保证不会。"艾莉亚紧紧地把"缝衣针"抱在胸前，目送父亲离去。

隔天吃早饭时，她向茉丹修女道歉，并请求原谅。修女狐疑地看着她，但父亲点了点头。

三天后的中午，父亲的管家维扬·普尔把艾莉亚带去小厅。餐桌业已拆除，长凳也推至墙边，小厅里空荡荡的。突然，有个陌生的声音说："小子，你迟到了。"然后一个身形清癯，生着鹰钩大鼻的光头男子从阴影里走出来，手里握着一对细细的木剑。"从明天起你正午就必须到。"他说话带着口音，像是自由贸易城邦的腔调，可能是布拉佛斯，或是密尔。

"你是谁？"艾莉亚问。

"我是你的舞蹈老师。"他丢给她一柄木剑。她伸手去接，却没有够着，它咔啦一声掉落在地。"从明天起我一丢你就要接住。现在捡起来。"

那不只是根棍子，而真的是一把木剑，有剑柄、护手，还有装饰剑柄的圆球。艾莉亚拾起来，紧张兮兮地双手交握在前。这把剑比看起来要重，比"缝衣针"重多了。

光头男子龇牙咧嘴道："不对不对，小子。这不是双手挥的巨剑。你只准用单手握。"

"太重了。"艾莉亚说。

"这样才能锻炼你的手臂肌肉，还有整体的协调性。里面空心部分灌满了铅，就是这样。你要单手持剑。"

艾莉亚把握剑的右手放下，在裤子上擦了擦掌心的汗，换用左手持剑。而他对此似乎相当满意。"左手最好。左右颠倒，你的敌人会很不习惯。但你的站姿错了，不要正对着我，身体侧一点，对，就是这样。你瘦得跟长矛一样，知道吗？这也挺好，因为目标缩小了。现在让我看看你是怎么握的。"他靠过来，盯着她的手，扳开手指，重新调整。"对，就是这样。别太用力，对，但要灵活，优雅。"

"剑掉了怎么办？"艾莉亚问。

"剑必须和你的手合为一体。"光头男子告诉她，"你的手会掉吗？当然不会。西利欧·佛瑞尔在布拉佛斯海王手下干了九年的首席剑士，他懂得这些东西。听他的话，小子。"

这已经是他第三次叫她"小子"了。"我是女生。"艾莉亚抗议。

"管他男的女的，"西利欧·佛瑞尔说，"你是一把剑，这样就够了。"他又龇牙咧嘴道，"好，就是这样，保持这个握姿。记住，你握的不是战斧，你握的是——"

"——缝衣针。"艾莉亚凶狠地替他说完。

"就是这样。现在我们开始跳舞。记住，孩子，我们学的不是维斯特洛的钢铁之舞，骑士之舞，挥来砍去，不是的。这是杀手之舞，水之舞，行动敏捷，出其不意。人都是水做的，你知道吗？当你刺中人体，水流外泄，人就会死。"他向后退开一步，举起木剑。"现在你来打我试试。"

于是艾莉亚尝试攻击他。她一共试了四个小时，直到最后每寸肌肉都酸痛不已，而西利欧·佛瑞尔只是一边龇牙咧嘴，一边纠正个不停。

到了第二天，好戏才刚刚上演。

丹妮莉丝

"这就是多斯拉克海。"乔拉·莫尔蒙爵士说着拉住缰绳,停在她身旁,两人一同站在山脊之巅。

宽广空旷的平原在他们下方延展开来,平坦辽阔直至极目尽头。这的确像一片汪洋啊,丹妮心想。从此以往,丘陵山峦不再,连树林、城市和道路也没了踪影,只有一望无际的草原,风起云涌,长长的草叶摆动一如波浪。"好绿呀。"她说。

"现在正是绿的时候,"乔拉爵士同意,"你该瞧瞧花开时的景象,满山遍野都是暗红的花,活像一片血海。等旱季一到,整个世界又变成青铜色。这还只是赫拉纳草的颜色,孩子,不包括其他几百种草:有的黄得像柠檬,有的暗得如靛紫,还有蓝色和橙色的,以及彩虹色斑的草。在亚夏彼方的阴影之地,据说还有一片鬼草海,那草长得比安坐马上的人还高,茎秆白得像白璃。这种草会杀死其余的草,然后在暗处借由被诅咒的灵魂发光。多斯拉克人认为有朝一日鬼草会占据全世界,到那时,一切的生命便将结束。"

丹妮听了不禁颤抖。"别说了,"她说,"这里好漂亮,我不想谈跟死亡有关的事。"

"如您所愿,卡丽熙。"乔拉爵士恭敬地说。

她听见响动,便回头看去。她和莫尔蒙先前已把队伍远远抛在后面,这会儿其他人正陆续登上山岗。女仆伊丽和她"卡斯"①里的年轻弓箭手们行动矫健得像半人马,但韦赛里斯还很不适应短马镫

---

①卡斯:多斯拉克领袖所拥有的私人小部族,与其一起行动,负责照顾其安全等。

和平马鞍。哥哥在这里十分不快活,他根本就不该来的。伊利里欧总督力劝他留在潘托斯,甚至愿意慷慨地提供自己的一栋宅院给他住,但韦赛里斯偏不听。他要跟着卓戈,直到对方履行约定,给他那顶王冠为止。"他要是敢骗我,我就叫他知道唤醒睡龙之怒是什么滋味。"韦赛里斯把手放在那把借来的剑上,如此发誓。伊利里欧听了眨眨眼,祝福他一切顺遂。

丹妮此刻一点也不想关心哥哥的满腹牢骚。这是个完美的好日子,一只猎鹰高高在上,盘旋于深蓝天际。草海波荡,随着阵阵徐风轻叹,朝她的脸送来丝丝暖意,丹妮只觉心情平静祥和。她绝不让韦赛里斯破坏自己的好兴致。

"停下来,"丹妮告诉乔拉爵士:"叫他们全部停下来,告诉他们这是我的命令。"

骑士微微一笑。乔拉爵士算不上俊美,他生着公牛般的脖子和肩膀,手臂和胸膛上长满粗厚的黑毛,头上反而寸草不生。但他的微笑总能让丹妮宽心。"丹妮莉丝,你说话越来越有公主的味道了。"

"不是公主,"丹妮说,"是卡丽熙。"说完她调转马头,独自奔下山岗。

坡路陡峭,遍地岩石,但丹妮毫不畏惧,驰骋的快意和危险使她心花怒放。韦赛里斯从小就口口声声说她是个公主,但直到她骑上小银马,丹妮莉丝·坦格利安才觉得此话成了真。

起初一切都不顺利,卡拉萨在婚礼翌日清晨便拔营动身,朝东边的维斯·多斯拉克出发。才到第三天,丹妮就觉得自己半死不活。连日坐在马鞍上,导致她的臀部伤痕累累,血流不止。大腿久经摩擦,脱皮得厉害,双手则被缰绳磨起了水泡,两脚和背部的肌肉痛得她连坐都坐不直。天黑之后,她需要靠女仆帮忙方能下马。

夜里她也不得安宁。白天骑马时卓戈卡奥和结婚当天一样,对她不理不睬，晚上则和手下战士及血盟卫们喝酒赛马，观赏女人跳舞，男人拼杀。在他生活的这个部分，丹妮毫无地位可言。她往往独自用餐，顶多有乔拉爵士及哥哥相伴，然后哭着入睡。但每晚天将破晓，卓戈会到她的帐篷，在黑暗中叫醒她，然后无情地骑她，一如骑他的战马。依照多斯拉克习俗，他总是从后面上，为此丹妮非常感激，因为这样一来，夫君便不会见到她泪流满面的模样，她也可以用枕头来遮掩自己痛苦的喊叫。完事之后，他两眼一闭，便轻声打起呼来，丹妮则浑身是伤地躺在旁边，痛得难以成眠。

日复一日，夜复一夜，直到丹妮清楚地知道自己一刻也无法再忍受下去。某天晚上，她决定宁可自杀，也不愿继续苟且偷生……

然而就在那天夜里，她睡觉的时候，却又做了那个关于龙的梦。这次没有韦赛里斯，只有她和巨龙。它的鳞片如暗夜般墨黑，上面血迹湿滑。那是她的血，丹妮发觉。它的眼睛是两个熔岩火池，它张开口，烈焰从中激射而出。它在朝自己唱歌啊，于是她伸开双臂，拥抱火焰，让它将自己完全吞噬，涤净她，锻炼她。她感到自己的肌肉焦灼发黑，坏死脱皮，感到自己的血液沸腾蒸发，却毫无痛楚，反而觉得强壮健实，如获新生。

奇怪的是，隔天她似乎痛得不那么厉害了，好像天上诸神听到了她的哀求，怜悯起她的不幸，就连她的贴身女仆也感到诧异。"卡丽熙，"姬琪说，"怎么回事？您不舒服吗？"

"没事。"她答道。随后她来到伊利里欧在婚礼上送给她的龙蛋旁边，伸手摸摸其中最大的一颗，手指轻轻地滑过蛋壳。*既黑且红*，她想，*和我梦中的龙一样*。石头在她指下变得异样地温暖……这是她的错觉吗？她不安地抽回手。

从那一刻起，一天比一天顺利。她的双腿强壮了起来，水泡破了，手也长出老茧，她柔软的大腿变得结实，像皮革般弯曲自如。

卡奥命令女仆伊丽教导丹妮多斯拉克马术，但小银马才是她真正的老师。小银马似乎知悉她的心情,似乎与她心有灵犀。随着日子过去,丹妮骑在马上越来越自如。多斯拉克人是个严酷无情的民族,按他们的习俗从不为动物取名字,所以丹妮只把它当作自己的小银马。虽然她从没有这么爱过一样东西。

当骑马不再是种折磨,丹妮开始注意到身边这片土地的美。她跟卓戈和他的血盟卫一起骑在卡拉萨最前面,所以眼前的一切都是充满生机、未经滋扰。紧跟在后的大队人马会践踏土地,把河水弄得浑浊不堪,扬起呛人灰尘,但出现在他们面前的永远是如茵绿野。

他们越过高低起伏的诺佛斯丘陵,行经梯田和村庄,居民在灰泥砌成的院墙上不安地看着他们。他们涉过三条宽广平静的河流,第四条则是一道狭窄湍急、河床险恶的江川。他们在一座高耸的蓝色瀑布旁扎营,随后绕过一座广大死城的断垣残壁,相传鬼魂仍哭号于焦黑的大理石柱间。他们起初在与多斯拉克弓箭一样笔直的瓦雷利亚千年古道上奔驰;之后又花了足足半个月,才穿过金叶高盖头顶、树干宽如城门的科霍尔森林。森林里栖息着大麋鹿和花斑虎,还有生着银白毛皮和紫色大眼的狐猴,但只要卡拉萨一出现,它们便纷纷四散奔逃,结果丹妮什么也没瞧仔细。

此时她先前的伤痛已经成了回忆。长途跋涉之后她仍旧酸疼,却有种苦中带甜的意蕴。每天清晨她都跃跃欲试地跳上马鞍,迫不及待地想见识更多奇观。她甚至也开始在夜里寻求欢愉,当卓戈占有她时,她虽然还是会叫出声,却不总是因为痛苦。

山岗下,又高又软的草把她包围。丹妮减缓速度,驱策小马跑入平原,让自己愉快地淹没在绿浪之中。在卡拉萨里她无法独处,虽然卓戈卡奥人夜之后才会来找她,但她的女仆会为她张罗餐点,帮她沐浴,睡在她帐门外。卓戈的血盟卫,以及她自己的卡斯部众,也总是离她不远,而哥哥不论日夜都是个讨厌的阴影。此刻,丹妮又听见他在山脊上对乔拉爵士大吼，尖锐的声音里透着怒意。她决定不加理会，继续向前骑去，沉浸在多斯拉克海底。

绿浪将她完全吞没，空气里充满了青草和泥土的芬芳，混杂着马臊味、汗味，以及她发油的气息。多斯拉克的气息。它们才是这里土生土长的主人，丹妮开心地笑了，深深地呼吸着这一切。她突然有股冲动，只想踩踩脚下的土地，在厚实的黑土壤里动动脚趾。于是她翻身下马，任银马去吃草，然后脱下脚上长靴。

韦赛里斯像一阵夏季暴风般突然冲到她身边，死命扯住缰绳，马痛得前脚高举。"你好大的胆子！"他朝她尖叫，"你竟敢命令我？命令我？"他自马背一跃而下，着地时摔了一跤。他满脸通红，挣扎着站起来，然后一把抓住她，猛力乱摇。"你别忘了你是谁？也不瞧瞧自己，瞧你现在什么德行！"

丹妮不用瞧便知，她赤着双脚，涂了发油，身上穿的是作结婚礼物的多斯拉克皮衣和彩绘背心。她看起来就像属于这里的人，反观韦赛里斯，却穿着城里人的丝衣和环甲，浑身脏兮兮。

他尖叫个没完。"不准你对真龙之子颐指气使，懂不懂？我可是七国之君，你这马王的小贱货没资格命令我，你听见了没有？"他的手伸进她的背心，手指用力地掐住她的胸乳。"你听见了没有？"

丹妮用力推开他。

韦赛里斯瞪着她，淡紫色的眸子里充满了难以置信的神情。她从来没有顶撞过他，从来没有反抗过他。他气得五官扭曲。她心里很清楚，这下他会好好折磨她了。

啪。

鞭子发出暴雷般的声响，卷住韦赛里斯的喉咙往后猛拉。他震惊无比地仆倒在草丛里，无法呼吸。众位多斯拉克骑手看着他拼命挣扎，一齐朝他发出嘘声。出鞭的是年轻的乔戈，他厉声喝问了一句。丹妮听不懂，好在这时伊丽、乔拉爵士，以及她其他的卡斯成员都已赶到。"卡丽熙，乔戈问您是否要他死。"伊丽道。

"不，"丹妮回答，"不要。"

这话乔戈听得懂。有人喊了一句，其他多斯拉克人纷纷大笑。伊丽告诉她："魁洛认为您应该割他一只耳朵，给他一个教训。"

哥哥跪在地上，手指抠住皮鞭，呼吸困难，发出难以分辨的嘶喊。鞭子紧紧勒住了他的咽喉。

"跟他们说我不希望他受伤害。"丹妮说。

伊丽用多斯拉克语重复了一遍。乔戈鞭子一抽，韦赛里斯便像丝线拉扯的木偶般再度仆倒在地，但总算解除了束缚。他下巴下面有一道又深又细的血痕。

"公主殿下，我警告过他别这样，"乔拉·莫尔蒙爵士道，"我告诉他照您的指示待在山冈。"

"我知道。"丹妮边看着韦赛里斯边回答。他躺在地上，大声吸气，满脸通红，抽抽噎噎，十足的可怜虫模样。他一直都是条可怜虫，为何她到现在才发觉？她心里的恐惧，顿时化为乌有。

"把他的马带走。"她命令乔拉爵士。韦赛里斯张大嘴巴看着她，不敢相信他所听到的话，就连丹妮自己也不太相信她正说的话语。她道："让我哥哥跟在我们后面，走路回卡拉萨罢。"对多斯拉克人来说，不骑马的人根本就不配当人，地位最为低贱，毫无荣誉与自尊可言。"让大家都看看他究竟是什么样的。"

"不要！"韦赛里斯尖叫。他转向乔拉爵士，用其他人听不懂的通用语苦苦哀求。"莫尔蒙，帮我打她，你的国王命令你打她。把这些多斯拉克走狗给我杀了，教训教训她。"

被放逐的骑士看看光着脚丫，趾间都是污泥，头发涂了香油的丹妮，再看看身穿丝衣，佩带宝剑的哥哥。丹妮从他脸上读出了决定。"卡丽熙，就让他走路吧。"他说完，接过哥哥坐骑的缰绳，丹妮则重新跨上小银马。

韦赛里斯张大嘴看着他，重重地坐进尘土里。直到他们离开，他都保持着静默动也不动，眼神却怨毒无比。很快，他消失在高高的草浪之后。当见不到他时，丹妮又害怕起来。"他找得到路吗？"她边骑边问乔拉爵士。

"就算你哥哥那么盲目的人，也一定可以跟着我们留下的痕迹。"他回答。

"他很骄傲，可能因为羞耻就不来了。"

乔拉笑道："那他还有什么地方可去？就算他找不到卡拉萨，卡拉萨迟早也会找到他。孩子，想淹死在多斯拉克海里可不容易啊。"

丹妮觉得此话有理。卡拉萨好比一座移动的城市，但绝非盲目前进。主队前方必有斥候巡察，负责注意各种猎物和敌人踪迹，先驱部队则守护两翼。在这片多斯拉克人发源于斯的土地上，没有任何东西能逃过他们的注意。这片平原是他们的一部分……如今也是她的一部分。

"我刚打了他。"她惊讶地说。现在回想起来，仿佛是一场怪梦。"乔拉爵士，你觉得……他回来的时候会不会很生气？"她颤抖着说，"我唤醒了睡龙之怒，对不对？"

乔拉爵士哼了一声："孩子，你能叫醒死人吗？你大哥雷加是最后的真龙传人，而他已经死在三叉戟河畔。韦赛里斯连条蛇的影子都不如。"

他的直言不讳让她大感震惊，仿佛一夕之间，她一直以来深信不疑的事情都变得不再明晰。"可你……你不是宣誓为他效命吗？"

"是啊，女孩。"乔拉爵士道，"那么假如你哥哥只是条蛇的影子，你觉得做他的手下算什么呢？"他语气苦涩。

"可他毕竟是真正的国王,他是……"

乔拉拉住缰绳,看着她。"说实话,你希望韦赛里斯登上王位?"

丹妮仔细想了想。"他不会是个很好的国王,对吧?"

"有比他还差的国王……但不多。"骑士一夹马肚,继续前进。

丹妮上前,和他并肩而行。"不管怎么说,"她道,"老百姓们还是等着他。伊利里欧总督说他们正忙着缝制真龙旗帜,祈祷韦赛里斯早日率军渡海解放他们。"

"老百姓祈祷的是风调雨顺、子女健康,以及永不结束的夏日。"乔拉爵士告诉她,"只要他们能安居乐业,王公贵族要怎么玩权力游戏都没关系。"他耸耸肩。"只是他们从来没能如愿。"

丹妮静静地骑了一会儿,细细咀嚼他所说的话。老百姓居然不在乎统治他们的究竟是真龙天子还是篡夺叛逆,这和韦赛里斯说的一切都大相径庭啊。然而她越想越觉得乔拉爵士所言不虚。

"那么你会为何事祈祷呢,乔拉爵士?"她问他。

"我只想回家。"他的声音里带着浓浓的乡愁。

"我也是。"她完全能体会这种感觉。

乔拉爵士笑了,"那你正该好好欣赏你现在的家,卡丽熙。"

丹妮放眼望去,眼中所见却非草原,而是君临,是征服者伊耿建筑的雄伟红堡,是她降生的龙石岛。在她脑海里,它们伴随着万千道熊熊火光,每扇窗户都在燃烧。在她脑海里,每一扇门都是红色。

"哥哥永远无法夺回七国。"丹妮说。她发觉自己以前就知道,一辈子都知道,只是始终不让自己说出来,连窃窃私语也不肯。现在她要大声说出口,让乔拉·莫尔蒙,让全世界都听见。

乔拉爵士忖度着她。"你认为他没办法。"

"就算我夫君给他军队，他也没有统御的能力。"丹妮道，"他没有财产，唯一誓言追随他的骑士把他贬得连蛇都不如。多斯拉克人嘲笑他的脆弱。他永远没办法带我们回家。"

"聪明的孩子。"骑士微笑。

"我不再是小孩子了。"她毅然决然地告诉他，跟着脚跟夹紧马肚，催促银马快跑。她越骑越快，把乔拉、伊丽和其他人远远地抛在后面，暖风满溢发间，夕阳红红地照在脸上。等她重回卡拉萨时，天色已经暗了下来。

奴隶在一泓泉池畔为她搭起寝帐，她听见丘陵上草织宫殿里传来的说话声。她知道，当她的卡斯部众说起今天在草丛里发生的事，便会有无数的嘲笑传来；当韦赛里斯一跛一跛地返回，营地里的男女老幼都会知道他是个走路的人。卡拉萨里是没有秘密的。

丹妮把小银马交给奴仆照料，独自走进帐篷。丝帐里凉爽而昏暗。当门在她身后关上，丹妮只见一缕红色夕照射进来，映在她的龙蛋上。刹那间她眼前闪过千万血红火星，她眨眨眼，火星却又都不见了。

石头，她告诉自己，*不过是石头罢了，龙族早已灭绝，就连伊利里欧也这么说。*她把掌心贴在那颗黑蛋上，手指轻柔地覆着蛋壳的曲线。石头暖烘烘的，甚至有点热。"阳光，"丹妮低语，"一定是阳光把它们晒热了。"

她吩咐女仆为她准备沐浴。多莉亚在帐外生起一炉火，伊丽和姬琪则合力从货运马匹处搬来大红铜澡盆——这也是件结婚礼物。等洗澡水烧得蒸腾，伊丽便搀扶她进入浴盆，然后自己也跟着爬进去。

"你们见过龙吗？"她趁伊丽帮她刷背，姬琪替她冲掉头发里的尘沙时发问。她曾听说龙最初来自东方，来自亚夏彼端的阴影之地和玉海中的岛群。或许有些龙现在还生存在那片蛮荒而诡谲的土地上。

"卡丽熙，龙已经绝迹啦。"伊丽说。

"是啊，"姬琪同意，"好久好久以前就死光了。"

韦赛里斯曾告诉她，坦格利安家最后的一条龙大约死于一个半世纪以前，当时是伊耿三世统治时期，他因而被人称为"龙祸"。对丹妮而言，这似乎不是那么遥远的事。"到处都一样？"她失望地说，"连东方也是？"当末日降临瓦雷利亚和永夏之地时，魔法也随之在西方绝迹，魔咒加持的宝剑、预测天气的风雨歌师以及巨龙统统都无法挽回。但丹妮总是听说东方的情形不同，据说狮身蝎尾兽仍旧出没于玉海列岛，蛇蜥也依然盘踞夷地丛林。据说吟咒师、男巫和云空法师公然活跃于亚夏，缚影士与血巫更在夜阑人静时施行骇人妖术。为什么不可能有龙存活呢？

"没有龙了。"伊丽说，"勇者屠龙，因为龙是可怕的怪兽。大家都知道。"

"大家都知道。"姬琪表示同意。

"有个魁尔斯商人跟我说龙是从月亮里钻出来的。"金发碧眼的多莉亚一边在火炉上烘干毛巾一边说。姬琪和伊丽的年纪与丹妮差不多，她们都是在父亲的卡拉萨被卓戈毁灭时被抓来当了奴隶。多莉亚年纪稍长，将近二十。伊利里欧总督是在里斯的一家妓院里找到她的。

丹妮好奇地转头，湿湿的银发飘扬在眼前。"从月亮来的？"

"他告诉我月亮是颗蛋，卡丽熙。"这位里斯女孩道，"天上原本有两个月亮，但其中一个运行得太靠近太阳，受不住高热，就爆炸了。成千上万只的龙从中涌出，吸收了太阳的火焰，这就是为什么龙会吐火。有朝一日剩下的那个月亮也会亲吻太阳，然后也会爆炸，龙便将重返人间。"

两个多斯拉克女孩吃吃娇笑。"你这个满头稻草的傻奴隶，"

伊丽说，"月亮才不是什么蛋，月亮是女神，太阳的妻子，大家都知道。"

"大家都知道。"姬琪附和。

丹妮爬出浴盆时，全身皮肤透红。姬琪要她躺下，为她周身抹油，并把她毛孔里的泥土刮干净。之后伊丽帮她洒上香花和肉桂。多莉亚为她梳头，把她的头发梳得亮如银线。其间，她一直在思索月亮、蛋和龙的事。

她的晚餐很简单，只是水果、乳酪和炸面包，配上一壶蜜酒。"多莉亚，留下来跟我一起吃。"丹妮遣走其他侍女时，这么下令。这位里斯女孩的发色如蜂蜜，眼睛则像夏日长空。

她们独处时，她垂下双眼。"卡丽熙，这是我的荣幸。"她说，但这并非荣幸，只是职责。月亮升起又高挂，她们一直坐在一起，促膝谈心。

当晚卓戈卡奥归来时，丹妮正等着他。他站在帐篷门口，惊讶地盯着她。她缓缓起身，揭开她的丝质睡衣，让衣服滑落在地。"夫君，今晚我们该到外面去。"她告诉他，因为多斯拉克人相信，一个男人生命中所有重要的事，都应该让宽敞的天空作见证。

卓戈卡奥跟着她走进月光，发间的铃铛轻声作响。寝帐数码之外有片柔软的草床，丹妮便把他带到这里。当他要把她转过去时，她伸手放在他的胸口。"不，"她说，"今晚我要看着你的脸。"

在卡拉萨里没有隐私可言。丹妮一边为他宽衣解带，一边感觉众人落下的目光；她一边照着多莉亚所说的去做，一边听见别人窃窃私语。对她来说这都没什么。难道她不是卡丽熙吗？她只在乎他的目光，而当她骑到他身上时，在他的眼里她看到了前所未见的萌动。她猛烈地骑他，一如骑自己的小银马。最后，当高潮来临，卓戈卡奥喊了她的名字。

在他们抵达多斯拉克海遥远的中心后，姬琪轻抚丹妮微凸的腹部，说："卡丽熙，您有身孕了。"

"我知道。"丹妮告诉她。

那天，是她十四岁命名日。

布兰

瑞肯在下方的庭院里与狼一同奔跑嬉闹。

布兰从窗台上看着这一切。不论小男孩跑到哪里,灰风总是抢先一步,跨步截断他的路,瑞肯看到他,兴奋地尖叫,然后又朝另一个方向奔去。毛毛狗和他寸步不离,若是其他狼靠得太近就转身咆哮。他的毛色已经变深,如今通体漆黑,眼睛如一团绿火。布兰的夏天落在最后,他的毛色乃是银白和烟灰相间,金黄的眼睛异常敏锐。他的块头比灰风稍小,却更机警。布兰私下认为它是狼群里最聪明的一只。他看着瑞肯鼓动那双娃娃腿,在硬泥地上来回奔跑,布兰可以听见弟弟气喘吁吁的笑声。

他只觉眼睛刺痛。他好想下去,好想笑闹跑跳。布兰越想越气,赶紧在眼泪掉下以前用指节抹掉。他的八岁命名日来了又去,他已经接近成年,不能再哭了。

"都是骗人的,"他苦涩地说,想起了梦中的乌鸦,"我不会飞,连跑都没办法。"

"乌鸦本来就很会说谎。"坐在椅子上做针线活的老奶妈附议,"我知道一个乌鸦的故事。"

"我不要听故事!"布兰语气暴躁地斥道。他曾经很喜欢老奶妈和她说的那些故事。但那都是过去的事,现在情形不一样了。他们要她整天陪着他,让她照顾他,为他洗澡,以免他寂寞孤单,但她的存在却只让事情更糟。"我恨你那些蠢故事。"

老妇人张开无牙的嘴对他微笑,"我的故事?不对,我的小少爷,故事不是我的。这些故事早在你我出生之前就已经存在了。"

她真是个丑老太婆,布兰恶毒地想:佝偻着缩成一团,满脸皱纹，眼睛差不多瞎掉，连爬楼梯的力气都没有，满是斑点的粉红头皮上只剩几小撮白发。没人知道她究竟有多老，父亲说他小时候大家就已经叫她老奶妈了。她无疑是临冬城里最老的人，说不定是七国里最老的寿星。她初来城堡，是为当布兰登·史塔克的奶妈，因为他的母亲在生他的时候难产而死。这个布兰登是布兰的祖父瑞卡德公爵的哥哥，或许是弟弟，或是瑞卡德公爵父亲的兄弟。老奶妈每次说的都不一样。但不管哪个版本，故事里那小男孩总死于三岁时夏天的一场风寒，老奶妈和她的孩子们却在临冬城长住下来。她的两个儿子都死于劳勃国王夺取王位的那场战争，她的孙子则在平定巴隆·葛雷乔伊叛变时于派克城的城墙上殉难。她的女儿们早已陆续远嫁他乡，现在也都不在人世。如今她的血脉只剩下阿多，就是那个头脑简单，在马房里工作的巨人。只有老奶妈依旧好端端地活着，继续做她的针线，说她的故事。

"我才不管是谁的故事。"布兰告诉她，"我就是讨厌它们。"他不想听故事，也不要老奶妈。他想要父亲母亲，想到外面尽情奔跑，让夏天陪在身边。他想爬上残塔，喂乌鸦吃玉米。他想跨上他的小马，和两个哥哥一起驱驰。他想要一切都回到从前的样子。

"我知道有个故事是讲讨厌听故事的小男孩。"老奶妈露出她那蠢笨的笑容说，她手中的针同时还穿梭个不停，咯，咯，咯，听得布兰直想对她尖叫。

他知道一切都回不去了。乌鸦骗他飞，结果他醒来之后，不但两脚残废，世界也都改变。父亲母亲和两个姐姐弃他而去，甚至连私生子哥哥琼恩也不告而别。父亲原本答应让他骑真正的骏马前往君临，但他们没等他便动身南下。鲁温师傅差了一只鸟把他醒来的消息带给艾德公爵，又派一只给母亲、一只给守卫长城的琼恩，然而全都音信杳然。"孩子，鸟儿常常会迷路。"师傅这么告诉他，

"从这里到君临有好长一段路要飞,中间有无数老鹰伺机拦截,信不一定能传到他们手中。"然而对布兰而言,他们好像都已在他沉睡时死去……或者说死的是布兰,而他们已然将他遗忘。乔里、罗德利克爵士、维扬·普尔、胡伦、哈尔温,胖汤姆以及四分之一的守卫也都走了。

只有罗柏和小瑞肯留下来,但罗柏也变了个人。现在的罗柏是一城之主,至少他正朝这个目标努力。他佩上一把真正的剑,从来不笑。白天他把时间都花在操演士兵和练习剑术上,金铁交击声充斥校场,布兰却只能孤独地坐在窗台边观看;到了晚上,罗柏把自己和鲁温师傅锁在房里,交换意见或讨论账目。有时他会和哈里斯·莫兰骑马出巡外地的庄园,一去就是好几天。而只要他外出超过一日,瑞肯便会哭着追问布兰罗柏还会不会回来。其实就算待在临冬城,罗柏城主也都和哈里斯·莫兰与席恩·葛雷乔伊待在一块,没时间陪两个弟弟。

"我来说说筑城者布兰登的故事吧,"老奶妈说,"你最喜欢这个故事了。"

好几千年以前,筑城者布兰登兴建了临冬城,有人说绝境长城也是他建造的。布兰知道这个故事,但他并不特别喜欢。喜欢这个故事的,或许是另一个叫布兰登的孩子。**有时老奶妈会误以为他是许多年以前她养育的那个婴儿布兰登**,有时又会把他和他布兰登伯伯混为一人,而伯伯早在他出生以前就被疯王所害。她活了这么多年,母亲曾对他说,以至于所有叫布兰登·史塔克的人在她脑子里都变成了同一个。

"我最喜欢的才不是这个,"他说,"我喜欢的是那些吓人的。"他听见外面传来一阵骚动,便转身望向窗外。瑞肯正穿过广场,朝城门楼跑去,狼群跟在后面。然而布兰所处的高塔方向不对,看不到究竟发生了什么。他不由得恼怒地一拳捶在大腿上,却毫无感觉。

"噢，我亲爱的孩子啊，你出生在夏季，"老奶妈静静地说，"哪里懂得真正的恐惧？小少爷，当冬天来临，积雪百尺，冰风自北方狂啸而来，那才是真正的恐怖；当长夜漫漫，终年不见天日，小孩在黑夜里诞生、在黑夜里长大、在黑夜里死亡，而冰原狼骨瘦嶙峋，白鬼穿梭林间，那才是恐惧降临之时。"

"你说的是异鬼罢。"布兰暴躁地说。

"是啊，"老奶妈同意，"几千年前，一个出奇寒冷严酷的漫长冬季降临人间，只是今天的人类已不复记忆。在一个长达整整一代人的长夜里，城中的国王和圈里的猪倌同样颤抖着死去。母亲们宁可闷死自己的孩子，也不愿见他们挨饿受冻。她们放声大哭，眼泪却冻结在脸颊上。"话音和织针同时静止，她抬起头，用那双惨白、像是覆盖了一层薄膜的眼睛看着布兰，问道："孩子，你喜欢听的就是这种故事？"

"嗯，"布兰很不情愿地说，"是啊，不过……"

老奶妈点点头。"在一片黑暗中，异鬼首度降临人间，"她一边说，手中针线一边作响，咯，咯，咯。"他们是冰冷与死亡的怪兽，痛恨钢铁、烈火和阳光，以及所有流淌着温热血液的生命。他们骑着苍白的死马，率领死人组成的军队，横扫农村、城市和王国，杀死成千上万的英雄和士兵。人类的剑无法阻止他们前进，老幼妇孺也难逃魔掌。他们在结冰的森林里追捕少女，用人类婴儿的肉来饲养手下的死灵仆役。"

此时她的声音已降得极低，几乎像是呓语，布兰不自觉地倾身向前。

"当时安达尔人还未统治七国，更是早在女人从洛恩河畔的古城邦渡狭海逃亡而来以前。只有先民从森林之子手中夺得土地，建立了林立四方的数百邦国。但在浓密的森林深处，森林之子依旧蛰居在他们的树上城镇和空山幽谷里,透过树上的人脸监视外界。所以当大地充斥寒冷与死亡时,最后的英雄决定去寻找这些森林的儿女,冀望他们的远古魔法能抵挡人类所无法抵挡的军队。他佩上宝剑,骑乘骏马,带着猎犬,与一群同伴朝荒原启程。经过多年的长途跋涉,苦苦追寻,他却始终找不到藏身秘密城市的森林之子。最后他绝望了。他的朋友相继罹难,他的战马和爱犬也先后死去,就连他的宝剑也被冻结成冰,一触即碎。这时,异鬼嗅到他体内温热的血液,悄悄地追踪他的足迹,带了一群大如猎狗的白蜘蛛偷袭——"

房门"砰"的一声打开,把布兰吓得心脏都快从嘴里跳将出来。但进来的人不过是鲁温师傅,阿多站在他身后的楼梯间。"阿多!"马僮叫道,这是他的习惯,他还咧嘴朝大家微笑。

鲁温师傅没笑。"我们有访客。"他宣布,"而你必须出席,布兰。"

"我正听故事哪。"布兰抱怨。

"小少爷,故事可以等下再听,待会儿您回来的时候,呵,它们都好端端地等着你呢。"老奶妈说,"客人可没这么有耐心哟,而且啊,他们常会带来自己的故事呢。"

"是谁啊?"布兰问鲁温师傅。

"提利昂·兰尼斯特,还有几位守夜人弟兄,说是有你哥哥琼恩的口信。罗柏正在会见他们。阿多,请你帮忙把布兰带到大厅去吧?"

"阿多!"阿多开心地同意。他弯身让他那颗毛茸茸的大头穿过门。阿多高近七尺,很难相信他竟是老奶妈的后代。布兰暗自猜想,不知他年老时,会不会跟他曾祖母一样缩成那么一团。只怕阿多就算活个一千年,这也不大可能。

阿多像举稻草一样轻易地举起布兰,抱在胸前。他身上总有股淡淡的马臊味,好在还可以忍受。他的双臂肌肉虬张,长满褐色体毛。"阿多。"他又说了一次。席恩·葛雷乔伊曾评论说阿多虽然所知有限,但谁也不能怀疑他知道自己的名字。布兰把这件事告诉老奶妈,她像只母鸡般咯咯直笑,并偷偷告诉他阿多的本名是瓦德。没人知道"阿多"这名字是打哪儿来的,她说,但当他开始说这个词的时候,大家就如此称呼他了。这是他唯一会说的词。

于是他们离开高塔房间里的老奶妈,把她留给针线活和回忆。阿多不成调地哼着歌,抱着布兰步下阶梯,穿过走廊。鲁温师傅跟在后面,加快脚步以跟上马夫的宽大步幅。

罗柏正坐在父亲的高位上,穿着环甲和硬皮衣,一脸罗柏城主的严峻表情。席恩·葛雷乔伊和哈里斯·莫兰站在他身后。十来个守卫一字排开,紧靠灰石墙,站在高高的窄窗下。大厅的正中央则站着侏儒和他的仆从,还有四个身着守夜人黑衣的陌生人。阿多刚抱着他踏进门,布兰就感觉房里弥漫着一股怒气。

"只要是守夜人的弟兄,我们都欢迎,各位在临冬城想住多久就住多久。"罗柏用罗柏城主的声音说。他的佩剑横放在膝上,让大家都能看见。即便布兰也知道摆着出鞘的武器待客是什么道理。

"只要是守夜人的弟兄,"侏儒重复,"所以我不算啰。你就这意思,小子?"

罗柏霍地起身,举剑指着小矮子道:"兰尼斯特,我父母亲不在时,我就是城主,不是什么小子。"

"你要当城主,好歹也该懂点儿城主应有的礼貌。"小矮子回敬,毫不理会眼前的剑尖。"我看,你爹把所有的礼貌都留给你那私生子老弟了。"

"琼恩。"布兰在阿多怀里叫道。

侏儒转身看他。"看来这孩子果真活下来了。真不敢相信,你们史塔克的命还真硬。"

"这点你们兰尼斯特家最好牢牢记住。"罗柏边说边放下剑,"阿多,把我弟弟带过来。"

"阿多。"阿多笑着小跑向前,把布兰放在史塔克家族的高位上。远自临冬城的主人称王北地开始,历代的统治者都坐着这把交椅。冰冷的石座椅早已被无数的过客磨得平滑无比,两边巨大的扶手前端雕刻了咆哮的冰原狼头。布兰抓紧扶手坐下,残废的双腿在空中摆荡。这张大椅子让他觉得自己像个小婴儿。

罗柏伸手按在他肩上。"兰尼斯特,你说有话要对布兰讲。他人就在这儿呢。"

布兰很不舒服地看着提利昂·兰尼斯特的眼睛:一颗黑,一颗绿,而两颗都正盯着他瞧,仔细审视忖度他。"布兰,我听说你很能爬上爬下,"最后小矮子终于开口,"告诉我,你那天怎么会摔下去的?"

"*我没有摔下去。*"布兰坚持。他明明就没有摔下去,没有没有没有。

"这孩子完全不记得摔下去的事,也不记得之前是怎么爬的。"鲁温师傅轻轻地说。

"这倒奇了。"提利昂·兰尼斯特道。

"兰尼斯特,我弟弟可不是来接受盘查的。"罗柏不客气地说。"把要说的说完,然后赶紧离开。"

"我有件礼物要送你,"侏儒对布兰说,"小子,你喜欢骑马吗?"

鲁温师傅上前道:"大人,这孩子的腿已经不能用了,他没办法骑马啊。"

"见鬼,"兰尼斯特说,"只要有合适的马匹和鞍具,就算残废也能骑。"

这句话如利刃刺进布兰心坎。他只觉泪水不听使唤地充满眼眶。"我不是残废！"

"那我也不是侏儒啰。"侏儒撇撇嘴，"老爸听了不知多高兴。"葛雷乔伊在旁哈哈大笑。

"您说的是什么样的马匹和鞍具呢？"鲁温师傅问。

"一匹聪明的马。"兰尼斯特答道，"这孩子没法用腿指挥坐骑，所以你们得让马儿去适应他，教它懂得缰绳指挥的含意，认识主人的声音。我建议从未参加训练的一岁小马开始，这样就不用废弃之前的练习重头教起。"他从腰带里抽出一张卷好的纸。"把这个交给你们的马鞍师傅，照着做就行了。"

鲁温师傅像只好奇的小灰松鼠般从侏儒手中接过纸片，展开阅读。"我懂了。大人您画得很清楚。没错，这应该行得通，我早该想到的。"

"师傅，由我想比较容易，因为这该死的东西和我自己的马鞍相去不远。"

"我真能骑马吗？"布兰问。他好想相信他们，却又生怕这是骗局一场。乌鸦还说他能飞呢。

"没问题。"侏儒告诉他："而且我向你保证，小子，骑在马上，你跟别人一样高。"

罗柏·史塔克一脸迷惑。"兰尼斯特，你耍什么把戏？布兰跟你有何干系？你为什么要帮他？"

"是你琼恩老弟求我的。而就我自己来说，我特别同情杂种、残废和其他缺陷怪胎。"提利昂·兰尼斯特捂住心口嘻嘻笑道。

这时通往广场的门突然轰地敞开，阳光射进大厅，瑞肯上气不接下气地冲了进来，冰原狼群跟在旁边。他睁大双眼停在门口，狼却没停下，他们的眼睛盯上兰尼斯特，嗅到了他的气味。夏天首先龇牙咧嘴，灰风也立刻跟进。他们一左一右，朝小矮子步步进逼。

"兰尼斯特，看来这几只狼不太喜欢你的味道哪。"席恩·葛

雷乔伊评论。

"或许我该走了。"提利昂说。他向后退开一步……突然毛毛狗从他背后的阴影里咆哮跳出。兰尼斯特急忙转身，夏天又从另外一边朝他扑去。他蹒跚地躲开，脚步踉跄，灰风开始撕扯他的手臂，利齿咬破衣袖，扯下一块布。

"住手！"眼看兰尼斯特家的随从纷纷伸手拔剑，布兰连忙从高位上喊道，"夏天，过来。夏天，到我这边来！"

冰原狼听到声音，瞟了布兰一眼，又转头看看兰尼斯特。接着他从小矮子身边走开，趴到布兰晃来晃去的双腿下。

罗柏原本屏气凝神，这时他也叹了口气，唤道："灰风。"他的冰原狼安静而迅速地跑到他身边。只剩下毛毛狗眼里闪着绿火，还在对小矮子低吼。

"瑞肯，叫它停手。"布兰朝他的小弟喊道，瑞肯这才回过神来尖叫："回家啰，毛毛，回家啰！"黑狼朝兰尼斯特吼了最后一声，然后朝瑞肯跑去，瑞肯紧紧搂住他的脖子。

提利昂·兰尼斯特解下围巾，抹抹额头，用平板的声音说："这可真有意思。"

"大人，您没事罢？"他的一名手下握着剑问，边说边紧张地看看那群冰原狼。

"袖子破了，裤子里面湿得一塌糊涂，但除了自尊心受损，总算没缺胳膊断腿。"

连罗柏都很惊讶。"这些狼……我不懂他们为什么会……"

"想必它们是错把我当晚餐了。"兰尼斯特僵硬地朝布兰鞠个躬。"小骑士，感谢您把他们叫开。不然的话，我跟您保证他们会觉得我很难吃的。现在我真的该走啦。"

"大人，请您等等。"鲁温师傅说。他走到罗柏身旁，两人交头接耳了一会儿。布兰想听听他们在说什么，但话音太低。

罗柏·史塔克终于把剑收回鞘里。"我……我想我是太急躁了，"他说，"您帮了布兰一个大忙，嗯，所以……"罗柏竭力想让口气显得自然。"如果您愿意的话，兰尼斯特，就让临冬城款待您罢。"

"小子，少假惺惺。你既不喜欢我，也不希望我待在这儿。我看城外的避冬市镇里有家旅店，我还是去那儿弄张床，这样我俩都会睡得安稳些。说不定我还可以花两个铜板，找个标致姑娘帮我暖暖床咧。"他转向一位年老驼背又满脸胡楂的黑衣弟兄说，"尤伦，我们天一亮就往南走，你一定可以在路上找到我的。"说完他挣扎着摆动起那双短腿，经过瑞肯身边，走出门外，他的手下紧跟在后。

四个守夜人留了下来。罗柏迟疑地转向他们。"我已经派人备好房间，以及足够的热水让你们洗净路上尘土。我衷心希望今晚能荣幸地与各位共进晚餐。"他这番话说得很怪，连布兰都听得出这是他特意背来，而非发自肺腑，但黑衣弟兄们似乎不以为意，仍旧感谢他的好意。

阿多把布兰抱回床上，夏天跟着他们步上高塔楼梯。老奶妈已经坐在椅子上睡着了。阿多说："阿多。"然后抱走轻轻打鼾的曾祖母。布兰躺着思考，罗柏刚才保证他可以和守夜人一起在大厅里吃晚餐。"夏天，"他唤道。小狼跳到床上，布兰用力地搂住它，直到小狼热乎乎的鼻息直冲脸颊。"我可以骑马了。"他对他的动物朋友说，"你等着瞧，我们很快就可以一起去森林打猎。"没过多久，他便睡着了。

在梦中他再度攀爬，沿着一座年代久远、没有窗户的塔向上攀升，手指勾住焦黑的石块，双脚胡乱地寻找支撑。他越爬越高，穿越云层，进入夜空，但仍不见塔顶。当他停下来向下看去，只觉头晕目眩，手指滑落。他尖叫着死命胡抓，地面离他足足千里之遥，而他又不会飞。他根本就不会飞。他直等到心脏不再怦怦乱跳，呼吸也顺畅之后，才继续往上爬。除了向上，别无他途。上方极目处，映着偌大的惨白圆月，他隐约可以看到石像鬼的形影。他两臂酸麻，却不敢休息，反而逼自己加快速度。石像鬼看着他向上攀升，眼睛如火盆里烧红的煤炭般炯炯发亮。它们原本曾有狮子的形貌，如今却极尽扭曲怪诞之能事。布兰听见它们窃窃私语，石头发出的轻细声音分外骇人。他不该听的，他告诉自己，他不能听的，只要不听，就能确保自身安全。然而当众多石像鬼挣脱石座，往下朝布兰攀住的地方进逼时，他知道自己终究还是难逃一劫。"我不听，"眼看它们越靠越近，他哭起来。"我不听，不听。"

他喘着气惊醒，独处黑暗，只见一个硕大的黑影笼罩着他。"我不听。"他一边害怕地颤抖，一边低声说。这时黑影道："阿多"，接着点亮床边的蜡烛，布兰总算安心地松了口气。

阿多用一块温热的湿布替他抹去一身冷汗，再灵巧温柔地为他换好衣服。等时间一到，便把他抱去大厅。厅里大火炉旁边已经架起长桌，领主的首座空着，罗柏坐在那个位子右边，布兰则在他对面。当晚他们吃了烤乳猪、鸽肉派，还有浸在奶油里的芜菁，厨子说饭后甜点是蜂窝。夏天从布兰手里叼走剩菜，灰风和毛毛狗则在角落里争夺一块骨头。临冬城的狗儿们现在已经不敢靠近饭厅，布兰起初还觉得奇怪，渐渐也就习以为常了。

尤伦是黑衫弟兄里最年长的一位，所以管家让他坐在罗柏和鲁温师傅之间。这老人身上有股酸味，似乎很久没洗过澡。他用牙齿大力撕咬猪肉，啃裂骨头，吸吮骨髓，听人提到琼恩·雪诺时则耸耸肩。"他是艾里沙爵士的心头大患。"他咕哝着说，他的两个同伴听了哈哈大笑，布兰却不明所以。当罗柏问起他们班扬叔叔时，黑衣弟兄们却立时都静了下来。

"他到底怎样了嘛？"布兰问。

尤伦在背心上抹抹指头。"这消息恐怕不太好受,诸位大人,说出来实在对不起这顿丰盛晚餐,但既然问了,我就直说:史塔克他是回不来啦。"

另一个人说:"熊老派他去找威玛·罗伊斯,不过他到现在还没回来哩,大人。"

"太久了,"尤伦说,"我看八成是死了。"

"我叔叔没死,"罗柏·史塔克高声道,话音中充满愤怒。他从长凳上起身,伸手按住剑柄。"你听见没有?我叔叔没死!"他的声音响彻石室,布兰突然害怕起来。

浑身酸臭的老尤伦抬头看看罗柏,不置可否地说:"大人您爱怎么说都成。"他边说边吮卡在牙缝间的肉。

几位黑衣弟兄里最年轻的那个不自在地在座位上动了动。"长城上没有人比班扬·史塔克更熟悉鬼影森林。他应该能找到路回来。"

"谁知道哩,"尤伦道,"或许能,或许不能。从前许多厉害角色到了森林也是一去不回。"

此刻布兰脑中所想只有老奶妈故事里的异鬼和最后的英雄,在白茫茫的森林里被死人和猎狗一般大的蜘蛛穷追不舍。半晌之间,他十分害怕,接着他突然想起故事的结局。"森林之子,"他脱口而出,"森林之子会帮助他的!"

席恩·葛雷乔伊暗自窃笑,鲁温师傅开口道:"布兰,森林之子早在几千年前便已销声匿迹,如今只剩下树上镂刻的脸。"

"老师傅,在这儿或许是这样没错,"尤伦说,"但出了长城,谁知道呢?在那儿,想分辨活人跟死人都不容易啊。"

当天晚上,等碟盘收拾完毕,罗柏亲自把布兰抱回卧床。灰风领路在前,夏天紧随在后。以他的年龄,哥哥算是相当强壮,何况布兰轻得跟堆破布似的,然而楼梯又陡又暗,当他们终于走上塔顶，罗柏已经气喘吁吁。

他把布兰放上床，为他盖上毯子，吹熄蜡烛。罗柏在黑暗中陪他坐了一会儿。布兰想跟他聊聊，却不知该说些什么。"我保证，一定会帮你找到合适的马。"最后罗柏低声说。

"爸妈他们会回来吗？"布兰问他。

"当然会。"罗柏的语气充满希望，布兰知道此刻和自己说话的是罗柏哥哥，而非罗柏城主。"母亲很快就会回来了。说不定我们可以一起骑马出城去迎接她哟。看到你骑在马上的英姿，她一定会又惊又喜，对不对？"即使房间漆黑一团，布兰也能感觉到哥哥的微笑。"然后咱俩可以往北骑，去看看长城。咱们先瞒着琼恩，你我两个哪天说走就走，跟出去冒险一样。"

"出去冒险。"布兰渴望地复诵着。他听见哥哥轻声啜泣。屋里太暗，看不到罗柏脸上的泪水，所以他伸出手找到哥哥的手，十根指头紧紧交握。

艾德

"大人，艾林公爵的死对我们是个沉重的打击。"派席尔国师说，"我自然很乐意告诉您他过世的情形。请坐。您要不要吃些点心？来几颗枣子如何？我这儿还有些上好的柿子。我这把年纪虽然不能喝酒，倒是可以帮您弄杯冰牛奶，加过蜂蜜的。大热天里喝这个正合适。"

天气的确很热，奈德的丝质外衣贴紧了前胸。空气郁窒而潮湿，像条湿羊毛毯般覆盖住整个城市。穷人纷纷逃离他们闷热窒息的住所，想在河畔抢个位子歇息，只有那里才有些许微风，结果河边被挤得壅塞不堪。"那就谢谢您了。"奈德说着坐下来。

派席尔用拇指和食指拣起一个精巧的小银铃，轻轻摇了两下。一名清瘦的女侍急忙赶进来。"我的好孩子，请你帮首相大人和我各弄一杯冰牛奶，多加点蜂蜜。"

女孩去取饮料之后，国师叉起指头，把手放在肚子上。"老百姓说夏天的最后一年是最热的年头。当然啦，这只是民间的说法，可有时候还真让人产生这种错觉，您说是不？每到这种天气，我就羡慕你们北方人还有夏雪。"老人脖子上挂的那串宝石颈链随着他挪动身体而发出轻响。"远的不说，梅卡国王那时的夏天就比现在还热，持续时间也差不多。有些傻瓜还以为永不结束的'永夏'已经降临，就连学城里也有这种人，结果呢？到得第七年突然就变了天，紧接着短短的秋天，就是恐怖而漫长的冬季。无可否认，那时候还真是够热。旧镇上上下下热气四溢，暑气逼人，到了晚上才稍稍扭转。那时我们常在河滨花园里散步，一边争论各种宗教观点。首相大人，直到现在我还记得那些个夜晚的味道——香水、汗味，各种瓜果熟得快裂开，桃子与石榴，颠茄和月花。当时我还年轻，正在打造我的颈链，再热都不以为意，哪像现在，受不了啰。"派席尔眼睑低垂，看上去仿佛就要睡着。"艾德大人，真对不住，您不是来听我絮絮叨叨什么早被遗忘的夏季的，当年连令尊都没出生呢。就请您多多包涵我这老人家的啰唆罢。思想这东西，就跟宝剑一样，放久了自然就生锈喽。啊，我们的牛奶来了。"女侍在他们中间放上一个托盘，派席尔朝她微微一笑。"真是个好孩子。"他拿起一杯尝了两口，点点头。"谢谢你，你下去罢。"

女孩离开后，派席尔用他那双苍白而湿润的眼睛打量奈德，"我们说到哪儿了？噢，您问起艾林大人……"

"是的。"奈德很有礼貌地啜着牛奶，冰凉凉的很爽口，只是对他而言太甜了。

"说实话，前首相大人之前就常常心神不宁。"派席尔道，"我和他共事这么多年，还有什么征兆看不出来？我认为这来源于他长久以来默默承受的重责大任。他那对宽阔的肩膀都快被国家大事和别的心事给压垮了。尤其是他儿子身体孱弱，他夫人为此忧心忡忡，几乎不敢让这孩子离开视线范围。这样的压力连身强体壮的人尚且难以负荷，何况琼恩大人他年纪也已不轻。若他为此身心俱疲，实在不足为奇。至少我当时是这样想的。现在我却不敢妄下断论。"他若有所思地摇摇头。

"他到底生了什么病？"

国师摊开手，做出无可奈何的悲伤姿势。"有天他来找我要一本书，身子骨和平时一样，硬朗得没话说，但我看得出他心头在挂虑什么。隔天早晨，他便周身疼痛，连床也起不来了。柯蒙学士认为他只是肠胃受了寒，这些日子天气热，首相大人常在葡萄酒里加冰块，很有可能影响消化。然而琼恩大人的病情却持续恶化，于是我亲自出马，只是诸神不肯赐予我拯救他的力量。"

"听说您当时把柯蒙师傅给遣开了。"

大学士慢慢而郑重地点了点头,有如缓缓流动的冰河。"是啊,只怕莱莎夫人永远也不会原谅我。或许我做得不对,然而当时我觉得这是最好的选择。我把柯蒙师傅当自己儿子一般看待,对他的能力我也绝对有信心,然而他太年轻,年轻人往往无法体会老年人的身体有多虚弱。他让艾林大人喝下清肠剂和胡椒液,本意是想呕出毒素,怕只怕这反而会害了公爵。"

"艾林大人病危时跟您说过些什么?"

派席尔皱起眉头,"在最后高烧弥留的阶段,首相大人多次高呼'劳勃'这个名字,我不确定他是叫他的爱子还是叫国王陛下。莱莎夫人不准孩子进病房,怕他被传染。国王陛下倒是来过,在病床边坐了好长时间,跟琼恩大人谈起往日的美好时光,希望能提振他的精神。陛下对前首相的敬爱非常明显。"

"没有别的吗?没有遗言?"

"我眼看首相大人康复无望,便给他喝了罂粟花奶,好让他不再受苦。他在阖眼之前,向夫人和国王陛下说了句为爱子祈福的话。他说'种性强韧'。末了,他的吐词已经含糊不清,难辨其意。虽然隔天清晨人才故去,但琼恩大人在那之后已经平静下来,没再开口。"

奈德又喝了口牛奶,努力忍受腻人的甜味。"那,依您之见,琼恩·艾林大人的死有无蹊跷?"

"有无蹊跷?"老师傅的声音轻得像是悄悄话,"不,我认为没有。奈德大人,死亡固然令人悲伤,但从另一方面讲,却也是最自然不过的事。琼恩·艾林大人如今已卸下所有重担,长眠于地底了。"

"夺走他性命的这种病,"艾德说,"您以前见过吗?在其他病人身上?"

"我做七国的国师已近四十年，"派席尔回答，"服侍过我们的好国王劳勃，在他之前的伊里斯·坦格利安，伊里斯的父亲杰赫里斯二世，甚至还在杰赫里斯的父亲'幸运的'伊耿五世手下做过几个月。首相大人，我见过的疾病不胜枚举，让我告诉您罢：每种疾病虽不一样，却都有共通之处。琼恩大人的死并不比其他人来得离奇。"

"他的夫人可不这么认为。"

国师点点头。"我想起来了，他的遗孀是尊夫人的妹妹。如果您不嫌我这老人家说话莽撞，容我这么说，即便最坚强、最自制的人，往往也容易被悲伤所影响，何况莱莎夫人本不是那样的人。她自上次流产之后，便疑神疑鬼，处处以为有人要与她为敌，想必首相大人的死让她心都碎了。"

"所以你确信琼恩·艾林死于突发性疾病？"

"是的。"派席尔沉重地回答，"若非疾病，我的好大人，还会是什么呢？"

"毒药。"奈德静静地提示。

派席尔的惺忪睡眼猛地瞪大，这位老师傅不安地在座位上挪动着身子。"这想法真叫人不寒而栗。我们并非身在自由贸易城邦，只有在那里，这种事才是家常便饭。虽说伊萨穆尔国师提醒我们，每个人心里都有谋杀的种子，即便如此，下毒还是太令人不齿了。"他沉默了一会儿，眼神若有所思。"大人，您所提出的这种可能性，我认为不存在。随便雇一个乡野学士都能看出常见的中毒症状，艾林大人却没有任何类似迹象。更何况人人都爱戴首相大人，怎么会有禽兽胆敢毒害如此高贵的好人呢？"

"我倒听说毒药是女人的武器。"

派席尔沉吟着捻胡须。"是有这种说法。女人、懦夫……还有太监。"他清清喉咙，朝草席吐口浓痰。在他们头顶上方，有只乌鸦在巢里大声怪叫。"您可知道,瓦里斯伯爵原本是里斯的奴隶?大人,千万不能信任蜘蛛啊。"

这话奈德不用他提醒,瓦里斯有种能让他浑身起鸡皮疙瘩的本事。"我会记住的,师傅。谢谢您的协助,只怕我已经占用您太多时间了。"他站起身。

派席尔国师缓缓推开椅子,送奈德到门边。"希望我这一点绵薄之力能让您安心。如果还有别的地方帮得上忙,您尽管开口。"

"还有一件事,"奈德对他说,"我对琼恩生病前跟您借的那本书很好奇,不知可否拿来一阅?"

"恐怕您会觉得很无趣,"派席尔道,"那是梅利恩国师所写的一本大部头,里面讲的全是各大家族的历代谱系。"

"没关系,我只想看看。"

老人打开门。"如您所愿,我好像就放在这哪儿,总之书一找到,我即刻差人送到您房间去。"

"您真是太周到了。"奈德告诉他。接着,他像突然想到什么似的说,"请您见谅,我还有最后一个问题。您刚才说艾林大人临终时国王在他床边,呃,不知当时王后在不在场?"

"唉,不在哪。"派席尔说,"当时她正带着公主王子,陪着她父亲,前往凯岩城。先前泰温大人带上大队人马前来都城参加乔佛里王子的命名日比武大会,无疑是想看他儿子詹姆赢得冠军,可惜没能如愿。通知王后陛下艾林大人死讯的事,便落到了我身上。我这辈子从没有怀着如此沉重的心情送出一只鸟儿。"

"黑色的翅膀,带来黑色的消息。"奈德喃喃道。这是小时候老奶妈教他的一句谚语。

"民间是这么说的,"派席尔国师同意,"但我们知道也不尽然。鲁温学士的鸟儿捎来贵公子布兰的好消息时,可不是让城里每个人都欢欣雀跃么?"

"大学士，您说得对。"

"诸神慈悲，"派席尔点点头。"奈德大人，有什么事请尽管来找我，我随时听候差遣。"

是啊，奈德在门关上时想着，但是听候谁的差遣呢？

回房途中，他见到女儿艾莉亚单脚站在首相塔的螺旋梯上，两手不断挥舞着保持平衡。粗糙的石地面磨破了她的脚丫。奈德停下来看她。"艾莉亚，你这是在做什么？"

"西利欧说水舞者可以用一只脚趾站好几个小时。"她两手在空中拼命挥舞，以保持平衡。

奈德忍俊不禁。"哪只脚趾头？"他揶揄道。

"随便哪一只都可以。"艾莉亚为这个问题有些恼怒。她从右脚跳到左脚，颤巍巍地来回晃动，最后才重新找到平衡。

"你非站在这里不可？"他问，"又高又陡，跌下去可不好玩。"

"西利欧说水舞者绝不会跌倒。"她放下脚，两腿站立，"爸爸，布兰现在会来跟我们一起住了吗？"

"恐怕要等一段时间，小宝贝。"他对她说，"他得先恢复体力才成。"

艾莉亚咬咬嘴唇。"布兰长大以后要做什么呢？"

"艾莉亚，他有好多年的时间来寻找答案。而现在，我们只要知道他会活下去就好了。"鸟儿从临冬城捎来讯息的那天晚上，艾德·史塔克带着女儿们来到城堡的神木林。那是片足有一亩之广的树林，种满榆树、柏树和黑色三叶杨，俯瞰着河流。那里的心树是棵大橡木，古老的枝干上爬满烟莓藤蔓，他们在树前跪下感谢神灵，一如在家乡的鱼梁木底。待到月亮升起，珊莎已经睡着，艾莉亚则多撑了几个小时，最后也蜷缩在草地上，盖着奈德的斗篷沉沉睡去。漫漫长夜，他独自静默祷告。翌日清晨，天光乍现，只见龙息草暗红色的花围绕着两个躺卧的女儿。"我梦见了布兰喔，"珊莎偷偷对他说，"还看见他笑呢。"

"他以后会当上骑士，"这会儿艾莉亚说，"当上御林铁卫的骑士。他还能当骑士吗？"

"不行。"奈德自觉说谎无益，"有朝一日他或能身居高位，成为国王的重臣。他可能会像'筑城者'布兰登那样兴建城堡，可能乘船横渡日落之海，或是皈依你母亲的信仰，当上总主教。"然而他再也不能和他的狼一并奔驰，他沉痛地想，这悲伤无言可喻，他也无法和女人同床共枕、抱着自己亲生孩儿了。

艾莉亚歪着头。"那我可以当国王的重臣，盖城堡，当大主教吗？"

"你啊，"奈德说着轻轻吻了她的眉毛，"你会嫁给某个国王，管理他的城堡，你的儿子们则会当上骑士、王子或领主，或许也能当上大主教。"

艾莉亚脸色一变。"不要，"她说，"珊莎才会那样。"她右脚离地，继续练习单脚平衡。奈德叹了口气，留下她走了。

进到房间，他脱下被汗水浸湿的丝质上衣，从床边的水盆里掬起冷水当头淋下。正当他擦脸的时候，埃林进来说："老爷，贝里席大人在外求见。"

"把他请到我书房去。"奈德边说边伸手拿起他质料最薄的亚麻布干衣。"我马上就来。"

奈德跨进书房时，发现小指头正坐在窗边，望着下方广场练剑的御林铁卫。"老赛尔弥的脑袋瓜要跟他的剑一样灵光就好了，"他满怀渴望地说，"那样开会会有趣许多。"

"巴利斯坦爵士的武勇和操守，不输给君临的任何人。"经过这些日子的相处，奈德对这位德高望重、白发苍苍的御林铁卫队长抱持着崇高的敬意。

"他的死气沉沉也同样不落人后。"小指头补充道,"不过我相信他在比武大会上应该还能老当益壮,发挥余热。去年他把'猎狗'一枪刺下马,距离他上次摘下冠军也不过四年。"

对于谁会夺得比武大会冠军,奈德·史塔克一点兴趣也没有。"培提尔大人,请问您这次来访有何目的,还是单只来欣赏我窗边景致?"

小指头微笑:"我答应凯特帮你明察暗访,而我说到做到。"

奈德大感意外。不论对方有无承诺,他都不打算相信培提尔·贝里席伯爵,此人的机灵狡诈让他很不习惯。"你查到了什么事?"

"我查到的是人,不是事。"小指头纠正他。"事实上,是四个人。你有没有想过去盘查首相的仆人?"

奈德皱眉道:"如果我能就好了。艾林夫人把她全家上下都带回了鹰巢城。"在这方面莱莎一点忙也没帮上,所有跟她丈夫亲近的人都随她一道逃走:包括琼恩的学士、总管、侍卫队长,以及手下的骑士和仆从。

"不对,是大部分的人,"小指头说,"并非全部。有几个人留了下来。有个肚子被搞大的厨房小妹匆匆忙忙跟蓝礼大人的马夫成了亲,一个马僮加入了都城守卫队,一个跑堂小弟因为偷窃被炒了鱿鱼,留下来的还有艾林大人的侍从。"

"他的侍从?"奈德喜出望外,做侍从的对主子的进出动向往往一清二楚。

"峡谷的修夫爵士,"小指头说出他的名字,"艾林大人死后,国王封那小子做了骑士。"

"我这就找他来,"奈德说,"还有其他人。"

小指头畏缩着说:"大人,劳烦您,悄悄地走到窗边。"

"做什么?"

"过来罢,大人,我让您瞧瞧。"

奈德皱起眉头，走到窗边。培提尔·贝里席若无其事地做了个手势。"那儿，广场过去，兵器库门口，您可看见一个蹲在楼梯上磨刀的小子？"

"他怎么了？"

"他是瓦里斯的眼线。'八爪蜘蛛'对您的一举一动都很有兴趣。"他在窗边动了动。"现在再瞧瞧城墙上，西边最远处，马厩上面，有没有看见那个靠在墙上的守卫？"

奈德看到了。"这人也是太监的走狗？"

"不，这家伙是王后的人。请您注意，他的视线正好落在这座塔的门上，谁进谁出一清二楚。他们俩远不是全部，很多连我都不知晓。红堡里到处是各种眼线。否则我干吗把凯特藏在妓院？"

奈德·史塔克对这种种机心巧诈颇感不耐。"天杀的，"他咒道。城墙上那个人看起来的确像是在监视他。奈德顿时觉得浑身不自在，即便离开窗边。"难道这该死的城里每个人都是别人的眼线？"

"那可不。"小指头说。他开始掰手指。"唉，让我算算，他们得监视我、你、国王……不过国王把太多事都告诉了王后，而我对你更不敢放心。"他站起来。"你手下可有让你完全、彻底地信任的人？"

"有。"奈德回答。

"若真是如此，那我还有一座建在瓦雷利亚、爱不释手的漂亮皇宫想卖给您呢。"小指头一脸嘲讽地笑道，"聪明的回答是：没有，大人，不过既然说了就算了。您得派您这位模范部下去找修夫爵士和其他人，因为您自己的行踪会引人注目，但就算'八爪蜘蛛'瓦里斯也没法每时每刻、成天盯住您的每位手下。"他朝门走去。

"培提尔大人，"奈德叫住他，"我……很感激你的鼎力相助。或许我不该不信任你。"

小指头轻捻胡须:"艾德大人,您实在学得太慢。不信任我,是您跳下马背以来所做过的最明智的事。"

琼恩

那个新兵走进训练场时,琼恩正在向戴利恩示范侧劈的诀窍。"两脚要张开一点,"他叮嘱道,"以免重心不稳,对,就是这样。出手的时候身体旋转,把全部的重心放在剑上。"

戴利恩停了下来,掀开面罩。"诸神在上,"他喃喃道,"琼恩,你快瞧瞧。"

琼恩转身,隔着头盔的细窄眼缝,他看到了他平生所见最为肥胖的男孩站在兵器库门口。单凭目测,此人大概有二十石重,肥大的下巴完全遮掩住刺绣外套的绒毛领口,圆滚滚的月亮脸上一对苍白的眼睛局促地四下转动,汗水淋漓的肥胖指头则在天鹅绒上衣上揩个不停。"他……他们叫我来这边……受训。"胖男孩不确定地道。

"公子哥儿一个,"派普对琼恩说,"南方来的,八成是高庭一带的人。"派普曾经跟着戏班走遍七国全境,自称凭口音便能分辨别人来自何方,操什么营生。

胖男孩穿着绒毛滚边的外套,胸前用鲜红丝线绣着一个大跨步的猎人。琼恩不认得这个家徽。只见艾里沙·索恩爵士望了望他的新手下说:"看来这年头南方连盗猎者和小偷都人手短缺,这会儿倒把猪送来守长城啦。我说火腿大人,这身毛皮和天鹅绒敢情就是您的铠甲了?"

众人很快便发现这新兵自己带来了全套行头:加衬垫的上衣,煮过的硬皮甲,铁铠和头盔,还有个包皮的大木盾,上面同样刻着他衣服上那个健步猎人纹章。由于这身装备没一件是黑的,艾里沙爵士便坚持要那新兵到武器库去换一套。这一换就是半早上。因为他的腰围太粗,唐纳·诺伊只好拆开整件胸甲,再帮他前后套上,两边用皮绳捆住。为了帮他戴上头盔,面罩便保不住。他的皮护手和绑腿紧紧地绑在四肢上,使他几乎动弹不得。全副武装之后,新来的小子看起来活像条煮得过熟的香肠,随时可能爆开。"希望你不像看起来那么不中用,"艾里沙爵士道,"霍德,试试猪头爵士有多厉害。"

琼恩·雪诺听了立刻皱起眉头。霍德在采石场里出生,当过石匠的学徒,今年十六岁,高大又结实,打起人来下手很重,琼恩还没尝过比他更狠的拳头。"这下有人要他妈的倒大霉了。"派普喃喃道,事情果真如他所料。

打斗不到一分钟就告结束。胖子倒在地上,血从碎掉的头盔和肥短的手指间流出来,他全身都在颤抖。"我投降!"他尖叫,"别打了,我投降,不要打我。"雷斯特和其他几个男孩哄笑成一团。

即便如此,艾里沙爵士还是不肯罢休。"猪头爵士,给我起来,"他叫道,"把剑捡起来。"眼看胖子还是躺在地上,索恩向霍德示意,"拿剑脊揍他,直到他爬起来为止。"霍德试探性地敲敲对手仰高的脸颊。"你该不会就这点力气罢?"索恩讥讽。霍德于是双手持剑,狠狠地砍将下去,力道之猛,虽然是用剑脊,皮甲还是应声破裂。新兵痛苦地哀号起来。

琼恩跨前一步,派普忙伸出戴护套的手抓住他。"琼恩,**不要冲动**。"小个子一边紧张地瞄了艾里沙·索恩爵士一眼,一边悄声对他说。

"还不快给我起来。"索恩又说。胖男孩挣扎着想起身,谁知竟滑了一跤,又重重地摔倒在地。"猪头爵士有进步啰。"艾里沙爵士说,"再打。"

霍德举起剑准备继续。"给我们切块火腿唷!"雷斯特狞笑着催促他。

琼恩甩开派普的手。"霍德,够了。"

霍德转头去看艾里沙爵士。

"野种出来为农民打抱不平啦?"教头用他那尖锐而冷酷的声音说,"雪诺大人,你别忘了,我才是这里的头儿。"

"霍德,你看看他,"琼恩劝促道,故意不理睬索恩,"人家都投降了,你这样趁火打劫有什么意义?"他在胖子身旁蹲了下来。

霍德放下剑。"他投降了。"他跟着重复。

艾里沙爵士黑玛瑙似的眼睛紧紧盯着琼恩·雪诺不放。"我说哪,原来咱们的野种谈恋爱啦。"他边看着琼恩扶起胖子边说,"雪诺大人,亮剑。"

琼恩抽出长剑,他只敢反抗艾里沙爵士到某种程度,而他暗自担心这回做得太过火了。

索恩微笑道:"野种打算为他心爱的小姐而战,所以我们得好好打一场。小老鼠、雀斑男,你们跟大笨头一边。"雷斯特和阿贝特走到霍德旁边。"你们三个人应该够猪小姐受的了。但首先,你们要打发掉挡路的野种。"

"躲在我背后。"琼恩对胖子说。艾里沙爵士常叫两人打他一个,但从来没有三对一。他自知今晚上床时大概会伤痕累累。于是他屏气凝神,准备大干一场。

派普突然出现在他身边。"我想三打二应该会更精彩。"小个子开心地说。他放下面罩,抽出佩剑。琼恩还来不及抗议,葛兰也走上前来加入他们。

整个广场顿时一片死寂。琼恩感觉得到艾里沙爵士的眼神。"你们还等什么?"他用轻得吓人的声音问雷斯特和其他人,然而最先出手的却是琼恩,霍德差点就来不及举剑格挡。

琼恩不断进攻，逼得年长的男孩节节后退。要了解你的敌人，罗德利克爵士曾经这么教他，而琼恩很了解霍德；他壮得惊人，但缺乏耐心，向来不惯防守。只要想办法激怒他，他自会门户洞开，破绽百出。

这时其他人也加入战局，刀剑交击声霎时响彻广场。琼恩挡下一记照头挥来的猛击，力道之大震得他手臂酸麻。他一记侧劈打中霍德的肋骨，对方一声闷哼，随即反手砍中琼恩肩膀。锁甲铿锵一声，疼痛直逼脖颈，但霍德也暂时重心不稳，于是琼恩猛力扫他左腿，令其咒骂着轰然倒地。

葛兰依照琼恩教他的诀窍，稳稳地守住阵脚，让阿贝特大感头痛，但派普就没这么好过了。雷斯特大他两岁，又比他重上四十磅，所以他打得很吃力。琼恩闪到雷斯特身后，大力一挥，将这强奸犯的头盔当铃铛敲打，眼看雷斯特头晕眼花，派普乘机突破防线，将他击倒，然后举剑顶着他的喉咙。这时琼恩早已转换阵地，阿贝特一看自己陷入以一打二的劣势，急忙退后叫道："我投降。"

艾里沙·索恩爵士一脸嫌恶地环视全场："你们这些小鬼耍把戏也耍得太久了，今天就到此为止。"说完他走开去，当日的练习便告结束。

戴利恩扶霍德起身，采石匠的儿子摘下头盔狠狠地摔到广场对面。"雪诺，刚才那一刹那，我还以为逮到你破绽了呢。"

"嗯，但只有那一刹那。"琼恩回答。覆盖在护甲和皮革下的肩膀隐隐作痛，他收起剑，想取下头盔，但刚抬手就痛得龇牙咧嘴。

"让我来。"一个声音说。粗厚的手指解开他喉咙的皮带，轻轻地捧起头盔。"伤得严重吗？"

"不是第一次了。"他摸摸肩膀，皱紧眉头，广场上除了他们几个，一片空旷。

胖男孩的发际有凝固的血块，那是刚才霍德砍裂头盔的地方。"我是山姆威尔·塔利，来自角……"他停下来舔舔嘴，"我的意思是……那是我……我'曾经'是角陵塔利家族的人。我前来加入黑衫军，家父是蓝道伯爵，高庭提利尔家族的封臣。我本来是爵位继承人，不过……"他没有说下去。

"我是琼恩·雪诺，临冬城公爵奈德·史塔克的私生子。"

山姆威尔·塔利点点头。"我……如果你愿意的话，可以叫我山姆，我妈都这样叫我。"

"你呢，则要尊称他雪诺大人，"派普边说边凑过来，"你不会想知道他妈怎么叫他的。"

"这两位是葛兰和派普。"琼恩说。

"长得丑的是葛兰。"派普道。

葛兰一脸不悦地说："你比我丑咧，起码我没生一对蝙蝠耳。"

"我衷心地感谢你们。"胖男孩正色道。

"刚才你怎么不站起来反击啊？"葛兰问他。

"我也想啊，真的，可我……我就是做不到。我也不想一直被揍。"他看看地面，"我……我猜我是个窝囊废，家父常这么说。"

葛兰的表情如遭雷击，就连派普也说不出话来，而他一向对任何事情都爱发表意见。怎么会有人自称窝囊废呢？

山姆威尔·塔利想必是从他们脸上读出了他们的想法，他的视线刚碰到琼恩的眼睛，随即像受惊的动物般转开。"我……对不起，"他说，"我……也不想这样。"他沉重地走向武器库。

琼恩叫住他。"你受伤了，"他说，"明天你就会进步的。"

山姆一脸哀怨地回过头。"才不会，"他强忍泪水说，"我永远都不会进步。"

等他走后,葛兰皱起眉头。"胆小鬼人人讨厌,"他很不舒服地说,"早知道咱们就不帮他了。要是别人把咱们也当胆小鬼那还得了?"

"你太笨啦,当不成胆小鬼的。"派普告诉他。

"我才不笨。"葛兰说。

"你笨死了。要在树林里遇到大熊,你都不会跑哟。"

"我当然会跑,"葛兰坚持,"而且跑得比你快。"他看到派普嬉皮笑脸,赶紧住口,这才恍然大悟,气得脸红脖子粗。琼恩让他们吵个痛快,自己走回武器库,挂回佩剑,脱下一身剑痕累累的铠甲。

黑城堡的生活有种固定的规律:早上练剑,下午干活。黑衫弟兄交给新兵们各种不同的差事,以判断他们适合的职业。偶尔琼恩会奉命带着白灵外出打猎,为总司令的晚餐加菜,他非常珍惜这种机会。只可惜这种机会实在少之又少,他得用十几倍的时间待在唐纳·诺伊的武器库里,转动磨刀石,帮这位独臂铁匠把钝斧磨利;或是在诺伊敲打铸剑时,在旁鼓动风炉。其他时候他还会传达口信,站岗放哨,刷洗马厩,制造弓箭,照料伊蒙师傅的鸟儿或协助波文·马尔锡清点账目。

当天下午,他奉守卫长之命,带着四桶刚压碎的小石子,前往升降铁笼,负责把碎石铺在长城结冰的走道上。即使有白灵相伴,这依旧是件既孤单又无趣的差事,但琼恩不以为忤。倘若天气清朗,站在长城之上,半个世界尽收眼底,何况这里的空气向来清新冷冽。他可以在这里静静思考,而他发觉自己想起了山姆威尔·塔利……奇怪的是,还有提利昂·兰尼斯特。他不禁好奇提利昂会怎么对待这胖小子。侏儒曾嘻嘻笑着对他说:**大部分人宁可否认事实,也不愿面对真相。这个世界有太多逞英雄的胆小鬼,能像山姆**

威尔·塔利这样自承怯懦还真需要点古怪的勇气。

他的肩膀还在痛,也因此拖慢了工作进度,等铺完走道,天已经快黑。他逗留在长城上观看日落,看着夕阳把西边的天染成一片血红。直到夜幕低垂,琼恩方才拾起空桶,走回铁笼,拉铃叫下面的守卫放他下去。

他和白灵回到大厅时,晚餐已差不多结束。一群黑衣弟兄聚在火炉边喝着烫过的酒,赌起骰子。他的朋友们坐在西墙下的长凳上,笑作一团。派普正绘声绘色地说着故事,这个跟过戏班的大耳朵男孩是个天生的骗子,擅长模仿各种声音,听他讲故事,如同身临其境,他一会儿模仿国王,一会儿又变成猪倌。当他学起酒店女侍或待字闺中的公主时,那高亢的假音每每让大伙儿笑得泪流不止,而他装起太监则像极夸张化的艾里沙爵士。琼恩和大家一样喜欢听派普胡闹……但这天晚上他却转身走到长凳的尽头,山姆威尔·塔利坐在那儿,离其他人远远的。

琼恩在他对面坐下时,他正吃着厨子们为晚餐准备的最后一个猪肉馅饼。胖男孩看到白灵,两眼张得老大。"那是狼?"

"是冰原狼,"琼恩道,"他叫白灵。冰原狼是我父亲的家徽。"

"我们家是健步猎人。"山姆威尔·塔利说。

"你喜欢打猎?"

胖男孩听了浑身发抖,"最讨厌了。"他似乎又要哭起来。

"又怎么了?"琼恩问他,"你怎么老是怕东怕西?"

山姆盯着最后一个猪肉馅饼,虚弱地摇摇头,吓得连话都不敢说。大厅里突然响起一阵哄笑,琼恩听到派普用假音发出怪叫。他站起身。"我们出去吧。"

肥大的圆脸抬起来,狐疑地看着他。"干吗?出去做什么?"

"聊天。"琼恩道,"你看到长城了吗?"

"我胖虽胖,眼睛可没瞎。"山姆威尔·塔利说,"我当然看见了,它有七百尺高哩。"他还是站了起来,裹起一件绒毛滚边的披风,随琼恩走出大厅。他依旧提心吊胆,仿佛怀疑有什么卑劣的恶作剧在门外的暗夜里等候他。白灵跟在他们身边。"我真没想到是这样,"山姆边走边说,呼气在冷气里凝成白雾。他光是跟上琼恩的脚步,就已经累得气喘吁吁。"所有的房舍都破败不堪,而且这儿好……好……"

"好冷?"厚厚的冻霜正逐渐笼罩城堡,琼恩感觉得到灰色的野草在他脚下咯啦碎裂。

山姆悲苦地点头。"我最怕冷了,"他说,"昨晚我半夜醒来,屋里黑漆漆的,火也熄了,我本以为等到今早上,自己一定会被活活冻死。"

"你一定是从比较温暖的地方来的。"

"到上个月为止,我都没见过雪。当时我正跟家父派来送我北上的人穿越荒冢地,天上就开始落下这种白白的东西,像阵柔软的雨。起初我觉得好美,觉得它是从天而降的羽毛,但它下个不停,冻得我连骨头都快结冰了。雪一直下,下到人们胡子里都是冰块,肩膀上也积满了雪,还是不停,我真怕它就这样下个没完。"

琼恩只是微笑。

绝境长城高高地耸立在他们面前,在残月苍白的光芒照映下闪闪发亮。繁星在头顶的夜幕中燃烧,澄澈而锐利。"他们会逼我上去吗?"山姆问,他一眼扫到城上蜿蜒的木制长梯,脸顿时像结块的酸牛奶一样僵硬。"要我爬上去我不死才怪。"

"那边有个绞盘,"琼恩指给他看,"你可以坐在铁笼里吊上去。"

山姆威尔·塔利哼了一声:"我讨厌高的地方。"

这太离谱了。琼恩难以置信地皱起眉头。"**你到底有什么不**

怕?"他问,"我真搞不懂,假如你真这么窝囊,那你干嘛来这儿?胆小鬼加入守夜人部队做什么?"

山姆威尔·塔利久久地注视着他,那张大圆脸仿佛就要塌陷进去。他在结霜的地面坐下,竟就这么哭了起来,抽抽噎噎,整个身体都在颤抖。琼恩·雪诺没了主意,只能站在一旁观看。胖男孩的泪水如同荒冢地的雪,似乎永远不会停。

到头来还是白灵聪明。苍白的冰原狼像阴影一般无声地靠过去,舔舐山姆威尔·塔利脸上温热的泪水。胖男孩惊叫了一声……但不知什么缘故,转眼间他的啜泣就变成了欢笑。

琼恩·雪诺也笑了。随后他们一起坐在结冰的地面上,蜷缩在斗篷里,白灵窝在两人之间。琼恩说起他和罗柏在夏末雪地里找到刚出生的小狼群的故事。这好像是一千年前的故事了。很快,他发觉自己谈到了临冬城。

"我有时候做梦都还会回去。"他说,"我梦到自己走在空荡荡的大厅里,四壁反射着我的声音,却无人应答,所以我加快脚步,打开一扇扇门,喊着其他人的名字。我不知道自己究竟要找谁,多半是找我父亲,有时候却是罗柏,有时又是我小妹艾莉亚,或是我叔叔。"想起至今依然下落不明的班扬·史塔克,他不禁难过起来。熊老派了游骑兵北出长城去找班扬。杰瑞米·莱克爵士领过两次队,"断掌"科林则从影子塔出发,但除了叔叔在森林里偶尔留下来当路标的火把外,可说一无所获。一旦进入陡峭的西北高地,各种记号便都突然不见,班扬·史塔克的痕迹消失得无影无踪。

"在梦中你找到人了吗?"山姆问。

琼恩摇摇头。"一次也没有。城堡里总是空无一人。"他从未对人说起过这个梦,更不明白此刻为何独对山姆敞开胸怀,但说出来的感觉真好。"连鸟巢里的乌鸦也不见了,马厩里只剩下一堆枯骨,每次都把我吓得半死。我开始乱跑,到处开门,三步并作两步地爬过高塔楼梯,尖叫着别人的名字,任何人都好。最后,我发现自己站在通往地下墓窖的门前,里面一团漆黑,我只能看见蜿蜒向下的螺旋梯。不知怎的,我很清楚自己必须下去,但我却不想下去。我害怕等在里面的东西。古时候历代的冬境之王都在那儿,坐在他们的王位上,石雕狼躺在脚边,大腿横放着铁剑,可我怕的不是他们。我大声尖叫,我告诉他们我不是史塔克家的人,此地与我无关,然而没有用,不管怎样我都必须下去。于是我扶着墙壁前进,没有火把照明,我只好慢慢往下走。路越来越暗,越来越暗,暗到我直想尖叫。"他停下来,皱起眉头,觉得很不好意思。"每次梦到这里,我就醒了。"他醒来时总是浑身冷汗,独自在黑暗的卧室里发抖。这时白灵会跳到他身边,用如朝阳般温暖的身躯依偎他,然后他会把脸枕在冰原狼长长的白色毛皮上,再度沉沉睡去。

"你会梦见角陵吗?"

"不会。"山姆抿紧嘴唇,"我讨厌那里。"他搔搔白灵耳背,陷入沉思,琼恩也没追问。又过了一阵子,山姆威尔·塔利终于开始说话,琼恩·雪诺则静静聆听,听这个自承懦弱的胆小鬼亲口述说来到绝境长城的缘由。

塔利家族历史悠久,盛名远播,是高庭公爵兼南境守护梅斯·提利尔的封臣。山姆威尔乃是蓝道·塔利伯爵的嫡长子,生来就继承了富饶的领地、坚固的堡垒和一把传奇的双手巨剑。剑名"碎心",是用瓦雷利亚钢打造而成,父子历代相传,已有近五百年之久。

然而不论山姆威尔诞生时,父亲对儿子有着何种的骄傲,都已因他的日渐长大,变得肥胖、柔弱又脾气古怪后,全部烟消云散。山姆喜欢听音乐,喜欢编曲子,喜欢穿柔软的天鹅绒,喜欢跟在城堡厨房的师傅身边,陶醉于他调制的柠檬蛋糕和蓝莓甜饼的浓郁香气。他的兴趣在于读书以及和小猫玩耍,手脚笨拙的他,却又反常地热爱舞蹈。只是他见了血就反胃,连看杀鸡都会哭。角陵的教头来了又去，试图将山姆威尔变成他父亲所期望的骁勇骑士。这孩子受过骂也挨过棍，尝过耳光也熬过饿。有人叫他穿着锁子甲睡觉，好让他习惯军中生活；还有人则叫他穿上母亲的衣服，绕城示众，用羞辱来激发他的男子气概。结果他却越来越胖，胆子越变越小，最后蓝道伯爵的失望转成愤怒，终至厌恶。"有一次，"山姆透露，他的声音像是悄悄话。"从魁尔斯来了两个白皮肤蓝嘴唇的男巫，他们杀了一头野公牛，然后把我浸在温热的鲜血里，可我并没有像他们所说的那样变勇敢，我只觉得恶心，呕吐。结果父亲教他们两个都吃了顿鞭子。"

在接连三年生出三个女儿后，塔利夫人终于又为伯爵产下第二个儿子。从那天起，蓝道伯爵便不再理会山姆，而把全副精神都投注在这个年纪较小却强壮又有活力，怎么看都更讨他欢喜的儿子身上。于是山姆威尔度过了几年甜美的安逸岁月，沉浸在音乐和书本中。

直到他十五岁命名日那天清晨，他被叫醒后，发现自己的马已经鞍辔妥当，正等着他。三个侍卫护送他来到角陵附近一处森林里，父亲正在那儿剥鹿皮。"你就快成年了，又是我的继承人，"蓝道·塔利伯爵一边用猎刀割开皮肉，露出里面的骨架，一边对他的长子说，"你没给我什么借口，我无法将你除名，但我也不会把该由狄肯继承的领地和封号交给你。只有强者才配持有'碎心'，而你连碰它的剑柄都不配。所以我作了决定，你今天就得宣布自己渴望披上黑衣，放弃一切继承权，并在天黑前动身北上。"

"如果你不照办，那明天我们会外出打猎，而你的马将在林中某处跌倒，你也会飞出马鞍摔死……至少我会这么告诉你母亲。她心肠太软，连你这种人都疼爱有加，我不想让她难过。你不用幻想自己会死得多干脆，或是有办法抵抗，因为我会很乐意穷追不舍，亲手宰掉你这头猪。"他抛开猎刀，手臂到肘染得猩红。"所以啰，你有两个选择，不是守夜人，"——他把手伸进鹿尸，掏出心脏，血淋淋地握在手中——"就是这个。"

山姆用平静而死板的声音说着故事，仿佛这事发生在别人身上，而不是他自己。奇怪的是，琼恩心想，他竟然停下来不哭了。当他说完后，两人坐在一起听夜风。全世界没有旁的声音。

最后琼恩道："我们该回大厅去了。"

"怎么？"

琼恩耸耸肩。"那儿有热苹果酒可喝，不然你也可以喝烫过的葡萄酒。戴利恩心情好的话，会唱歌给我们听。来这儿之前，他原本……呃，是个歌手，嗯，可能不很专业啦，但也不赖，算是未出师的歌手罢。"

"他怎么会来这儿？"山姆问。

"金树城的罗宛伯爵发现自己女儿被他睡了。那个女的大他两岁，戴利恩发誓是她帮他爬进卧室窗户的，可在父亲严厉的目光下，她指称自己是被强暴，于是他就来啦。伊蒙师傅听过他唱歌后，说他的声音像加了蜜的雷。"琼恩微笑，"陶德有时也唱歌，如果你把那也算做是歌的话。他都唱些打他爹那儿学来的饮酒歌，派普说他的声音是加了尿的屁。"两人齐声哈哈大笑。

"他们两人的歌声我都想听听。"山姆承认。"但他们不会欢迎我的。"他满脸愁容，"他明天还会逼我打架，对吧？"

"没错。"琼恩很不情愿地说。

山姆蹒跚地站起身。"我想办法睡一会儿好了。"他裹紧斗篷离开。

琼恩带着白灵回到大厅时，其他人都还在。"你跑哪儿去啦？"派普问。

"跟山姆聊天。"他说。

"他实在窝囊透顶，"葛兰道，"晚上吃饭，长凳上明明还有空位,可他拿了馅饼偏偏就不敢过来跟我们一起坐。"

"火腿大人太尊贵啦,不跟我们这种人同桌用饭的。"杰伦猜测。

"你们看看他吃猪肉饼的样子,"陶德狞笑道,"简直就是在跟兄弟叙旧。"说完他学起了猪叫。

"闭嘴!"琼恩愤怒地斥道。

其他男孩被他突如其来的怒气吓住,纷纷沉默下来。"听我说。"琼恩平静地告诉他们该怎么做。如他所料,派普站在他这边,令人惊喜的是霍德也表示支持。葛兰起初还有些犹豫,但琼恩知道怎样才能说动他。其他人也纷纷同意。琼恩或好言劝说,或以利相诱,有时出言羞辱,必要的话也用武力要挟。最后所有人都愿意照他的话去做……只有雷斯特不肯。

"你们要孬种就孬种罢,"雷斯特说,"如果索恩叫我跟猪小姐打,我可是会好好切他一大块火腿下来。"他当着琼恩的面冷笑两声,转身便走。

几小时后,当全城的人都在沉睡时,他们三个到他寝室去了一趟。当葛兰抓住他的手,派普坐上他的腿,白灵扑到他胸膛的时候,琼恩可以听见雷斯特急促的喘息。冰原狼的两眼如一对彤红的火烬,他用牙齿轻轻划破男孩喉咙柔软的皮肤,微微见血。"别忘了,我们知道你睡在哪儿。"琼恩轻声说。

隔天早上,琼恩听见雷斯特对阿贝特和陶德解释,说他刮胡子的时候是如何不小心被剃刀刮伤。

从那天起,不论雷斯特或其他人,谁都不会伤害山姆威尔·塔利。若艾里沙爵士要他们和他单打,他们就站在原地,拨开他缓慢笨拙的攻击。假如教头扯着喉咙叫他们进攻,他们便跳到山姆身边,然后轻轻地在他胸甲、头盔或脚上点一记。艾里沙爵士气得半死,出言胁迫,骂他们是懦夫、娘娘腔,什么难听的话都出了笼,但依旧没人动山姆半根汗毛。几天后的一个晚上，山姆在琼恩的敦促下，坐在霍德旁边跟大家一起吃晚餐。之后又过了两个星期，他才鼓起勇气加入谈话，很快就跟其他人一样，被派普的鬼脸逗得哈哈大笑，然后开起葛兰的玩笑来。

山姆威尔·塔利虽然臃肿笨拙，胆子又小，但他可不笨。有天夜里，他来到琼恩的寝室，"我不知道你做了什么，"他说，"但我知道是你做的。"他害羞地转开视线。"我本来一个朋友也没有。"

"我们不是朋友，"琼恩拍拍山姆宽阔的肩膀，"我们是兄弟。"

他们的确是兄弟啊，山姆离开后，他暗自思量。罗柏、布兰和瑞肯都是父亲的孩子，他也依然爱着他们，但由于凯特琳·史塔克的关系，琼恩知道自己终究不是他们的一分子。临冬城的灰墙或许仍令他魂牵梦萦，然而现在黑城堡才是他的生命皈依，他的手足兄弟则是山姆、葛兰、霍德、派普和其他无法见容于社会，穿着黑衣的守夜人。

"叔叔说得没错呢。"他悄声对白灵说，却不知此生能否与班扬·史塔克重逢，好当面感谢他。